小侠万人敌

民国武侠小说典藏文库·冯玉奇卷

冯玉奇◎著

中国文史出版社

目　　录

第一回

贼秃被擒　淫婢畏罪巧弄舌

话说离山东济南府城五十里路外有个花家庄，全庄的面积倒也有五六里光景。庄前有一条水，名叫清河，庄后有一座山，名叫浮碧山。水路的船只可以直达省城，故而庄上也有把棉花布匹等物运到城里去做买卖，城里也有把瓷器等货物贩卖到庄上来营业。客商往来不绝，因此庄上开设客栈、酒店颇多，而且生意兴隆，十分的热闹。

浮碧山是东岳泰山的支脉，所以形势颇为雄秀，山上森林密布，古木参天。半山有个寺院，名曰浮碧道院，院中住持是个天天道人，他原是普照道院无法道人的师兄，本领很大。手下有两个徒儿，一个名叫辛地虎，一个名叫万雪姣，武艺也很了得。这且表过不提。

再说花家庄上的庄主花得雨，他的年纪不过三十二岁，生得眉清目秀，一表人才，容貌倒也不俗，但是他的行为却和他容貌不大相同，真是奸盗诈伪，无恶不作。原来他有一身惊人的本领，十八般武艺件件皆精，内外功都十分了得，兼之家中养了四名教师，一个名叫郝天雄，一个名叫孟光达，一个名叫徐智勇，一个却是女的，名叫单玉凤。此女是白莲教主的徒儿，也是花得雨的师妹，能够呼风唤雨、撒豆成兵，虽是左道邪术，本领更为厉害。花得雨的声势既然如是浩大，他便有一个妄念：招兵买马，预备造反，欲先夺了济南府，然后再起兵攻打北京。这个计划除了他和四个教师知道外，别人一概不知。他在庄上还开设了十家当铺、十家客栈，营业十分的发达。一个既有势力又有财产的人，他的生活一定是非常奢华，除了吃的山珍海味、穿的绫罗绸缎、住的高楼大厦之外，他并且又拥有一个娇妻、八个美妾。但他兀是不够受用，在外面见了美貌的女子，不管是人家的少妇，抑是姑娘，都非弄上了手是不肯罢休的。他的大奶奶唐芳容，今年二十七岁，虽然已无花信年华，但风韵更为妩媚动人，且性情温和，待人接物和蔼可亲，故而家下人等无不敬爱她。就是天不怕地不怕的花得雨，见了这位大奶奶，心中也会怕她三分的。她只养了一个女儿，取名玉圆，还只有六岁，生得娇小玲珑，活泼可爱。她是拜单玉凤做干娘的，所以后来把名字改作小玉，还学了一身好本领。虽然小小的年纪，着实也练了几路好拳法了。

这是一个秋天的季节里，小玉带了十个庄丁在花园里假山旁游玩，小玉道：

"天天捉迷藏也没有什么趣味，我们换新鲜的，好不好？"

一个庄丁道：

"那么小姐预备玩什么新鲜的呢？"

小玉笑道：

"我做大王，你们做小兵，大家跪在我面前叩三个头，听我使唤，不是很好玩的吗？"

　　众庄丁原不知小玉已有了本领，听她这么说，便都以指划脸羞她，笑道：

　　"你是个小女孩儿家，怎么可以做大王呢？不怕难为情的吗？"

　　小玉听了这话，不免恼羞成怒，便施展一路醉八仙拳来，横冲直撞地竟把十个庄丁打得落花流水，都跌倒在地，爬不起来。她还怒气冲冲地娇声斥道：

　　"好不知礼貌的狗才，胆敢欺侮姑娘吗？现在问你们到底跪不跪？"

　　十个庄丁瞧此情景，吓得目瞪口呆，暗暗吐舌，因此只好跪下叩头求饶，说下次再不敢了。就在这个当儿，齐巧花得雨和单玉凤从假山后面走来，一见这幕情形，心中都很奇怪。小玉却早已奔上来，鼓着小嘴儿，哭着告诉道：

　　"爸爸、干娘，这班奴才真可恶，他们不肯听从我的命令呢！"说着，似乎受了十分的委屈，忍不住淌下泪水来了。

　　花得雨听了，忙喝问庄丁们如何欺侮小姐，众庄丁遂也忙着小心告诉，花得雨这才好笑起来。单玉凤遂把她抱在怀中，吻了她一下脸颊，笑道：

　　"好孩子，别难受，他们明天再要不听从你的命令，你把他们都打得头破血流是了。"

　　小玉听了，这才破涕为笑。花得雨喝退众庄丁，他们便都悄悄地走了。这时，小玉又央求单玉凤教拳法，玉凤含笑点头，遂撩起葱绿袄的袖子，站定了门户，施展一路太极拳来。花得雨站在旁边，见她眉不画而翠，唇不点而红，眼若秋波，脸如飞霞，真个是我见犹怜，且下面偶然显露小小的金莲，愈使他感到神魂颠倒，有些想入非非起来。待单玉凤完了这路太极拳，花得雨和小玉早已齐声喝彩，连连叫好。单玉凤笑道：

"小玉瞧会了没有？也来试试看。"

小玉道：

"稍许会一些，学得不像，干娘再指点我吧！"

单玉凤点头说好，于是小玉也照样施展起来。玉凤向花得雨瞧了一眼，说道：

"这孩子过目不忘，心领神会，真神童也。"

花得雨听了，万分得意，笑道：

"这都是师妹教导之力，所以使我十分感激。"

单玉凤含笑不语，一面又给小玉略为指正，小玉把这路太极拳便又学会了。正在这时，大奶奶房中的碧秋来找小玉，说大奶奶叫小姐吃莲子汤去。小玉听了，拉玉凤同去，玉凤说不饿，小玉只好一个人跟了碧秋回房去了。这里花得雨和单玉凤在花园中踱了一会儿步，只见池塘里的荷花已经凋谢了，水面上却有一对绿毛小东西在游着。花得雨笑道：

"这一对小东西倒好逍遥自在的。"

单玉凤因为自己还是一个姑娘的地位，自然不好意思回答什么，因此红晕了粉脸，微笑不答。花得雨见她娇羞不胜的意态，心里有些微微地荡漾，情不自禁握住了她的纤手，望着她芙蓉花儿般的粉脸，笑道：

"师妹，凭你那一副天仙化人的好模样儿，不知谁有这么的艳福才能消受你哩！"

单玉凤听他话中有轻薄之意，心殊不悦，遂冷笑了一声，却不作答。花得雨也自知失言，遂放了她的手，向她连连地弯腰赔笑道：

"师妹，你千万不要生气，因为我这人实在痴得太可怜了，觉得像师妹这么的人才品貌，若没有一个年少英雄来做配偶的话，这岂不是可惜吗？"

单玉凤凭她这一年来所得的感觉，就明白师兄有爱上自己的意思，遂又冷笑道：

"那也没有什么可惜，也许我一辈子也不再嫁人了。"

花得雨听了这话，不禁跌足失惊问道：

"师妹，你这是为什么缘故呀？"

单玉凤被他这么一惊慌，倒忍不住又抿嘴儿嫣然地笑了，说道：

"你问这干吗？吹皱一池春水，干卿底事？"

花得雨见她这一笑，实在可以说是闭月羞花、沉鱼落雁，真是妩媚到了极点，一时愈加情不自禁，抢上一步，又握住了她的纤手，说道：

"师妹，你的终身幸福，我如何能不关心吗？假使你不嫌愚兄是个粗人的话……我……我……实在是太爱你了。"

玉凤听他明白地把他的话告诉出来，遂也厚了脸皮，秋波恨恨地逗给他一个娇嗔，微笑道：

"你有这么许多的娇妻美妾，尚不知足，竟如此贪得无厌，这岂不为天下英雄所笑吗?"

花得雨被她这么一问,两颊也微红起来。良久,方徐徐地说道:

"师妹,愚兄也并非见一个爱一个,这些美妾都是蒲柳之姿态,且生性淫贱,不足我之眷恋。师妹之国色天香,堪称绝代佳人,可惜相逢已迟,叫我怎不心痛?好在事情总有转圜的余地,只要师妹不弃,我总绝不会委屈你的。"

玉凤把小嘴儿一撇,冷笑道:

"你不委屈我?我试问你,你既有妻又有妾,把我将怎么样地安摆呢?"

花得雨沉吟了一会儿,忽然笑道:

"这是极便当的事情,小玉不是已拜你做干娘了吗?那么你和芳容就结个姊妹,效古之女英、娥皇,不分大小,岂不是好?"

玉凤笑了一笑,说道:

"你倒也一厢情愿的,大嫂子的心里肯不肯,我的心里又愿意不愿意,难道你一些也不顾虑的吗?"

花得雨道:

"大嫂子是个大度人,她是绝不会吃这一罐子醋的。至于师妹,你当然也会可怜我这一片痴心的吧!"

玉凤听了,正色道:

"师兄,你请快绝了这个念头吧!我是听从师父的吩咐,才来助你一臂之力。你若如此好色,岂能成大事耶?所以我劝你快快省悟,否则,我立刻就走了。"

花得雨因师妹本领高强,自己不是她的对手,因此只好忍气吞声地连连称是，说道：

"师妹金玉良言，我如何敢不听从？但师妹千万不要走，回头师父到来，叫我没了交代了。"

玉凤这才又柔和地说道：

"师兄若要成功大事，总要把女色瞧淡了一些，要知道娇妻美妾虽好，对于身子恐怕是有损无益的吧！我直言相谏，万望勿怪是幸。"

花得雨很感动地说道：

"师妹这样关心于我，方才称得上我的知音哩！我怎么还会责怪你，那我也太不知好歹的了。"

单玉凤听了，嫣然一笑，便自姗姗地回房去了。花得雨见她娇小的倩影消失了后，心中不胜惆怅，只觉又恨又爱，叹了一声，怏怏不乐地回到大奶奶房中去了。唐芳容见他垂头丧气的样子，便含笑相迎，问道：

"大爷有什么心事吗？为何愁眉不展的呢？"

花得雨忙展眉笑道：

"没有什么。"

说时，回眸又向桌旁小玉望了一眼，说道：

"小玉，莲子汤可曾剩给爸吃些吗？"

小玉把碗底向他一照，噗地笑道：

"爸迟来一步了，我已吃完啦！"

唐芳蓉笑道：

"我给你留着一碗哩！碧秋，碧秋，你给爷的一碗拿来吧！"

碧秋答应一声，遂把莲子汤端上。花得雨向小玉笑道：

"你还要再吃一些吗?"

小玉抿了抿嘴儿,摇头道:

"我饱了,爸自己吃,我找干娘玩儿去。"说时,她的小身子早已奔出房外去了。

唐芳蓉轻移莲步,在他对面桌子旁坐下,悄悄地说道:

"后天是你的生日了,你打算怎么样地乐一乐呢?"

花得雨听说,哦了一声,笑道:

"若不是奶奶提及,我竟忘记了。"

唐芳容秋波白了他一眼,笑道:

"你是个糊涂人,我就早知你忘记的了。我想在花园里搭一个台,喊一班小京班来演一天戏,这样不是很热闹的吗?"

花得雨听了,很高兴地笑道:

"奶奶既这么说,就准定这样吧!"

说着,遂把半碗莲子汤送到芳容面前,又道:

"这半碗给你吃了吧!"

芳容笑道:

"我已经吃过了,你喜欢吃,就是你自己吃下得了,何必送来送去,还闹这一份儿的客气呢?"

花得雨听了,也微笑起来。芳容待他吃毕莲子汤,亲自拧上了手巾给他擦嘴。花得雨因为房中没有别人,遂把她手拉住,拥抱到怀中来吻香。芳容一面推让,一面娇嗔地逗给他一个白眼,说道:

"爷,你真一年不如一年地愈加顽皮了,这算什么意思?被下人们见了,不怕难为情吗?"

花得雨笑道：

"那也没有什么难为情，大奶奶的房中，除了碧秋外，还有谁敢闯进来呢？碧秋这孩子也越发长得标致了，前面凸起，后面凸出，想来早已成熟，好奶奶，你就赏了我吧！"

芳容听他这样说，忍不住微微地叹了一口气，说道：

"已经藏了满屋子的人，还贪心不足地见一个爱一个，我可不许你这样胡干。碧秋从小跟我长大，虽然出身低贱一些，但究竟也是个好人家女儿，你也积些福寿，别把人家姑娘一个一个地尽糟蹋了吧！只要把这几个人应付过来，别让她们偷鸡偷狗地坏门楣也就是了。"

花得雨听她后面这两句话是含有一些骨子的，遂放了芳容，望着她哀怨的粉脸，怔怔地问道：

"谁偷鸡偷狗的？大奶奶，你快告诉了我，我立刻要她的性命去。"

芳容在对面椅上又坐了下来，望着他微微地一笑，说道：

"何苦一听了这话就动起肝火来？我也只不过向你关照一句，好叫你自己到处留心一些。你要淫人家的妻妾，人家少不得也要淫你妻妾的，这也是理所当然的事。"

花得雨笑道：

"这几个贱骨头倒也说不定，不过奶奶和我十多年夫妇来，我还不知道你的脾气吗？我放了一百二十个的心，奶奶绝不会给我戴绿头巾的。"

芳容恨恨地白了他一眼，笑道：

"要如你再不改拈花惹草的脾气，明天我一发狠，也会顾不

9

得许多给你戴绿头巾的。"

花得雨笑道：

"我从来也没有见过奶奶发过狠，老实说，不会偷汉子的，叫她偷，她也偷不来。要偷汉子的，打死她，她还是要偷的。"

芳容听他这么说，倒被他说得抿嘴儿笑起来。一会儿，又恨恨地道：

"我这人就生得太老实一些，否则，也由得你这么胡闹？"

花得雨笑道：

"奶奶的恩义，我是到死都不会忘记的。"

芳容白了他一眼，说道：

"好好何苦来又说上这个呢？我也不稀罕你这么地记得我，只要不给我气受，也就是了。"

花得雨正欲回答一句什么，忽见碧秋匆匆地进来，报告道：

"大爷，墨童请你哩！"

花得雨听了，遂即步出上房。只见墨童站在小院子里等候着，便忙问什么事情，墨童道：

"浮碧道院天天道人的徒儿辛地虎来拜见大爷。请大爷快些走出去吧！"

花得雨听了，也不答话，身子向外就走。墨童遂跟在后面，一同出来。这时日影已斜，花园里已笼上了一层暮色。花得雨从一架葡萄棚下穿过去，心中暗暗思忖：辛地虎不知有什么事情吗？我托天天道人炼两颗人生永久丸，不知可炼成了没有？

原来，花得雨和天天道人相交甚厚，彼此通同一气，有什么急难，他们都肯互相照应的。花得雨一路走，一路想着，偶然抬

头向前一望，忽然瞥见一个黑影从假山后面闪了过去。知事有蹊
跷，遂大声喝道：

"是哪个小厮？见了大爷，为何躲藏？还不快快地走出？狗
命不要了吗？"

但是不听有人答应，花得雨心中大怒，遂飞步奔向假山后面
去看究竟，不料还只有到假山前面，就有一道寒光向自己脑门射
来。花得雨明白这是暗器，叫声"不好"，身子就仰天跌倒。这
个当儿，就见假山后跳出一个大和尚，手执亮闪闪的戒刀向花得
雨头上直劈了下去。走在后面的墨童瞧了这个情形，心中一惊，
不免满头大汗，急得大声叫喊起来了。说时迟，那时快，只见花
得雨从地上霍地跳起，猛可飞起一腿，齐巧踢中在大和尚的手
腕。听得叮当的一声响亮，那把戒刀早已掉落在地上了。这时，
花得雨逼紧地施了一个"黑虎掏心"的解数，一拳把那和尚打出
了丈外。他一个箭步飞奔上前，一脚踏住，怒骂道：

"好个秃驴，胆敢到泰山头上来动土？真是活得不耐烦
的了。"

墨童这才转忧为喜，立刻叫了十名庄丁，匆匆前来，把大和
尚结结实实地缚住。花得雨见他一脸横肉，面目可怕，遂又
喝道：

"大爷与你无冤无仇，你为何前来行刺？到底是谁的指使？
你得从实告诉，若有半句虚语，哼！你就休想活命。"

那和尚垂头丧气地沉吟了一会儿，方才说道：

"我并不是来行刺大爷的。"

花得雨冷笑道：

"不是前来行刺大爷，那么暗器伤人，这是做什么呀？好个不知厉害的贼秃！你叫什么狗名，到此意欲何为，快快从实告诉，免得皮肉受苦。"

　　那和尚听了，却低了头默不作声。这时，庄丁中有一个插嘴说道：

　　"大爷，这个和尚我们认识他的，他是东门铁佛寺的铁佛和尚呀！"

　　花得雨点了点头，遂向墨童说道：

　　"你把他就看守在暖香阁中，待我会过了辛地虎，再来细细地审问。"说着，便自去了。

　　这里墨童吩咐众庄丁把铁佛和尚捉到暖香阁里，缚在大柱子上。暖香阁一面靠水，一面靠陆，里面布置得富丽堂皇，原是花得雨行乐的地方。十个庄丁既把铁佛和尚缚牢了后，还围在他的四周，生恐他逃走。墨童拿了一条皮鞭，啪嗒一声，先在他脸部上抽了一下，骂道：

　　"你这个狗养的王八蛋，你想害我大爷的性命吗？咱大爷将来还要做皇帝哩！岂能被你害死？他妈的，你到底心中有什么过不去？快快地说吧！回头我家大爷一恼怒，你就熬不住这个痛苦了。"

　　铁佛和尚这时心中又恨又急，脸一阵红一阵白，却再也回答不出一句话来。墨童见他不答，遂连连狠抽，痛得铁佛和尚杀猪似的大叫。墨童笑道：

　　"你不是铁佛吗？怎么也会叫痛的？他妈的，这才是笑话！"说着，又加紧地抽打了几下。

正在这时，忽然见三姨奶奶房中的小桃在暖香阁外探头探脑地张望。墨童一眼瞥见，遂放下皮鞭，走到窗外，把小桃一把抱住，连连地吻香说道：

"我的好妹妹，亲妹妹，咱们是多天没有玩儿了，今天难得在这儿碰见，咱们快到幽静些地方去乐一会儿吧！"

小桃一面挣脱了身子，一面笑嗔道：

"你要死快哉！现在是秋凉天气了，比不得夏季里，难道你不怕送命吗？"

墨童笑道：

"就是为你送了命，做鬼也风流哩！好妹妹，你为什么老躲着不出来，我真饿得慌。"

小桃抿嘴儿一笑，悄悄地道："你别猴急，晚上有机会，我会来关照你的。现在我且问你，这个大和尚你们是怎么捉到的呀？他可曾说些什么话吗？"

墨童却只管扭股糖似的在她身上偷偷摸摸地乱探，笑道：

"你问他做什么？这个贼秃的胆子真也不小，竟敢来行刺我家大爷，被大爷一拳打倒，因为大爷要去会客，所以叫我们看守在这儿。小桃妹妹，你给我亲一个嘴儿好吗？"

小桃忙道：

"人家正经地和你说话，你别胡闹吧！那和尚好好的干吗要来行刺大爷呢？他还说些什么话呢？"

墨童听她问得这么急，遂望着她笑道：

"他说要来偷你的小红桃呀！"

小桃听了这话，一颗芳心便像小鹿般别别地乱跳起来，红晕

13

了两颊，啐他说道：

"烂舌根的，胡嚼些什么？"说着，别转身子就走。

墨童把她抱着不放，说道：

"你别忙呀，今天晚上究竟怎么样？你且说定了再走。"

小桃道：

"吃过晚饭再给你回答，你别缠人了，我还有正经的事情哩！"

墨童道：

"既然有正经的事情，你在这儿偷窥着做什么呢？"

小桃不作答，一转身子，便匆匆地奔远去了。心中却在暗暗地焦急：那可怎么办？那可怎么办？这贼秃也合该寻死，齐巧会撞在大爷的手里。他死倒不要说起，万一从实告诉出来，我和三姨奶这两条小性命还能保得牢吗？想到这里，额角上的汗点儿便像珍珠一般地滚落下来。不料心慌意乱地，她在树梢蓬中又和一个人撞了一个满怀。只听来人大喝道：

"该死的东西，冒冒失失地做什么？"

小桃定睛一瞧，原来正是大爷，一时粉脸失色，几乎要哭出声音来了。但花得雨见了小桃，却又转怒为喜，伸手把她抱住，浑身上下摸了一遍，笑道：

"我道是什么人，原来是你这个好宝贝，亲爱的好心肝，天天道人把两颗人生永久丸炼好，送来给我了。晚上我服下后，精神百倍，你和三姨奶俩一个个地服侍我，保叫你们乐得心花怒放的。"

小桃听了，这才惊魂稍定，遂躲在他的怀内，任他玩弄了一会儿，嫣然笑道：

"大爷，真的吗？天天道人此刻走了吗？"

花得雨道：

"他差徒儿送来的，此刻又回山去了。小桃，你怎么满头大汗？干吗显出惊怕的样子呀？"

小桃眸珠一转，说道：

"哦！我见暖香阁上绑了一个大和尚，墨童在狠命地抽打着，所以我心中害怕哩！"

花得雨笑道：

"那有什么害怕？这个秃驴真也奇怪，我和他无冤无仇，不知他为什么要来和我作对。我此刻正要审问他去，他若不从实告诉，我便用铁块煨红烫他，看他招认不招认？"

小桃一听这话，急得粉脸又绯红起来，全身几乎瑟瑟发抖了。花得雨却没有注意她，自管向暖香阁那边走了。小桃暗自想道：铁佛和尚到底不是铁打的身子，受得了这样苦刑吗？那么他在熬不过痛苦的时候，势必要说出实情来，他把实情说出，我还有性命吗？事到如今，也管不得许多，只好抹杀良心，来保全自己的性命了。小桃打定了主意，遂鼓足了勇气，向花得雨叫道：

"大爷，大爷，你快回来，我有话跟你说哩！"

花得雨向前已走了十多步路，听小桃这么地叫，于是又回过身子来，问道：

"你这妮子，有什么话跟我说呀？"

小桃绯红了两颊，又害怕又羞涩的神气，支吾了一会儿，秋波斜乜了他一眼，低低地道：

"大爷，我先问你，你爱我不？"

花得雨把她娇躯搂来，在她小嘴儿上吻个香，笑道：

"你问得有趣，我怎么不爱你呢？你是丫鬟中最会浪的一个尤物，我爱得把你当作活宝一样看待呢！"

小桃听了这话，便向花得雨扑的一声跪了下来，说道：

"大爷既然爱我，那么你就饶我这一条小性命吧！"

花得雨冷不防被她这么地一来，倒是奇怪得目瞪口呆起来，慌忙把她扶起，怔怔地问道：

"小桃，你这话是什么意思？我可有些听不懂呀！你到底犯了什么错处，你要叫我饶你一条小性命呢？"

小桃还没有开口，先哭了起来，说道：

"这是三姨奶奶爱风流，不是我的罪恶。因为她叫我不许声张，所以我给她一直瞒骗到现在。大爷千万要可怜我年纪轻，饶了我吧！"小桃说到这里，把身子跪倒，眼泪像雨点儿一般落下来。

花得雨听了这话，心中大吃一惊，暗想：果然应着大奶奶偷鸡偷狗的一句话了。一时气恼万分，冷笑一声，说道：

"好不要脸的贱货！小桃，你不用淌眼泪，你快站起来好好地告诉我，到底是怎么的一回事？我绝不会来责怪你的。"

小桃听他这样说，方才站起身子，收束了泪痕，说道：

"大爷，你道这个和尚是谁？原来就是东门铁佛寺中的铁佛和尚呀！"

花得雨听她又扯拉到铁佛和尚身上去，心中好生奇怪，忽然恍有所悟，冷笑道：

"哦！哦！莫非三姨奶爱上了这个贼秃吗？"

小桃微微地点了一下头，说道：

"是的，三姨奶每天在黄昏的时候，和铁佛和尚约好，叫他前来幽会，这样差不多已有半个多月的日子了。"

花得雨对于小桃这两句话，真所谓不听犹可，既听到了之后，不禁气得怪叫如雷，伸手向她颊上啪啪量了几下，破口大骂道：

"既然已有半个多月的日子了，你为什么不早些告诉我？可见你和她串通一气，一同贪欢，是不是？现在铁佛和尚被捉，你生恐他咬出来，所以假意做好人向我求饶吗？"

小桃被打，吓得魂飞魄散，跪在地上，哭泣着只喊冤枉。花得雨气得狠命把她一脚踢开，骂道：

"你这不知羞耻的东西，假惺惺地装什么腔？我和这婊子老三算账去！"骂罢，身子欲向里面就奔。

小桃这时顾不得许多地追上去，抱住花得雨的身子，哭道：

"大爷，你且息怒，三姨奶虽然可恶，但她在大爷身上到底也有许多好处。你最好也饶了她，叫她改过自新，她下次就绝不敢再负大爷了。"

花得雨听了"好处"两字，想起老三的功夫，真的与众不同，因为她本来是人家一个寡妇，给自己看中讨了她来的。一时心头也软了下来，望着小桃海棠带雨一般的脸庞，说道：

"罢！罢！你且快些告诉我，三姨奶她也不常出外的，如何会同这狗养的贼秃搭上了手？你把其中的经过情形说给我听吧！不许说谎，否则，定不饶你。"

小桃见大爷平和了许多，心头这才落下了一块大石，遂叹了一口气说道：

　　"说起来可怜得很，三姨奶也是为了疼爱大爷的一片苦心，所以才牺牲一切和他搭上手了。"

　　这句话听到花得雨的耳中，真弄得丈二和尚摸不着头脑，不禁怔怔地愕住了一会儿。未知究系如何相通，且待下回再行分解。

第二回

进香铁佛　美妾贪欢共参禅

是一个才入新秋的晚上，月亮姑娘在灰白的浮云堆中露着她晶莹玉洁圆圆的脸庞，在万籁俱寂的静夜中，更显出楚楚惹人爱怜的样子。她挂在院子里那棵高大银杏树的顶盖上，因为是落过一场小雨之后，那树叶儿被月光映射得格外碧绿，并且还沾上了无数晶莹莹珍珠般的水点儿，闪烁得怪可爱的。花得雨这夜是挨在三姨奶的房中，三姨奶是个肥胖的身子，十分怕热，所以虽然是新秋的季节，只觉残暑未消，还是十分的闷燥，坐在院子里藤榻上，兀是不想进房中去睡觉。花得雨坐在藤榻的旁边，摸着三姨奶的柔荑，觉凉若冰肌，柔如玉骨，遂望着她涎脸笑道：

"老三，时候不早，我们回房去睡吧！"

三姨奶秋波斜乜他一眼，忸怩了一下腰肢，故意撒痴撒娇地说道：

"房中实在太热了，我受不了。虽然是秋天了，但秋老虎更热哩！"

花得雨笑道：

"此刻说热，那也天晓得的，你瞧凉风吹在身上，是多么的爽朗呢！"

三姨奶道：

"院子里自然凉快，回到房中，就热死了。你见我额角上还冒着汗点儿哩！"

花得雨拿手去一抹，果然有些湿润的，遂笑道：

"你这样怕热，我真的少见。那么你今夜难道不打算进房去睡了吗？"

三姨奶道：

"你先去睡，回头我倦了，自然也会进来的。"

花得雨像孩子似的不依道：

"叫我一个人如何睡得着？好奶奶，我们要这个哩……"说到这里，望着她粉脸哧哧地笑。

三姨奶妩媚地逗给他一瞥娇嗔，红晕了粉脸，笑道：

"要这个……是什么呀？怪热的天气，谁高兴呢？安静地睡一夜也不要紧，你到底不是铁打的身子，可也要保重一些的呀！"

花得雨听她这么地说，便把她搂住了，说道：

"我的心肝，你到底和她们这班混账只贪欢乐的东西不同，你是真正地爱我身子，所以才会这样地关心我。像老四和老六，只要我一进她们的房，她就躺到床上去等候了。老三，我最爱的就是你呀！"

三姨奶听了，早已咯咯地浪笑起来，说道：

"老四、老六大概饥荒极了，这情形真也够可怜了。"

说时，又白了他一眼，笑道：

“你也不必见人讲人话，见鬼讲鬼话。我听人家告诉我，你在老八的面前就说我的不好。”

花得雨哎哟了一声，拿手指了指天，又指了指胸口，说道：

“天在头上，良心放当中，我何曾说过你一句丑话啦？不是说一句好听白话，我常常在自己想：除了大奶奶外，是只有我的三奶奶最有情义的了。”

三姨奶噘了噘嘴，白了他一眼，笑道：

“何苦当面奉承？那天我经过老七的房中，听她和老九在骂我，说最不要脸的这个小孤孀把大爷迷倒了。我真气得三天不想吃饭，常想告诉你，又怕多事情，今天说上了，我才告诉一句。照理，我如今是大爷的人了，她们也不该再骂我小孤孀了呀！她们骂我小孤孀，还不是咒念着大爷吗？”说到这里，似乎受了一万分的委屈，也不知打哪儿来的一股子伤心，眼泪竟会扑簌簌地滚了下来。

花得雨是个身拥九个女人的男子，对于女人的装腔作势、搬弄是非是早已司空见惯，明白她们也无非争宠的一种手段罢了，于是也就顺着她意思，恨恨地骂道：

“真有这一种事情吗？那实在太岂有此理了。我明天见了老七、老九，倒要向她们责问一顿哩！”

三姨奶见事情成功，也就滚在他的怀中，故意又做好人道：

“大爷，我也不过随口说上一句，你千万别给我闹开来，否则，大奶奶总以为我在搬是非了。假使她们都恨起我来，我还能做人了吗？好亲爷，你明天不要责问她们吧！”

花得雨怀中的感觉，软绵绵的，真有说不出的适意，又见她粉脸沾着丝丝泪痕，在月光笼映之下平添了不少妩媚的风韵，于是低头吻着她的小嘴儿，甜甜地吮了一个够。三姨奶就有这一种本领，她把小舌尖送进他的口中，像蛇一般地游行着，把花得雨撩拨得再也熬不住起来，气喘吁吁地道：

"我的好人，快些进房去吧！爷实在熬不住了……"

三姨奶嫣然地一笑，说道：

"什么事情熬不住？我的爷，房中实在太热了。"说着，又把秋波向他逗了一瞥勾人魂魄的骚眼，咴咴地笑。

花得雨似乎明白她的意思，便不声不响地伸手去扯她的纱裙。三姨奶却把手去拦阻他，口中连喊不不！花得雨心中焦急，手伸进去的姿势是很猛的，因了急猛的缘故，手指就真捣了黄龙。原来，三姨奶体肥怕热，刚才洗好浴后，却没有穿小裤，只系了一条纱裙。花得雨既到了柔若无骨的销魂处，如何肯轻易错过？遂遣二郎神去猛探。三姨奶哟了一声，皱了双眉，两颊绯红，睃了他一眼，如嗔如恨地笑道：

"你……你……不管死活地……人家不痛吗？"

花得雨笑道：

"我风流的奶奶，怎么连裤子都没穿了？还不是等爷来享受吗？你不要推三阻四了。"说着话，把三姨奶身子早已压平了。

三姨奶急道：

"在月光之下算什么意思？你瞧外面风大，若着了寒，连命都会送了。"

花得雨把箭已张在弦上，怎么还耐得住不发？遂笑道：

"慢说风大，就是此刻落着大雨、大雪，我也顾不得许多的了。"

三姨奶咪咪地笑道：

"假使真落了大雨，我们游在水中，活像是对鸳鸯哩！"

幸而这时月亮被几阵风吹送，已躲到浮云堆中去了，大概她纯洁的光辉也不愿照着那一对狗男女吧！正在难解难分，不料天不作美，一阵狂风吹过后，洒洒地竟落了一场阵头雨，把两人身子淋得像对落汤鸡。三姨奶急道：

"快起来回房中去吧，这可不是玩儿的呢！"

花得雨哪里肯依？说道：

"正在好处，没有完哩！落铁也不进房去的。"

这时，小桃在房中听得院子外落雨了，便急得奔出来，在她的意思，是来帮着大爷和三姨奶把藤榻端进房中去。谁知在屋檐下瞧到大爷和三姨奶躺在藤榻上，虽然雨点儿像黄豆一般的大，却兀是打着架。起初是一怔，仔细凝望一会儿，方才瞧清楚了，一时又羞又笑，弯了腰肢，咯咯地直不起来，说道：

"爷和奶奶真是乐糊涂了，天上落了这么大雨，你们还不停止吗？"

三姨奶听了小桃的话声，心中一急，把他身子推下。花得雨也觉背上有阵凉意，于是和三姨奶急急地奔回房中去，拿手巾擦干身子。小桃把藤榻拿进，见了房中他们两个人，兀是笑得透不过气来。三姨奶嗔道：

"别笑了，快拿干衣服给我穿吧！"

小桃道：

"还穿什么衣服？快到床上继续工作去是正经吧！"说着，便笑着奔出房外去了。

待她第二次进来的时候，果然见他们在床上战云密布，恨不得把两个身子合到一个上去。小桃被他们引逗得两颊发热，心头乱跳，真有些情不自禁起来，遂奔到床边，笑道：

"留些精神吧！别把你们性命都乐掉了。"

花得雨伸手把她猛可抓来，笑道：

"别见人吃饭喉咙痒了，你也尝尝好了。"

小桃嗯了一声，随口吹熄了灯火，三个人便缠作一堆去了。在落雨的时候，花得雨背上是赤裸裸地淋了一个够，兼之后来又在小桃身上出了很大的力，因此第二天不免乐极生悲地发起寒热来了。三姨奶又急又恨，抱怨他早肯听自己的话进房来，就不会患病了。花得雨笑道：

"我像铁一样的身子，这一些小病怕什么？过一天就好了。"

小桃向三姨奶也抱怨道：

"三奶奶也真不管死活地爱风流，雨下得这么大，就是大爷不肯停止，你也该推他下来了，这么淋了一场大雨，下面还这么……这么……如何不要病呢……"

三姨奶听了这话，恨恨地啐她一口，笑骂道：

"这婊子愈发爬到我的头上来了。你懂得什么？大爷生根似的压着，我有这么多气力把他推下来吗？"

小桃听了"生根"二字，早又扑哧地笑了，说道：

"大爷生了根，种在你的身上，料想你也舍不得推下来……"

这句话说得花得雨也笑了，三姨奶伸过手去拧小桃的嘴，骂道：

"你这只烂舌根的小蹄子，臊你的娘，昨夜你自己安分吗？浪得好像千生千世没有尝过滋味似的，大爷若不是在你身上花了这许多精神，他今天也未必会病哩！"

两人一个抱怨她，一个抱怨你。花得雨笑道：

"你们别吵了，总是我自己的不中用，要不然，如何会病倒？明儿天天道人给我炼成人生永久丸，慢说你们两个，就是两百个，也就不放在心上了。"

一语未了，只见大奶奶唐芳容绷住了脸走进房来。三个人吓得不敢说话，三姨奶遂叫声奶奶，垂手退在一旁。小桃倒了茶，便悄悄地溜到外面去了。芳容向三姨奶望了一眼，冷冷地问道：

"大爷怎么会病的？昨晚落了大雨，你们可又是开了窗子睡的吧？"

三姨奶忙低低地道："没有开了窗子睡，大爷昨睡的时候，身子就有些发热，我叫他安静地睡了一夜，谁知今天更热了。"

花得雨听她说了这么一个谎，便含笑向她连连地点头，表示赞成她的意思。不料唐芳容却摇了摇头，逗了三姨奶一眼，冷笑道：

"一个是狂风，一个是柳絮，我不相信你们就会这么的安静。瞧瞧你的眼圈吧，也知道你昨夜干了多少次数了，否则，大爷结结实实的身子，到你房中就会病起来？你这样不晓得爱惜大爷身子，明儿你有本领再去嫁人，可不是害苦了我娘儿俩吗？"

三姨奶听了这一篇话，忍不住哭了起来。花得雨忙道：

"大奶奶，昨晚我们真的很安静，你倒不要怨她了。"

唐芳容道：

“你不用庇护她，反正你生病也是情愿的。”

说时，回头又向三姨奶喝道：

“我只不过说了两句，你就哭起来了，难道我委屈了你吗？你昨夜有没有迷过大爷，反正死人肚子里自己明白，我教训你几句，也无非为的你好。”

三姨奶这就不敢再哭，拭了泪痕，低低地道：

“奶奶金玉良言，原是一片菩提之心，我虽然愚笨，岂有不知好歹的道理？只不过昨夜真的没有，那真是天晓得的，奶奶不信，可以叫小桃来问的。”

花得雨灵机一动，笑道：

“昨夜确实很早就睡了，我这病很怪，大概是有什么鬼怪作祟，明天给我去烧些香，也就好了。”

三姨奶听了这话，便乘机说道：

“这里东门铁佛寺的菩萨很灵，明天我去进香吧！”

芳容冷笑道：

“什么鬼怪，什么菩萨，都是自己作孽才会病的，一个人有了病总要瞧大夫，进香请愿我最不相信，引鬼上门，都是些庸人自扰。”

正说时，碧秋伴着王大夫来了。原来唐芳容得知丈夫病了的消息，一面着人请大夫，一面就亲自来瞧望。这时王大夫坐到床边，按了花得雨的脉息，连连地点头。大奶奶问道：

“王大夫，你瞧他是患的什么病呀？”

花得雨听了，连忙向王大夫使了一个眼色。王大夫会意，嗯嗯想了一会儿，说道：

"大爷患的一些感冒，没有什么要紧的，只吃一张方子就好了。"

花得雨听了，便向芳容微笑道：

"奶奶，你听到了没有？我们没有……我们没有说谎吧！"

唐芳容却不作答，恨恨地逗给他一个妩媚的白眼。王大夫诊过脉息，走到桌边坐下开方子。芳容一面着人去撮药，一面送王大夫出来。不多一会儿，碧秋把药拿来，和小桃忙着生炉子、煎药。这里老二、老四、老五、老六、老七、老八、老九都来探望，芳容嘱她们小心侍候，她便自管地带着碧秋回房去了。待大奶奶一走之后，房中八个美妾就热闹起来，这时最恨的要算老四和老五，她们向三姨奶半正经半取笑地说道：

"断命你这妮子也不知浪得如何程度，把个大爷浪病了，可不是害了我们？"

六姨奶笑道：

"但愿病了两天，也就好起来了。"

七姨太急道：

"就是后天好了，你也该叫大爷休养休养，不要再病了，岂不是害了我们！"

九姨太笑道：

"挨到我房中，大爷准可以完全地复原了。"

花得雨听她们莺莺燕燕这么地说，心里又好笑又可叹，遂说道：

"你们爱我的人，还是爱我的宝物呢？从这一点子瞧，可见你们是一夜都饿不得，幸亏大爷是个铁一样的人物，否则，你们偷鸡偷狗地真不知要偷到如何程度哩！"

八姨奶是个庵堂里的尼姑，听他这么地说，便双手合十，念道：

"阿弥陀佛，大爷这话也太委屈人了。"

花得雨笑道：

"你当然是例外的，不比她们爱风流。"

四姨奶冷笑道：

"她是好人，在庵堂里夜夜偷和尚就忘记了？"

这句话说得众人哄堂大笑，八姨奶红晕了两颊，合着双手，却只管念佛。一会儿，小桃把药煎好，送到桌上放着。三姨奶亲自端给他喝，又给他用开水漱了口。花得雨喝了药后，遂闭眼养神，不料却是沉沉地熟睡了。待他一觉醒转，众姨奶已经散去，只有三姨奶坐在床边叹气。花得雨道：

"我这病不要紧，你为什么伤心？"

三姨奶道：

"我听了大奶奶的话，我心头感到难受。小桃这婊子也是一分子，气却给我一个受用的。"

花得雨道：

"大奶奶说只管让她说，你不听她也就是了。"

三姨奶倒在他身旁泣了一会儿，又道：

"明天早晨我一定给你进香去，但愿你早日痊愈，她们也不会把我恨入骨髓了。"

花得雨点头说好，捧着她粉脸，默默地又温存了一会儿。这时，小桃在房外叫道：

"奶奶，单姑娘来瞧望大爷来了。"

三姨奶一听，慌忙站起身子，收束泪痕，只见湘帘掀处，单玉凤携着小玉姗姗地进来。三姨奶让座，小玉早已奔到床边去了。花得雨见了玉凤，真仿佛见了活宝一样，遂不管身上有病，从床上靠起，笑道：

"还劳师妹前来探望，真叫我心里感激。"

单玉凤忙叫他躺下，说道：

"你和我还客气什么？快躺下来吧！不然，我就走了。"

花得雨只得躺下，一面连喊小桃倒茶。玉凤道：

"现在秋的天气了，一会儿冷，一会儿热，一不小心，就易患病的。"

花得雨说了一句"可不是"，眼睛齐巧和三姨奶接了一个正着，两人忍不住都抿嘴笑了。这时，碧秋走来说道：

"奶奶问大爷可好一些了吗？若好些了，今晚睡到上房里养病去。"

花得雨不敢违拗，连声回答知道了。碧秋遂匆匆地回去了。她经过四姨奶的卧房，听里面有一阵嬉笑声传出来，心中好生奇怪，遂住脚在窗外窃听了一会儿，只听四姨奶浪笑道：

"小鬼，老娘愈性急，你愈慢吞吞的，我不拧死你！"

又听一个男子声音哎哟了一声，笑道：

"我的娘，别拧了，我孝敬你是了。"说毕，又听一阵哼声、笑声、浪声，把个碧秋听得两颊绯红，一颗芳心像小鹿般地乱撞起来了。

碧秋恨恨地啐了一口，别转身子，急急地走了，暗自想道：

这个男子的声音好像有些如三教师徐智勇的声音，他是个小白脸，怪不得老四、老五、老六都给他搭上了手，她们如此，其余几个姨奶当然也不必说起的了。一路走，一路想，早已到了上房。唐芳容见碧秋脸色很不好看，遂急忙问道：

"怎么啦，难道大爷不肯过来吗？"

碧秋摇头道：

"不是，大爷就到上房来养息了。"

芳容望着她粉脸，怔怔地道：

"那么你干吗显出一脸不高兴的样子，敢是谁给你气受了？"

碧秋勉强笑道：

"也不是，我并没有怎么。"说时，却情不自禁地叹了一口气。

唐芳容原是心细如发的人，她见碧秋的神情就知道其中必有缘故，遂拉了她的纤手，柔声地说道：

"碧秋，我一向把你当作自己儿女一般看待，你有什么事情总也不瞒骗我的，为什么今天却不肯告诉我了呢？"

碧秋叹道：

"我怨大爷糊涂，不管是孤孀，是妓女，是尼姑，是弃妇，一股脑儿都弄进屋子里来，如今把整个院子就沾得没有一块清洁的地方了。"

芳容听她话中有因，遂细细地诘问，碧秋也就从实告诉一遍，芳容气得连声叹息，说道：

"这是我早在意料之中的，她们偷鸡偷狗，也无非瞒着一个大爷罢了。"

碧秋道：

"大爷有病，这消息且不要告诉他，明天病好了，再告诉他也不迟。"

芳容知道这是碧秋疼爱他一片苦心，遂点了点头，说道：

"就是病好了，我也不会明白地向他告诉，只提醒他一句也就是了。你不晓得这大爷的脾气，又像火烧鬼似的，若听了这个消息，说不定又会闹出几条人命案子来，叫我又觉得不忍心。"

碧秋道：

"我说奶奶菩萨心肠一样，总有一股慈爱之心，这是无论如何也免不了的。"

两人正说时，小桃在外面叫道：

"碧秋姊姊，大爷回上房来睡了，你来掀湘帘吧！"

碧秋一听，忙去掀起门帘，只见大爷靠在太师椅上，由四个庄丁抬来了，后面跟的单玉凤、小玉和小桃三个人。大家进房，芳容一面扶他到床上去睡，一面向玉凤招呼让座，碧秋倒茶。小桃也就回到房中去了，见三姨奶手托香腮，对镜呆坐，遂笑道：

"我的娘，大爷这个病，怨我是天晓得的，我也没见过在大雨缝中打架，这才是新鲜呢！"

三姨奶回头啐她一口，笑骂道：

"你还在给我嚼舌根哩！"

说了一句话，想起昨夜两下的一幕，自己也抿嘴儿笑了，说道：

"说来说去，总是他自己不好。我叫他快起来，他偏不听，叫我又有什么办法呢？"

31

小桃把小嘴儿一噘，笑道：

"这话也不中听，我不相信大爷在你身上真的会生了根子，就推他不开了。"说着，弯了腰肢，咻咻地笑着奔出去了。

到了次日，三姨奶到上房去请了安，回来带了小桃，便坐轿到东门铁佛寺进香去了。就有小沙弥接入大殿，一会儿方丈铁佛和尚迎出来，双手合十，请施主到禅房坐下。献上茶后，彼此请教姓名，方知是庄主花大爷的第三爱姬，因此招待得愈加殷勤周到。不多一会儿，大殿上已经点舒齐了香烛，请花奶奶出外拜佛。众僧围在两旁，敲吹念经，一会儿拜毕，铁佛和尚又请三姨奶到禅房用点心。三姨奶见铁佛和尚虽然一脸横肉，但身材魁伟，好像金刚转世一般，一时芳心暗想：听说和尚的东西比常人粗大，像铁佛和尚这一个身材，其大可知了，可惜不是生在大爷的身上，否则，我也有一尝新鲜的滋味了。铁佛和尚见她一面吃着点心，一面却把秋波脉脉送情，知道她是个风流的淫妇，心中暗喜，遂搭讪着道：

"花奶奶，花大爷不知患的什么病症？小寺的菩萨与别家不同，他是最有灵感的，你奶奶今天烧了香，明天大爷保准就会好起来。"

三姨奶抿嘴儿一笑，说道：

"若真应了大师父的话，改天我们还得来还愿哩！我家大爷的病也奇怪，好好就发烧了，也不知是什么病症，大夫说他是受了一些感冒的。"

铁佛和尚点了点头，念了一声佛，说道：

"记得我师父在日，有许多土方子，对于患一些感冒的小病，是最灵验的。花奶奶不知相信土方子吗？请你随我到里面禅房来瞧瞧吧！"

三姨奶会意，遂点头答应，一面向身后小桃附耳低说了一阵，小桃撇了撇嘴，却逗给她一个白眼。三姨奶微笑了一笑，移着莲步，已跟他步进里面一间禅房。三姨奶一脚跨进，只觉有股子细细的幽香触送到鼻子里来。再瞧房中的陈设，竟像一个闺房似的，芳心好不奇怪，忍不住笑道：

"这是大师父睡的卧房吗？真像是我们女人家住的绣楼。"

铁佛和尚听了这话，心里一阵荡漾，便也乘机笑道：

"花奶奶若瞧得中意，你就不妨躺一会儿休息休息吧！"

三姨奶听了，故意绷住了两颊，说道：

"那是什么话？大师父的床上，我能胡乱地睡的吗？"

口里虽这么说，她的身子却在床沿边坐下了，一手撩过那只绣花枕，垂目细瞧枕衣上的刺绣。铁佛和尚见她这个情景，知道她亦有意思了，不免乐得什么似的，望着她小小的露在裙下的弓鞋，微微地笑。三姨奶瞧了一会儿刺绣，忽然抬头瞅了他一眼，见他贼秃嘻嘻的神气，便故作娇嗔道：

"咦，大师父，你不是叫我进来看土方子吗？怎么不拿给我瞧呀？"

铁佛和尚忙弯腰赔笑道：

"因为奶奶在瞧刺绣，所以不敢惊动。我这个土方子，需要对症发药的，我想你大爷的病绝不是单受了一些感冒那么简单，至少还有一层原因吧？"

三姨奶听了这话，不由得脸微微地一红，故作不解似的

说道：

"你别胡说八道吧！还有什么原因呢？"

铁佛和尚却涎脸笑道：

"花奶奶，你也是个聪敏的人，明人何必细说呢？你大爷这病由你而起的，不过却仍旧要你去治的。"

三姨奶见他竟像活神仙似的说着，不禁暗暗地吃惊，奇怪道：

"大师父，叫我怎么样去诊治他？我可不是医生呀！"

铁佛和尚听她并不否认，知道自己猜测是对的，一时大喜，便故意正色道：

"你去诊治他，却要我费一些气力的。"

三姨奶怔怔地问道：

"这话怎么讲？费大师父什么气力呢？"

铁佛和尚笑了一笑，说道：

"我有一种药粉，放在花奶奶的私处，然后回家给你大爷一同去行房事，这样他的病立刻可以消失了。"

三姨奶脸上飞过了一阵红，秋波水汪汪地斜乜了他一眼，笑道：

"真的吗？那么这药粉大师父就给我带回去吧！若果然医愈了，我一定重重地相谢。"

铁佛和尚忙道：

"花奶奶，你听了不要见怪。这药粉一定要贫僧亲自给奶奶放上，那么才有效验，否则，是不中用的。奶奶为了救治大爷的病，当然也肯牺牲这一些的。"

三姨奶明知他鬼话连篇，因为自己原有这个意思，所以倒反而暗暗欢喜，不过表面上兀是沉吟了一会儿，好像委决不下的样子，问道：

"大师父，你给我怎么样地放药粉呢？"

铁佛和尚笑道：

"阿弥陀佛，并不是我占花奶奶的便宜，这药粉一定要放在我这个东西上，然后再送入奶奶的身上，方才有很大的效验哩！"

三姨奶听了，芳心一阵奇痒难抓，暗自骂道：断命贼秃，花言巧语，倒也亏他有此心计，遂故作娇嗔道：

"你这是什么话？那……那……不是……"说到这里，粉脸涨得海棠花一般红，却再也说不下去了，秋波向他一瞟，竟抿嘴儿嫣然地笑了。

铁佛和尚起初倒是吃了一惊，被她一笑之后，西洋镜早已看穿，便笑嘻嘻地走上来，说道：

"花奶奶，你要救大爷的性命，你少不得要马虎一些。况且我也不是真的和花奶奶这个，无非借贫僧的身子给奶奶搽药粉罢了。花奶奶，你且躺着吧！我给你试一试，你就明白我是一番美意了。"他一面说着话，一面色胆包天地竟敢伸手把三姨奶身子扶到床上去。

三姨奶这时芳心像小鹿般地乱撞，也只好半推半就地仰天躺在床上，向他低低地故意问道：

"大师父，搽药粉的时候，痛不痛的？"

铁佛和尚忍俊不禁，几乎笑出声音来，忙说道：

"不但不痛，而且非常的舒适和快乐，你若不信，一会儿就可以知道了。花奶奶，你别动，我给你脱衣服吧！"

三姨奶道：

"上身衣服别脱了，反正药粉放在下面呀！"说完了这两句话，不禁赧赧然笑了。

铁佛和尚笑道：

"奶奶怕难为情吗？没有关系，我给你帐子放下好了。"说着，他把纱帐放下，自己身子也钻到床上去了。

且说里面两人在做鬼戏文，把外面的小桃等得火星向头顶上直冒上来，暗想：三奶奶真也没有良心，大爷待你不薄，怎么就偷起和尚来了？这么许多时间还不出来，他们究竟在怎么样地玩儿呢？小桃实在等得不耐烦了，于是她管不得许多地也走进里面禅房来了。谁知她一脚跨进房中，却不见一个人，只听一阵吱吱的声音，好像耗子在叫似的。小桃心中奇怪，回眸四瞧，方才见上首床上在微微地摇动，这声音正从床脚下发出来。粉脸一阵发烧，便热辣地红起来，暗想：那铁佛和尚一脸横肉，是多么的可怕，不料三奶奶也会看中他。正想时，忽然听三奶奶赫赫地浪笑起来，叫道：

"大师父，你真是我的好宝贝，你……你……"说到这里，又赫赫地笑。

小桃听得呆了，遂猛可走近床边，撩开帐子，往里面一望，不禁啐了一口，娇斥道：

"好个大胆的瘟贼秃，你不是给我奶奶瞧土方子吗？谁知却在共参欢喜禅哩！"

铁佛和尚见帐子外突然伸进一个姑娘的脸来，心中倒大吃一

36

惊，意欲翻身落马，不料三姨奶紧抱不放，一面向小桃说道：

"小桃，你别扰老娘的正经事，大师父在给我放药粉，为的是预备医治大爷的病呀！"

铁佛和尚听她毫不顾忌，知道没有关系，遂也不放在心上了。小桃听了三奶奶这两句话，真是莫名其妙，呆得半晌说不出话来，于是恨恨地放下帐子，她便奔到窗口旁吹风去了。也不知经过多少时候，小桃听得三姨奶叫道：

"小桃！小桃！你快来，我告诉你。"

小桃情不自禁地走到床边，撩起帐子，把身子也坐到床边去。三姨奶把小桃拖到床上，一面给她脱衣服，一面笑道：

"坐井观天，就不知天有多大，如今也给你见识见识，尝试尝试。"

小桃急道：

"我不要，奶奶干了好事情，何必要拖人落水？"

三姨奶恨道：

"你这婊子的嘴还要尖酸我！你知道什么？大师父把药粉放入我们的地方，回头回家和大爷交合，大爷得了药粉的医治，病就会好起来的。你不是爱大爷吗，如何可以坐视不救？"

小桃听了，将信将疑，说道：

"我比不得奶奶，我见了大师父，我有些害怕。"

铁佛和尚笑道：

"你害怕什么，你不听你奶奶喊宝贝吗？"说着，取了药粉涂上，就不征求小桃的同意工作了。

小桃因为三姨奶按着自己身子，也就动弹不得，只好咬紧银

37

齿忍受。起初是怕，兼则惊，再则喜，到后来也不免乐起来。

原来，铁佛和尚的药粉，原是一种春药，能够延长时间，使女子心花怒放，所以在经过一段时间之后，小桃也尝到奇味了。主婢两人在铁佛寺一同参了欢喜禅之后，从此把铁佛和尚认作亲爹一样，彼此约定黄昏时候，在花园外敲木鱼作信号，使小桃引入三姨奶房中幽会。后来，铁佛和尚胆子渐大，也不用小桃接引，仗着几分本领，就在花园外跳进跳出，这也是贼秃合该死期到了，会撞在花得雨的手中，因此被他捉住了。

再说花得雨在树丛内听小桃告诉完铁佛寺中的一段事情之后，他真是气得一佛转世，二佛升天，脸由红变青，由青变白，连叫了两声好好！说道：

"老三这淫贱的东西，我待她这样好，她胆敢背我偷和尚，真正气死我了。待我去结果了这王八贼秃，再和这贱人算账去。"说罢，便翻身向暖香阁里奔进去。

这回花得雨见了铁佛和尚，他的眼睛里几乎也冒出火星来，立刻吩咐剥衣服，抽打三百下。这一声令下，墨童和十个庄丁早已把他衣服撕得粉碎，大家一同举起皮鞭，没头没脑地抽打下去，打得铁佛和尚满身血痕斑斑，几次昏厥过去，待三百鞭子打毕，铁佛和尚变成血和尚了。就在这个当儿，忽然见小桃眼泪鼻涕地又奔进来，一见花得雨，便哭着告诉道：

"大爷，可怜三奶奶吊死了。"

花得雨虽然恨得咬牙切齿，最好生啖其肉，痛饮其血，突然听了三姨奶吊死了的消息，一时倒也怔怔地愕住了。未知三姨奶又如何地会吊死，且待下回再行分解。

第三回

浮生若梦　风流恩爱毕竟全是假

　　小桃眼瞧着大爷怒气冲冲地奔向暖香阁中去，料想事情不对，遂三脚两步急急地奔到三姨奶的房中，气急败坏地叫道：

　　"三奶奶，哎哟！事情不好了。"

　　三姨奶这时在房中对镜梳妆，预备等候铁佛和尚一到，便可寻欢作乐。突然听小桃这么地说，因为小桃平日一些小事也是这么大惊小怪的，遂回头白了她一眼，嗔道：

　　"三奶奶可没有死哩！为什么事情便不好了呢？"

　　小桃听她还说得好俏皮话，遂急得双泪交流，哭道：

　　"奶奶，你不知道，铁佛和尚被大爷捉住了！那可不是事情不好了吗？"

　　三姨奶听了这话，心中一惊，手中拿着的木梳也掉落地下去了。花容失色地问道：

　　"哎哟！真的吗？这冤家为何如此地不小心？不知他……他……可曾说出真情来了吗？"

　　小桃暗想：我若告诉是自己说出的，那当然要被三姨奶抱怨

39

的，于是忙撒了一个谎道：

"铁佛和尚被大爷打得熬不住痛苦，所以只好自己招认了。我一听他招认，急得小魂灵也没有了，只听大爷气得怪叫如雷，说先结果了贼秃，再要和三奶奶来算账哩！你……想，这……这……可怎么办哪！"

三姨奶听了这几句话，身子软了半截，只觉得头晕目眩，扑通一声，她的身子竟在椅子上直跌到地下去。急得小桃连忙把她从地上扶起，口中连连叫道：

"三奶奶！三奶奶！你怎么啦？你怎么啦？"

三姨奶捧着粉脸，一面哭，一面说道：

"没有什么，你快给我去倒一杯茶来，我口渴哩！"

小桃也淌眼泪道：

"三奶奶，你不要哭呀！快到床上去息息，也许大爷会原谅你的。"

三姨奶哭道：

"大爷那一副脾气你难道还不晓得吗？千不好，万不好，总是自己淫贱不好，我劝天下的女子，总不要太爱风流才好……"说到这里，又连催小桃去倒茶。

小桃不知她是什么意思，也只好丢下了她，匆匆地到外面一间去倒茶，心中暗想：这是我害了三姨奶，我不该先告诉大爷，也许铁佛和尚守口如瓶，到死都不招认，这……岂非庸人自扰吗？想到这里，懊悔不迭。谁知这时听得房中砰的一声，好像是一根凳子翻倒一般。小桃拿了一杯茶，心慌意乱地奔进里面房中，她赫然瞧到这一幕情形，顿时竭声地大喊，吓得身子倒退了两步，把手中一碗茶也打得粉碎的了。你道她瞧见了什么？原来三姨奶两脚荡空，头套在一条白巾上，竟在梁间上吊了。这也是三姨奶命中该绝，小桃吓得六神无主，也不先来把她抱下，却翻身先奔到暖香阁来报告花得雨了。

且说花得雨既听到了三姨奶吊死了消息，不免呆了一会儿，良久，方喝道：

"死就死了，何必多说？快给我滚开去吧！"

喝着，把个小桃吓得又向里面退了出来，暗自寻思道：大爷真的动了火，想来连自己性命也保不住的了。与其死在大爷的鞭子上，倒不如自己找个归宿，省却许多的痛苦吗？想到这里，因为暖香阁三面靠水，她站在石栏杆旁，有了顿饭时分，只听里面铁佛和尚惨叫之声，令人毛骨悚然。小桃把心一横，遂纵身一跃，直跳到荷花池里去了。也许是小桃不该死在荷花池中的，所以，单玉凤手携小玉齐巧从桐花轩中走出来。桐花轩原是玉凤的住屋，屋前有一丛修竹，风吹竹叶，沙沙作响，四周十分清静幽美。小玉吃毕莲子汤，到玉凤房中玩儿了一会儿，此刻拉着她又到花园来玩儿。才走出桐花轩外，突听一阵水花飞溅之声，响入耳鼓。小玉眼尖，先嚷着道：

"干娘，你瞧，有人跳荷花池自杀了。"

玉凤也早已瞧见，遂把手一指，口中念念有词。不多一会儿，只见有两个大力士把小桃从荷花池内抱起，放在玉凤的面前，便不见了。小玉暗暗惊奇不已，知道这是干娘的法术，也就不去追究，先把地上小桃瞧了一瞧，这就咦了一声，叫道：

"你……你……不是三姨娘房中的小桃吗？如何好好竟不要

41

做人了？你莫非受了什么大委屈吗？"

小桃想不到会被单姑娘和小姐救起来，乃即跪在地上，只管哭泣，口喊小姐救我。玉凤也奇怪道：

"到底为了什么事情？你好歹也告诉一个明白呀！"

小桃这才说得一句道：

"大爷捉到一个铁佛和尚，三姨奶便吊死了，我……怕大爷……打我……所以才自寻的。"

玉凤听了这话，心中早已恍然。小玉却急急地问道：

"爸爸捉到一个和尚，与三姨娘又有什么相干呢？她好端端为什么要自杀呢？"

小桃方欲告诉，却被玉凤阻住了，说道：

"我明白了，你不用说了，那么你大爷此刻在哪儿？"

小桃道：

"在暖香阁中拷打和尚。"

小玉呆住了乌圆小眸珠，拉了玉凤的手，兀是问道：

"干娘，你明白，我可不明白呀！到底和三姨娘有什么关系呢？"

玉凤秋波瞅了她一眼，笑道：

"小小年纪，这些闲事情，何必要你寻根究底地问？"

小玉听她这么说，遂不敢再问。这时，玉凤房中的丫鬟素琴匆匆地走来，问什么事情，玉凤道：

"你来得正好，快伴小桃到我们房中去换了湿衣服。"

一面又向小桃安慰道：

"三姨奶既已吊死，你如何再可以自寻？常言道：蝼蚁尚且惜生，何况是个人吗？你放心，大爷那儿，我会给你求情的，总不给你受委屈是了。”

小桃听了，叩头不已，称谢而去。这里玉凤和小玉一同步入暖香阁，忽然鼻中先闻到一阵皮肉焦烂的臭气，令人作呕。玉凤瞥眼一见，原来那个大和尚脱得一丝不挂，花得雨命庄丁把棉花布条浸了油，包裹在和尚的阳具上，用火燃烧，那和尚已痛得乱撞乱颠，惨叫不绝。玉凤见了，又羞又急，红晕了两颊，急忙掩着鼻子和小玉一同退出。小玉人矮小，没有见到，还向玉凤问道：

“干娘，他们在烧什么东西？怎么这样臭呀？”

玉凤好笑道：

“谁知道烧什么东西，真令人会恶心的，我们快到池边去透透空气吧！”

就在这当儿，花得雨从里面赶出来，叫道：

“师妹，这事情你知道吗？真正把我气死了。”

玉凤道：

“你把他一刀杀了也就罢了，何必这样恶作剧？怪难闻的气味，也防着卫生有害哩！”

花得雨本来是气得全身发抖的，今被玉凤这么地一说，倒也笑起来了，说道：

“快活的时候是他，痛苦的时候也是他呀！”

玉凤道：

“三姨奶已吊死了，你知道吗？”

花得雨奇怪道：

43

"你如何知道的？"

玉凤笑道：

"小桃生恐你打她，她便跳荷花池自寻了，我把她救了起来，她才完全告诉了我。我想三姨奶既然已经吊死，大和尚也被你结果了，你就饶了小桃吧！怪可怜的，孩子年纪轻，懂得什么呢？"

花得雨叹道：

"师妹，说来真惭愧，家门不幸，才会有此淫妇哩！"

正说时，三姨奶房中的老妈子又急急地奔来，告诉道：

"大爷，不好了，三奶奶也不知为了什么缘故，竟吊死了。"

花得雨这回才和玉凤、小玉三人一同走到三姨奶房中去，只见三姨奶已被她们放在地上，气绝多时矣！花得雨见她粉脸上还沾着丝丝泪痕，可见临死的时候是哭一场的。想起几年来的恩爱，一时也由不得掉下几点眼泪来，遂吩咐家人把棺具买来，成殓结果，抬到外面后山去葬了。这里花得雨又吩咐墨童把铁佛和尚尸身给猎狗吃了，谁知猎狗嗅了嗅，都不要吃地走了。墨童也只好把他抛到野外去葬了，前来复命。这时，花得雨坐在大奶奶的房中，只是连连地叹气。玉凤劝了几句，也就自管回房。芳容道：

"大爷也不用烦恼了，我劝你以后千万不要再惹草拈花了，好像叫花子吃死蟹，双双都好，一个一个地弄进门来，你也该明白你是只有一个人呀！既没有分身之术，要应酬这许多女子，怎么应酬得过来？这班女子又都是花开正盛，也就难怪她们要偷野食吃了。就是其余的这几个，恐怕也是免不了。像老三会吊死，倒还是个好人，只怕她们心肠变了，有一日害起你来，真叫人感

44

到心寒的了。所以，我的意思，把她们一个一个地打发出去，只是大爷心中又说我爱吃醋，舍不得她们罢了。"

花得雨听她这样说，也不敢说不肯，遂笑了一笑，说道：

"我也知道奶奶是不爱吃醋的，不过打发她们出去，又觉得太便宜了她们，所以过了我的生日再说吧！至于她们要害我，料想她们也没有这样的大胆，我不要她们的性命，已经是她们的大幸了。"

唐芳容知道劝他不醒，遂也不言语了。这时，天已入夜，碧秋开上饭来，小玉笑道：

"爸爸到八姨娘房中吃饭去，这儿可没有你的份儿。"

花得雨笑道：

"你这孩子，别胡说吧！爸今晚偏在这儿吃，你难道可以不许我吃的吗？"

小玉不答，抿嘴儿微微地笑。唐芳容自管到桌旁去吃饭，却并不叫他。花得雨也熬不住，他匆匆地走到房外去了。才跨出院子，忽见小玉从后面追出来，笑着叫道：

"爸爸，你不用走得那么快，我们不会硬拉着你吃饭的呀！"

花得雨暗自说声"这孩子顽皮"，遂走到八姨奶的房中。八姨奶兀是坐在观音佛像前打坐，见了他进房，这才慌忙含笑相迎，说道：

"大爷，今天累忙你了，快息息吧！回头吃饭了。"

花得雨叹了一口气，说道：

"你们这班都是没有良心的淫娃子，大爷待你们像活宝似的，还要给大爷戴这顶绿头巾，真是气死我了。"

八姨奶听了，念了一声佛，说道：

"大爷，你说话不要拖泥带水的，说谁就说谁，总括一句'你们'两字，把好人也不是委屈死了吗？"

花得雨见八姨奶另有一种幽静妩媚的风韵，实在非常可爱，遂笑道：

"你不要生气，我并不是说你呀！"

八姨奶眼皮一红，说道：

"你明明是骂给我听，还说不是骂我哩！大爷，你也该明白地想想，我假使是个好淫的人，死了丈夫，也不肯出家为尼了。谁知既做了尼姑，偏又给大爷看中，硬要讨回家来。我本欲自寻的，后来经老师太百般地劝慰，我才答应了，你想，我是这么的一个人，还会偷汉子作乐吗？你不要听老四这张短命嘴说我夜夜偷和尚，谁不知她自己是个窑子里的妓女，我瞧她全身骨头差不多一根都没有尊重的呢！"说到这里，却是落下眼泪来。

花得雨见她脸上脂粉不施，身上也不打扮，真的十分朴素，遂点头道：

"我知道的，你何必伤心？八个人中，除了你之外，就一个都靠不住。"

正说时，梅英开上饭来。花得雨见两荤两素，一碗汤是荤的，一碗也是素的，便笑道：

"八姨奶，你嫁给我也有一年光景，为什么还不开荤呢？"

八姨奶道：

"这是罪过的，我嫁了人，已违背了良心，如何还可以开荤？那我真要打入十八层阿鼻地狱了。"

46

花得雨听了，忍不住笑了，于是两人坐下吃饭，饭毕，照例八姨奶要静坐一会儿的，但有这混世魔王在房中，所以是没有办法不破例的。花得雨拉了八姨奶的手，悄悄地笑道：

　　"天天道人给我炼好了人生永久丸，今天齐巧挨在你的房中，真是你的幸福，回头我们试起来，保叫你快乐死哩！"

　　八姨奶脸上飞过了一阵红，摇了摇头，说道：

　　"不巧得很，我月事来了，大爷到别个房中去吧！"

　　花得雨好生扫兴，忙道：

　　"你这话可是真的吗？我不相信，你给我瞧瞧吧！"说着话，却把手伸了过去。

　　八姨奶瞅他一眼，把他手握住了，嗔道：

　　"你不怕脏了手吗？谁骗你，你这人……"

　　花得雨见她这意态，愈瞧愈美，遂把她抱住了，在她薄薄的小嘴儿上吻了一个嘴儿，笑道：

　　"我也真奇怪，每次到你的房中，你总是推三阻四的，换了老四、老五，她们早已等不及地躺到床上去了，你难道连一个月三四次都不喜欢吗？"

　　八姨奶很羞涩地推开他嘴，赧赧然地笑道：

　　"这也是各人的性情不同，我就爱清静，所以你每次到我房中，我就有些害怕。"

　　花得雨噗地笑道：

　　"害怕做什么？难道会把你……"

　　八姨奶不等他说下去，就伸手扪住他的嘴，笑道：

　　"别说下去了，你到底爱这儿睡吗？爱睡的，我叫梅英服侍你，不爱睡，还是到老四房中去吧！她是欢迎都来不及哩！"

花得雨道：

"梅英的脸实在太平常一些，而且年纪也太小，我吃了人生永久丸，只怕她受不住。"

八姨奶道：

"那么你就到别个房中去吧！也好让我清清静静地坐一会儿。"

花得雨笑道：

"你竟赶起爷来了……"说着，把她身子搓粉似的摸了一会儿。

八姨奶没有办法，只好笑着告饶，说道：

"大爷，你别缠人了，那么你就坐一会儿去吧！"

花得雨却又站起身子，说道：

"你只管打坐，我也不来吵扰你的清静了。"说完这句话，身子已走出房外去了。

他在院子里走了十多步，忽见月光下树蓬中有一个黑影闪过，花得雨倒吃了一惊，忙停步问道：

"是谁?"

只听那黑影低低地道：

"是我，大爷。"

随了这话声，已奔上来，向他扑地跪倒了。花得雨仔细一瞧，原来是小桃，遂喝问道：

"你在哪儿?"

小桃泣道：

"我本欲一死了之，后来被单姑娘救起了，我在她那儿吃了晚饭回房去的。大爷，你饶了我吧！"

花得雨在清辉的月光下瞧到她满颊含泪的面庞，倍觉楚楚可怜，想起小桃种种的风流，心头也不免软了下来，遂把她伸手拉起，说道：

"你也知道错吗？我问你，贼秃的功夫好吗？你快乐吗？"

小桃红晕满颊，含泪泣道：

"这是三姨奶害我的，我原没有背叛大爷的心。如今大爷只要肯饶我，我到死也感激你的。"

花得雨本预备到四姨奶房中去，现在遇见了小桃，遂也把她当作试验品了，拉着她一同回到三姨奶的房中，叫小桃倒一杯酒来。小桃不知做什么，但也不敢问，只好在瓶中倒了一杯，放到他的面前，说道：

"这是冷的，要不拿杯开水烫烫热？"

花得雨摇头说声不用，一面在怀中取出人生永久丸，放在酒杯中，拿起凑在嘴边，一口吞了下去。小桃问道：

"大爷，这是什么丸药？"

花得雨笑道：

"你不用问，这杯子再去倒一杯酒，你也喝了，我们好行事。"

小桃听了这话，芳心暗想：原来大爷不恨我了，我回头倒要竭力地奉承他，也好叫他永远地爱着我了。想定主意，遂走到桌旁，倒了一杯酒，一仰脖子就喝了下去。她还怕不够兴奋，一连喝了三杯，然后走到花得雨的身旁，憨然地娇笑。花得雨这时坐在太师椅上，见小桃那种媚态，遂把她抱到膝踝上来坐着，两手按着她的胸前，低头在她脖子上吻个不住。小桃忸怩着身子，却咯咯地笑。经过好一会儿，花得雨药性发作，小桃酒性也发行到全身血脉上，大家都忍熬不住，花得雨于是把她抱到床上，把个小桃只有哼的份儿，连喊的声音也没有了。再过一会儿，花得雨见她已软瘫在床上，连动也不动了，一时暗想：这丸药真正厉害，我且给她养一会儿神，再到四姨奶房中去打倒一个。

想定主意，结束衣服，匆匆地奔到四姨奶房中来，不料才到窗前，就听里面笑声咯咯，十分淫浪。花得雨把眼睛凑到窗缝中一瞧，这一瞧真是气得怪叫如雷。你道为什么？原来四姨奶抱着一个男子，也正杀得要紧。再瞧那男子，却是三教师徐智勇，这就破窗而入，大喝"狗男女，胆敢戏吾爱妾耶"？说时，身子已到房中，抢步上前，伸手在徐智勇屁股上结结实实地一拳打了下去。徐智勇见事不好，遂运足功夫，跃身而起，急欲越窗而逃，却被花得雨一拳击中胸口。徐智勇一阵心痛，哇的一声，口吐鲜血，身子便仰天跌倒。花得雨见了，便欲上前用脚踏住，冷不防徐智勇飞起一腿，竟把花得雨踢撞到墙角上去。花得雨急把两手抵住墙壁，却被他摸着了一柄剑鞘。原来壁上挂着一柄长剑，花得雨急忙把剑取下，一个箭步飞奔上去。这时候，徐智勇也从地上跃起，提过一把椅子，向上去格住他的剑，两人在房中一来一往地大战起来。

他们这一打不要紧，早已惊动了大教师郝天雄、二教师孟光达，两人急急赶到劝解，说道：

"庄主爷，你快快住手吧！有话大家可以商量，自己人厮杀，这算什么意思?"

这时,徐智勇被花得雨正逼得走投无路,见两人到来相劝,心中大喜,乘花得雨不备之间,就飞逃出窗外去了。花得雨急道:

"三教师若逃跑,我只向你们要人。"

郝天雄听了这话,也不免急了,遂飞身追踪赶出窗外,不料见徐智勇却是扑倒在一株桂花树下了,走上去一瞧,却见血花四射,他的头已经不知去向。郝天雄这一吃惊,真非同小可,情不自禁啊一声叫起来了。后面孟光达也赶到了,急问为什么大叫,郝天雄忙道:

"孟老弟,你快来瞧,这是怎么的一回事呀?"

孟光达赶上一瞧,也暗暗称奇,说道:

"他……他……不是大哥杀的吗?"

郝天雄道:

"我杀他做什么?你想怪不怪?"

孟光达道:

"老三色胆大如天,竟和庄主爷爱妾私通起来,那还不是自取灭亡吗?"

郝天雄感叹不已,两人遂回进房中。只见单玉凤也在里面,花得雨手提一颗血淋淋的人头,正是四姨奶的,见了两人,便喝问道:

"这大胆的狗蛋逃走了吗?"

郝天雄道:

"已被人杀死在院子中了。"

花得雨也目瞪口呆地说道：

"谁把他杀的？"

孟光达道：

"不知道是谁，连人头都不见了呢！"

花得雨呆了半晌，说道：

"天下哪有这种奇事？我却不信。"

于是走到院子里来看望，果然只有尸身倒在桂花树下，一时大奇，回眸向后面三人望了一眼，只见单玉凤在抿嘴儿微笑，心中这才恍然，遂也不言语了。吩咐庄丁把徐智勇的头去找来，好一会儿，在假山旁找了来。花得雨叫把四姨奶一同去葬了，庄丁们答应一声，便自管去办。花得雨向两人道：

"智勇戏吾爱妾，大不义也，今不知被谁所杀，也是该死之至。此非我待彼薄情，实在他有负于我哩！"

郝天雄、孟光达听了，连声说是，便也各自回去休息了。这里玉凤向花得雨说道：

"师兄也别气恼了，徐教师两眼含糊，我早就知道他不是一个好种了。"

花得雨听了，向她深深地一鞠躬，笑道：

"多谢师妹，代我杀了这贼子，方泄我心头之恨哩！"

玉凤讶之道：

"师兄何以知彼乃我所杀耶？"

花得雨笑道：

"除了师妹能干此神出鬼没之事外，还有谁有此种本领？"

玉凤笑道：

"我所以杀他，也有一个原因。上个月因为天气还很热，我在院子里竹林下乘凉，此刻已经夜深，我不禁含倦而睡。谁知这小子趁我入睡，前来调戏于我，待我发觉，他假意说恐我受凉，所以推我醒的，因此我暗暗恨之。今晚我出房在园中闲散，突然听四姨奶房中有厮杀之声，后来见这小子从窗口逃出，我就明白他所干的事情了。这种贪色之徒，留他何用？故而杀之。"

花得雨听她说到后面，不禁触耳惊心，暗暗羞惭，也只好应酬了两句，各自分手别开。

且说花得雨一日之间死了两个美妾，心头好不恼恨，懒洋洋地回到三姨奶房中，忽然想起小桃，心里又快乐起来，暗自忖道：这一会儿睡后，此刻一定是醒来了，我还是继续与她寻欢作乐去吧！于是三脚两步地奔进房中，走到床边，只见小桃面如芙蓉，柳眉微蹙，杏眼微闭，嘴角旁还露了一丝微笑，兀是沉沉地熟睡着。花得雨笑道：

"懒丫头，还不醒来？小桃！小桃！"

不料呼之不应，花得雨用手向她脸上去拧，谁知竟是冰凉的了。一时大惊，把她身上被掀开，伸手在她胸口一摸，也已冰凉了。花得雨叫声"这是打哪儿说起"？再瞧她下身，一片黏湿，沾了一床，方知小桃乐得心花怒放，竟是脱阴而死了。花得雨到此，又肉疼又伤心，眼瞧着一个白白胖胖全身精赤的姑娘，却已是变成没知觉的骷髅了，这比三姨奶吊死更难受一些。花得雨抱着她身子，也不免哭了一场，遂把被给她盖好，没精打采地依然回到唐芳容的房中去。芳容这时和碧秋在灯下做活儿，见花得雨垂头丧气地进来，便奇怪问道：

"咦，大爷，你此刻又做什么来呀？"

花得雨叹道：

"不要说起了，偷鸡的偷鸡，偷狗的偷狗，真正应着奶奶的话了，你想叫我可恨不可恨？"

芳容惊讶道：

"什么？还有哪个被大爷发觉了呀？"

花得雨遂把老四偷三教师的话向她们告诉了一遍。碧秋听了，先念了一声佛，说道：

"这才是天报应，总有一日他们会撞在大爷的手里。"

花得雨听了，向她望了一眼，忙问道：

"这是什么话？难道他们私合，你早已知道的吗？"

芳容道：

"这是上个月的事情了，那时候你在病中，生恐气了你，所以没有告诉你。"

花得雨跳脚道：

"这就不该了，后来怎么不告诉我？难道你们喜欢我做乌龟吗？"

碧秋低头不作声，芳容冷笑道：

"你又不肯听从我的话，自己喜欢做乌龟，那还用怨我们吗？老实说，除了我，谁不给你做硬背的？"

花得雨听了这话，气得脸发青，猛可在壁上拔下宝剑，说道：

"我把这些贱骨的东西一个一个地杀了干净。"

说着话，提了宝剑向外直奔了。急得芳容娇声斥道：

"你去乱杀人，你就先来杀了我！"

花得雨听了这话，只好回身又进房来，苦着脸道：

"奶奶，你又何苦来？难道你还爱惜她们这班淫物吗？"

芳容叹了一口气，说道：

"你这样好杀生灵，对你福寿会损折的。既然要把她们杀死，何不打发她们出去，也给她们一条生路。"

花得雨道：

"活的进来，死的出去，若活的进来，活的出去，这无论如何我也不情愿的。"

芳容口中虽不说什么，心里却在叹息：如此存心，岂有好收场耶？于是说道：

"大爷这话错了，你和她们无冤无仇，何苦要她们死呢？你若这样，我明儿携小玉、碧秋自回母家去了。"

花得雨急道：

"只要她们守本分，我又何尝叫她们死呢？奶奶千万别走，你若一走，叫我更没有主意了。"

芳容冷笑道：

"我在这里，纵然有好主意，你也未必肯听，我何必在这儿惹你的厌？"说着，不禁淌下泪来。

花得雨把剑收下，却是默默。碧秋拧手巾给芳容拭泪，低声劝道：

"奶奶身子保重要紧，别自寻烦恼了。"

说时，回头又向花得雨道：

"大爷，你也真不应该，好好又来惹奶奶伤心。"

花得雨道：

"我也自知错了，总要奶奶饶了我吧！"

芳容不答，自管睡了，并向碧秋道：

"时已不早，你叫大爷可以回去休息了。"

碧秋秋波斜乜了他一眼，抿嘴儿一笑，说道：

"听到了没有？别叫人拿棒儿打出去吧！"

花得雨又恨又爱，手指了指她，向她扮个鬼脸，也只好回到八姨奶房中去睡了一夜。第二天起来，花得雨悄悄地吩咐几个仆妇，把小桃衣裤穿上，用一具上好的棺材盛了，给她葬在花园里的暖香阁后面，表示爱怜她死在自己手中的一些意思。这事情本来没人知道，后来也传到大奶奶的耳中，于是向他又劝慰着道：

"大爷，你也该明白了，一个女子，纵然是倾国倾城，但仔细一想，还不是和骷髅一样吗？"

在芳容的意思，无非点醒他不要太爱女色，但花得雨生性是块顽石，因此再也不会醒过来了。

这日傍晚时分，花得雨走到暖香阁后面又去吊祭小桃，不料先听有人在暗暗地哭泣，花得雨心中奇怪，急在树蓬中一瞧，原来墨童跪在土坟头面前，一面哭泣，一面烧纸钱。他有些明白，遂走了过去，故意喝问道：

"墨童，你哭她做什么呀？"

墨童回头一见大爷，吓得脸无人色，不禁跌倒在地，只管口喊大爷饶命。花得雨道：

"我又不曾杀你，尽喊饶命做什么？你快从实告诉，莫非你和小桃有关系的吗？"

墨童趴在地上，一面叩头，一面泣道：

"不瞒大爷说，小桃真的是我的爱人，她还答应嫁给我做妻子，我也对她说不再讨第二个女子。现在她死了，我是多么的伤心，唉！大爷，你若怪小的不该和小桃相爱，那么你就杀了我，给我和她合葬在一块儿，我倒也情愿的。"说罢，呜咽不止。

花得雨听了这话，心头好不难受，也不禁泪如雨下，说道：

"你真有情义，是我害了你了，但你既爱上了小桃，为什么不早些告诉我，也好叫我成全你们一对？如今是来不及的了。墨童，你也不要伤心了，明儿大爷挑一个好模样的丫头给你做妻子吧！"

墨童想不到大爷会这么地说，一时叩头不已，口中却拒绝道：

"小桃死了，我墨童万念俱灰，再也不想娶妻子的了。"

花得雨听了这话，愈加羞惭无地，也只有叹息而已。主仆两人哭吊了一会儿，也就自回书房里来。因为明天是花得雨的生日了，所以此刻大厅上仆人们已在挂灯结彩，花园里也搭了帐篷和戏台。一班亲朋知道的，也纷纷前来送礼。这晚，花得雨是睡在九姨奶的房中，九姨奶见他闷闷不乐，少不得放出柔媚的功夫，把花得雨迷恋了一会儿，卿卿我我，说不尽的恩爱风流，缠绵温存，直到三更敲过，方才交颈睡去。

到了第二天，花得雨穿了簇新的衣服，在大厅上应酬着客人，真是又忙碌又欢喜。这时，戏台上也早已开始，热闹得了不得。正在摆席的当儿，忽然花得雨的同生当中的张朝奉匆匆地走来，手里拿了一件雪白的不知什么东西，喜滋滋地走上来，先向花得雨鞠躬贺道：

"庄主爷，恭喜恭喜，想你老不久将飞黄腾达，故而有此宝物送上来了。你瞧，这是件什么东西呀？"

花得雨听了这话，连忙接过那宝物一瞧，原来是一只九龙白玉杯，真个是皇上的宝物，一时又惊又喜，慌忙藏入袖中，把张朝奉悄悄地拉到里面密室中去了。未知九龙白玉杯又如何地会落在张朝奉的手中，且待下回再行告诉诸君吧！

第四回

一病缠绵　客来异乡英雄悲末路

　　诸位当然明白，《小侠万人敌》是《童子剑》的续集，而《童子剑》又是《龙虎剑侠缘》的续集，可是本书已作到第四回了，并不曾把前两说部中人物事实一提，这使读者们不免要闷得不耐烦了。不过诸君且不要性急，在下慢慢地自会把以上两书交代明白。这叫没有瞧过《童子剑》和《龙虎剑侠缘》的读者瞧了本书也不会茫无头绪，至于瞧过以上两说部的，这当然是更加一目了然的了。闲话少说，言归正传。

　　且说九龙白玉杯原是皇上之物，起初屠总督欲害花如玉，故意盗来藏在他的家中，后来被广西长蛇岭清风寨马天王所得，经过许多的曲折，方才又被周美臣夺回。那时候他在宿店里也和他的未婚妻徐丽鹃遇见了，两小口子自然万分欢喜，双双地回到北平宛平县拜见父亲徐公达。公达因丽鹃被蟒蛇所吞，和夫人哭得死去活来，都以为丽鹃死了，今日突然见爱女和快婿双双回来，乐得破涕为笑，就给他们择日完婚。两小口子卿卿我我度着蜜月的生活，真是说不尽的郎情若水，妾意如绵。这样在甜蜜的生活中，光阴是过得特别快速，只觉一转眼之间，早已秋凉天气未寒时矣！周美臣想起白玉杯之事，于是和丽鹃商量，欲往广东花如玉家中一行。丽鹃愿意一同走一趟，美臣心中大喜，于是和公达夫妇禀明，公达夫妇嘱他们小心，不要在路上多生是非。两人答应，遂匆匆向广东进发了。

且说这日到了山东滕县地方，在一条大街上，只见有许多人围着一个圈子瞧热闹。美臣不知何事，遂挤进人丛中去张望，只见地上跪着一个妇人、两个孩子，一个男孩儿还只四五岁，一个女孩儿已经十二三岁模样了，他们三个人把头一直垂在地上，呆呆地只管跪着，地上还有四个粉笔大字，是"卖女葬亲"四个字样。周美臣这才恍然大悟，原来是这么可怜的一回事。这时，听众人议论纷纷地道：

"可惜那女孩子还太小一些，假使有十六七岁了的话，人家买了去也好受用哩！如今还要养她三四年，这个年头儿，谁养得起呀？"

又听一个人笑道：

"瞧她个子也不小，马马虎虎也可以了。老李，有银子乐得便宜货买了去。"

美臣听他们这样说，心中好不恼怒，遂走到丽鹃身旁，把这事情告诉了，并且道：

"怪可怜的，我想救济他们一下，妹妹心中的意思如何？"

丽鹃道：

"救人原是我们年轻人分内之事，岂有不好之理？你只管去和他们说吧！"

美臣听了，心里大喜，遂又走了上去，和那妇人问道：

"喂，你这位大娘快站起来吧，我有话跟你说哩！"

那妇人听有人招呼她，遂抬起脸，见了美臣，遂忙低声问道：

"这位爷可是愿意买我的女儿吗？"

美臣摇了摇头，说道：

"不是，不是，我愿意帮你一些忙，你的家住哪儿？我们且到你家中去坐一会儿吧！"

那妇人听他这么说，暗想：天下竟有这么的好人，真也难得，遂叫子女两人一同站起，向前领路了。这里闲人们见有了主顾，也就各自散开。美臣夫妇俩跟他们弯入了一条破巷，在一间草屋的门前停下，那妇人回身很不好意思地说道：

"这样破陋不堪的屋子，怎能请爷们进去坐呢？"

美臣道：

"不要紧，大娘你别客气吧！"

于是大家步入屋子。里面光线不甚充足，十分暗沉，那妇人赶快命女儿打开天窗，才算有阵风吹进来，一面把抹布揩拭椅子，请两人坐下，一面问道：

"这位大爷贵姓大名？那位小姐尊姓？小妇人舍间实在见不得贵客。"

美臣道：

"咱姓周名美臣，这位徐丽鹃小姐乃咱内子也。"

那妇人一听，慌忙施了一个万福，口叫周爷、周奶奶，一面又倒上茶来。美臣于是问道：

"大娘贵姓？死者到底是你的什么人呀？"

那妇人道：

"小妇人姓林，丈夫赵志铭，原是打猎的，那年上山打猎，被猛虎咬伤死了。剩下的一个女儿名叫雪尘，今年十三岁，一个儿子名叫松涛，今年还只有五岁。志铭还有一个老母，今年七十五岁了，可怜她在昨天晚上死了，因为家中贫穷得没有一些余钱，所以只好把女儿卖给人家，以便给她老人家成殓……"说到这里，一阵伤心，不免淌下眼泪来。

美臣叹了一口气，说道：

"你现在也不要把女儿卖给人家了，留在自己身旁，也到底有了一个帮手。我这儿有五十两银子，就给你作葬亲的费用吧！"

林氏听他送给自己五十两银子，一时还以为在梦中，惊呆得半晌说不出一句话来。良久，摸了摸自己的脸颊，同时又见他在缠袋内果然取出五十两白花花的纹银来，方知这是事实，遂不禁哟地一声叫道：

"周大爷，小妇人无缘无故地如何可以受爷这样的厚惠？况且葬亲也不要这许多银子呀！否则，小妇人的女儿就给奶奶做个丫鬟使唤吧！"

徐丽鹃道：

"这是我们自己情愿的事情，林大娘可以不必挂在心上。至于你的女儿给我做丫鬟，一则我们在路上行走，多带一个人不便，二则也不忍使你们母女分离。所以你千万不必客气的，余下的钱就贩卖一些什物做小生意，也好养活你们这一家三口了。"

林氏听了这话，感激涕零，遂向他们两人跪倒，叩头不已。

雪尘和松涛见母亲如此，遂也都跟着跪下叩头。慌得美臣、丽鹃把他们急急扶起，连说罢了。美臣见松涛生得粉搓玉琢，十分可爱，暗想：此子长大，倒也不是个平常之人哩！丽鹃见雪尘虽然乱头粗服，秀丽之气溢于眉宇，一时也觉她楚楚动人，令人爱怜，拉了她的手，向她问道：

"你可曾念过书？刺绣、描红也学会了吗？"

雪尘低低地答道：

"小女子略识之乎，刺绣、描红也学会了一些，不过爸爸在日，也跟着学了一些棍棒，不知奶奶也爱学拳术吗？"

丽鹃笑道：

"这样说来，我们是志同道合的了。可惜我们要紧赶路，否则，我倒可以教你几路拳术哩！"

林氏见两人絮絮地说着话，心里很是欢喜，遂忙笑道：

"周奶奶这样疼爱我的女儿，若不嫌小妇人出身低贱，就认她做个女儿吧！"

丽鹃笑道：

"我才不过十七岁的年纪，怎么就好认她做女儿了？岂不是折死了我？认个妹子吧，也就罢了。"

雪尘也是个聪敏的女儿，听她这样说，便要跪了下去。丽鹃忙把她扶住了，笑道：

"不必多礼，照理，我们原该帮着你们料理婆婆的后事，因为有事在身，不敢久停，所以我们就此告辞了。"说着话，和美臣已是站起身子来。

林氏和雪尘母女俩都有依依不舍之情，也只好含泪相送，

说道:

"周大爷和周奶奶这样好人，真是天上的佛爷一样，我们也说不出什么感激的话，也只有保佑两位永远健康。"

美臣、丽鹃也不回答什么，只向他们一招手，便又匆匆地赶路了。

这日，到了花家庄上，天已入夜，夫妇俩遂下了高生客栈住下，店小二亮上了灯火，问吃些什么饭菜。美臣因为身边盘缠短少了五十两，所以节省一些，也不吃鱼肉，更不喝酒，只点了几样蔬菜下饭。匆匆地饭毕，丽鹃皱了双眉，握了纤拳，在额角上轻轻地捶了两下。美臣见了，好生奇怪，忙问道:

"鹃妹，你怎么啦？有些头痛吗？"

丽鹃一撩眼皮，秋波向他逗了一瞥哀怨的目光，说道:

"可不是？不知怎么的，好好就头痛起来了。"

美臣听了，走到她的身旁，伸手在她额角上一按，果然，而且还有些热度。一时也暗暗焦急，说道:

"准是前天淋了一场雨，所以受了寒气。鹃妹，你还是早些睡吧！也许明天就好了。"

丽鹃点头，也就解衣安置。这晚，美臣躺在下首那张床上，听丽鹃在上首床上呻吟了一夜，因此他也一夜没有好好地睡，一会儿起来问她怎么样了，一会儿又问茶要喝吗？丽鹃两颊发烧，向他说道:

"我的好爷，你别管我，只顾自己去睡着吧！明天你也累病了，叫我怎么样的好呢？"

美臣微微地叹了一口气，说道:

"你病得如此厉害，叫我还能安安心心地入睡吗？妹妹，我瞧你这样痛苦，要不我给你在额角上轻轻地捶一会儿呀？"

丽鹃见夫婿多情若此，一颗芳心真有说不出的安慰，不禁赧赧然地笑道：

"你别忙了，我再不呻吟了，那你总可以安心去睡了。"

美臣叹道：

"一个人有了病，谁不要呻吟？难道有病还能装没病吗？"说着，伸手在她额角上轻轻地捶着。

丽鹃被他一捶，果然觉得舒服了一些，但又恐他劳乏，遂向他低低地道：

"臣哥，那么你也躺下来吧！反正……"说到这里，绯红了两颊，却逗给他一个妖媚的娇笑，再也说不下去了。

美臣一面和她并头躺下，一面微笑道：

"譬如在我们家中的闺房里，那也原没有什么难为情的。"

丽鹃嫣然地一笑，微闭了星眸，默默地养神。美臣也不理她，这时已三更敲过，两人倦极，也就各自沉沉地入睡了。次日早晨，美臣被丽鹃呻吟闹醒，一摸她身子，更加地发烫，再瞧她脸颊，像火炭般的一团，这就急道：

"妹妹，你什么地方难受？那可怎么的好呢？"

丽鹃柳眉紧锁，低低地道：

"我的头痛得好像刀劈似的，臣哥，你拿杯冷水给我喝吧！"

美臣于是跳下床来，倒了一杯冷开水，又恐冷的喝不得，遂加了稍许热开水，然后亲自服侍她喝下，并又问道：

"妹妹，你肚子可饿了吗？"

丽鹃摇头道：

"我是一些也没有饿，你饿了自管问店小二拿点心吃好了。"

美臣道：

"我也吃不下。"

说时，又沉吟了一会儿，忽然他走到外面去，喊了店小二来，问道：

"这儿庄上可有好的大夫吗？"

店小二道：

"庄上挂牌的大夫倒有好多个，著名的叫作蔡柏椿，不过诊金贵一些，大爷要找大夫做什么？难道谁病了吗？"

美臣道：

"不错，我一个女同伴病了，只要医理好，诊金贵一些倒也不成问题。相烦掌柜去请一次好吗？改天相谢你是了。"

店小二点头说好，便匆匆地去了。约莫一个时辰，方才见店小二伴着一个年纪三十多岁的男子进来。美臣忙相迎道：

"这位便是蔡大夫吗？"

柏椿点点头，问谁病了，美臣道：

"是我的贱内。"

柏椿于是坐到床边椅子上，丽鹃在帐中伸出一只玉手，枕在书卷上，给柏椿诊脉息，然后把帐子掀起，瞧了一会儿丽鹃的舌苔，走到桌旁去开方子，向美臣说道：

"尊夫人的病源，是肝湿阻碍，发热之后，或许还要发冷，吃了这帖方子，看她怎么样吧！"

美臣称谢不已，并谢了诊金，送他出门，一面着店小二去撮药，一面借了炭炉子，在房中亲自煎药。待药汁煎好，时已近午。丽鹃在床上说道：

"臣哥，你早晨还没有东西下肚子哩！饿坏了身子，叫我心中不是难受吗？"

美臣端了药碗，放在床边桌上，笑道：

"不知怎么的，我竟会一些也不饿，妹妹此刻头痛可好一些了吗？"

丽鹃频频地点头，秋波向他一瞟，微笑道：

"好一些了，臣哥，你多少也该吃一些。"

美臣道：

"待妹妹喝了药汁，我自会叫店小二拿食物吃的。药是煎好许多时候，此刻想已凉了，妹妹，我服侍你喝下了好吗？"

丽鹃微蹙了翠眉，似乎有些怕喝似的，低低问道：

"不知道苦不苦的？"

美臣听问，把药碗凑在自己嘴边微喝了一口，笑道：

"怪甜的，妹妹，你快大口地喝吧！"说着，手挽了她的脖子，一手把药碗凑到她口边去。

丽鹃听他这样说，也明知他是哄着自己，药汁岂有甜的道理吗？遂不禁嫣然一笑，一仰脖子，把一碗药汁咕嘟咕嘟地喝了下去。既喝下后，她摇了摇头，愁眉苦脸地连连喊苦。美臣慌忙用开水给她过嘴，吐入痰盂内。丽鹃秋波白了他一眼，掀着酒窝儿，又娇媚地一笑，说道：

"臣哥，你骗我哩！"

美臣被她这么地一说，倒忍不住扑哧地一声笑了，说道：

"药汁本来是苦味的，妹妹，你真还脱不了孩子气呢！"

　　丽鹃啐了他一口，却赧赧然地把粉脸别向床里边去了。美臣见爱妻如此娇羞不胜的意态，心中真有说不出的可爱，也忍不住自个儿地笑了。这时，肚子真的也有些饥饿，遂吩咐店小二开饭，并且又叫店小二盛一碗稀粥，放在桌边。美臣走到床旁，向她低唤了两声妹妹，但丽鹃却没有答应。美臣知道她睡熟了，暗想：昨晚她一夜没睡，给她睡一会儿也是好的，于是回到桌边，自管地吃饭。待美臣吃好饭，丽鹃还没有醒来，遂也不惊动她，自己坐到下首的床边，也养了一会儿神。直到黄昏时分，丽鹃哎了一声，方才醒了过来。美臣连忙走过去，微微地叫道：

　　"妹妹，你这会子睡的时间很长，身子好过一些了吗？"

　　丽鹃纤手揉擦了一下眼皮，回过脸，又整理了一下鬓发，说道：

　　"臣哥，什么时候了？"

　　美臣笑道：

　　"天快夜哩！你饿了没有？"

　　丽鹃道：

　　"有稀饭给我润润喉咙吧！"

　　美臣听了，慌忙吩咐店小二把刚才一碗冷粥去热了来，并拿上两碗素净的菜，向丽鹃说道：

　　"妹妹能靠起来坐吗？"

　　丽鹃点头说好，但既坐了起来，却觉头晕目眩，难以自支，这就叹了一口气道：

　　"才病了一天，就一些气力都没有了。"说罢，不免伤心落泪。

美臣安慰她道：

"常言道：英雄只怕病来磨，何况妹妹是个娇弱的身子呢？回头病好了，气力自然也慢慢地生出来了。妹妹既坐不住，我就给你躺下来喂着吃吧！"

一面说，一面把她身子又抱到床上躺下，自己坐在床边，拿了羹匙，给她喂了几口。丽鹃只觉食而不知其味，因此摇了摇头，却不要吃了。美臣见她病势并未减轻，心头自然十分忧煎。这晚，睡到半夜里的时候，丽鹃果然瑟瑟地冷得发抖，把旁边睡熟的美臣抖醒了，便忙问妹妹怎么了？丽鹃的上下排银齿咯咯地作响，说道：

"臣哥，我冷得厉害呢！"

美臣皱了双眉，急道：

"那可怎么办呢？"

丽鹃道：

"不要紧，大夫不是曾经说过吗，发了热后，也许会发冷呢！我想这次冷过后，一定会好起来的了。"

美臣听了，猛可想起白天里大夫说的，一时倒也放下心来，不过眼前丽鹃冷得这样厉害，那可怎么办好？凝眸沉思了一会儿，说道：

"妹妹，我暖暖你好吗？"说着，便把丽鹃娇躯紧紧地抱在怀里，又把脸贴着她的粉颊，这样有了一个更次，才把丽鹃暖和过来了。

她秋波羞答答地逗给他一个媚眼，叹了一口气，说道：

"这病也太怪了，不知会不会好起来的？"

美臣听她这么地说，心中不免一阵难受，忙说道：

"这一些小病，原不要紧，睡几天也就好了，妹妹怎么说出这些话来呢？"

丽鹃不作答，在眼角旁却涌上一颗晶莹莹的眼泪水来。美臣见她病态已经是不胜娇怯可怜，此刻又沾了泪水之后，这就更感到楚楚爱怜，遂捧着她粉脸，把她小嘴儿默默地温存了一会儿，笑道：

"妹妹，你不要孩子气了。"

丽鹃怕难为情，秋波逗给他一个娇嗔，推开他的嘴，也不免破涕嫣然了。一会儿，说道：

"我是有病的人呢，你就不嫌脏吗？"

美臣道：

"我就恨不得把妹妹身上的病给我代生了，还嫌什么脏呢！"

丽鹃听他这样说，也可见他爱自己的程度，因此芳心中自然是无限的安慰，娇躯偎在他的怀中，柔顺得像一头驯服的绵羊似的，温和地道：

"你又说痴话了，病可以代生的吗？有这一句话也就是了。"

美臣道：

"我瞧蔡大夫的医理很不错，明儿再请他来诊治一次，也就好起来了。"

丽鹃听了，点头说好，两小口子便拥抱着睡去了。第二天，又请蔡柏椿诊治一次，喝了药后，却仍未见效。

这样光阴匆匆地过去，不知不觉地已有半个多月了，丽鹃的病虽未加重，却也不见痊愈，美臣心中好不焦急。这时候美臣的焦急，一半固然是焦急丽鹃的病还没有好起来，而一半因为身边盘缠已经给医药两项花完了，还有客栈里的一笔账，起码也有五六十两的银子，账房先生已经来催过好多次。你想，这叫美臣心中焦急不焦急呢？

这天下午，美臣伴在床边服侍丽鹃喝药，丽鹃因为自己病得一些气力都没有了，心中十分地难受，遂向美臣说道：

"你拿一面镜子给我照照吧！"

美臣生恐她见了自己憔悴的芳容，愈加要悲伤，所以不依她，说道：

"妹妹，你何必要照镜子，况且客栈里也没有镜子哩！"

丽鹃听他不肯，知道自己脸容瘦削得一定不成样儿的了，不禁叹了一口气，淌泪说道：

"我不想这次来广东，竟要做了他乡之亡魂了。"

美臣听了这话，心碎肠断，急得泪如雨下地说道：

"妹妹，你如何说出这些话来，那不是太叫我心痛了吗？唉，妹妹，你这病是会好起来的，千万不要自伤身子了。"

丽鹃苦笑了一下，叹道：

"虽然我这病也并不沉重，但这样拖长下去，总也不是一个道理。况且囊中金尽，一切的费用，又到哪儿去借？万一他们起了一个狠心，把我们赶出客栈，我们不是流浪为乞了吗？"

美臣道：

"妹妹切勿忧愁，我总得想法子，你自管好好地养病吧！"说着，拿手帕给她拭去颊上的泪水。

不料正在这时，忽听后面有人冷笑了一声，说道：

"什么想法子？想了这么许多天，难道还没有想出来吗？老实地跟你说，咱们客栈内若都接着了像你们这么的旅客，不是马上就关门大吉了吗？不是瞧在有病的份儿上，你们立刻给我滚出去！如今限你们在两天之内把账款付清，否则，就莫怪我不容情了。"

美臣回头一瞧，原来账房先生铁青了脸已站在房中了。在这个情形之下，真所谓英雄无用武之地了。美臣为了病人的缘故，只好忍气吞声，向他连连抱拳，赔笑说道：

"你老慈悲的心肠，我们实在非常地感激，不过我们原是过路之人，身上盘缠带得不多，万不料这一病下去，就拖了这许多的时日，所以这也是不幸之极，不但你老焦急，就是我们自己也非常心焦。但你请放心，我们都有根蒂的人，广东礼部侍郎的公子花如玉是咱的大哥，北平宛平县县大人徐公达是我内子的爸爸，所以纵然欠了账，将来病一好，自会加倍偿还你们的。"

账房先生听了这话，又冷笑了一声，说道：

"说起来你的来头倒不小，但是远水救不得近火呀！纵然皇帝爷爷是你的老子吧，可是也没有白住白吃人家的呀！这些废话可用不到说的，谁知道你们这病几时会好？假使生上一年半载的话，那么难道也叫我们给你白吃白住一年半载吗？哼！天下没有这样容易的事情，在两天之内若再不付账，老实不客气地给我一齐滚出去。"

美臣听了这话，虽然是十分恼怒，但也奈何他不得，兀是赔了微笑，连声地称是，说道：

"好的，好的，在两天之内，我准定设法付清账款是了。"

那账房先生这才大摇大摆地走出去了。丽鹃待他走后，不禁急得哭出声音来。美臣又恨又急，把拳在空中扬了扬，不禁顿足长叹，也泪如雨下，但又软话安慰道：

"妹妹，你是有病的人，千万不要伤心呀！天无绝人之路，总有办法给我们走一条路的。"

丽鹃道：

"臣哥，我有一个办法了，何不把我的童子剑去典当里押一些钱？暂时救个急吧！"

美臣听了这话，倒是触动了灵机，便连忙收束泪痕，说道：

"妹妹，有了，童子剑到底是防身之物，岂能轻易地去典押？倒不如把白玉杯暂时去典押一下，你瞧怎么样？"

丽鹃点了点头，伸手揉擦了一下眼皮，说道：

"事到如今，也只好如此了。不过要到大一些当铺去典押，否则，当铺关了，不是连购回都来不及了吗？"

美臣点头称是，遂怀藏了九龙白玉杯，别了丽鹃，匆匆到花家庄上来找当铺。见有一家同生当，比较最大，虽然此门从未进去过，一时也管不得许多了。美臣走进当铺，见高高的柜子里面站着一个戴眼镜留胡须的朝奉，于是把怀中白玉杯小心取出，递了上去。这个朝奉姓张名叫大德，从前是一家古玩店里做伙计的，所以也很知道一些古董，当时他拿过九龙白玉杯一瞧，就知道是一件宝物，于是两只眼睛从厚厚的玻璃片子内望将出来，向美臣上下细细打量了一下，问道：

"你要押多少银子？"

美臣道：

"押一百两银子吧！"

张大德摇了摇头，故意沉吟了一会儿，说道：

"不值，不值，这白玉杯还不算好，要皇上那只九龙白玉杯才值钱哩！"

美臣听他这样说，知道他不识宝物，心中暗暗地欢喜，遂说道：

"照你看来值多少银两？"

张朝奉道：

"六十两银子肯不肯？"

美臣摇头道：

"最少九十两银子，否则，我不押了。"

张朝奉听他说不押，心中倒有些焦急了，遂忙道：

"八十两怎么样？"

美臣摇头不答，伸手去取回白玉杯。张朝奉于是只好连声地说道：

"好，好！九十两就九十两！"

美臣这才把手又缩回来，张朝奉写好当票，并九十两银子，一同放在柜上。美臣接过，在缠袋内放下。当他步出大门的时候，忍不住深深地叹了一口气。

且说张朝奉得此白玉杯，心里乐得什么似的，暗自想道：看这小子不是个好人，怎么把皇上的九龙白玉杯来典押了？可见他一定是偷盗来的。如今落在我的手里，这真是一件使人喜欢的事情。庄主爷今天不是在庆祝寿辰吗？我若把这个宝物献上来，不

74

是可以得到重赏了吗？这样地一想，不免手舞足蹈地把白玉杯匆匆拿到花得雨那儿来了。花得雨当下见了此宝之后，果然心中大乐，遂把张朝奉拉到里面室中，向他问道：

"你这只九龙白玉杯是打从什么地来的呀？"

张朝奉道：

"是一个年轻小伙子来典押的，押去了九十两银子。"

花得雨沉吟了一会儿，说道：

"不知道他会不会来赎取的？"

张朝奉道：

"瞧来是不会来赎的，因为我猜度过去，他一定是偷盗来的，要紧等着银子用，所以押了，那他不是明明地不要了吗？"

花得雨含笑点了点头，忽然又蹙了眉尖，说道：

"万一他来赎取了，那便怎么好呢？"

张朝奉笑嘻嘻地道：

"庄主爷假使喜欢留下的话，我当然有个好办法去应付他……"说到这里，把嘴凑到他的耳边，低低地说了一阵只要如此如此，他不是没有话可以说了吗？

花得雨一听，连连地称妙，说道：

"若事成之后，一定重重地赏你。"

张朝奉道：

"小的吃大爷的饭，理应尽忠尽职，如何敢受大爷的重赏？"说罢，遂自管别开去了。

花得雨把九龙白玉杯细细地把玩了一会儿，心中好不快乐，暗暗细想：今天我的生日，突然有人送上皇家宝物，这我不是明明在帝皇之象吗？花得雨一面想，一面喜滋滋地走到大奶奶的房中。芳容见他喜气洋洋地进来，遂问道：

"大爷今天生日，外面十分热闹，所以很高兴吗？"

花得雨笑道：

"还并不是单纯为了这个缘故，奶奶，我给你瞧一样宝物，这是一件什么东西，你认识它吗？"芳容见他说着话，在袖中取出一只雪白似羊脂一般的玉杯，于是便伸手去接。

不料花得雨却又把手缩回了，说道：

"奶奶，你千万要小心地拿，若敲碎了，那可真不是玩儿的。"

芳容生气道：

"我素来做事最为小心，又不是冒失鬼，难道拿一下就敲碎了？什么了不得的东西，你舍不得给我瞧？我还不稀罕瞧了。"

花得雨见奶奶生了气，连忙又把白玉杯送过去，连连地笑道：

"何苦来又生气？快拿去瞧呀！"

芳容这才笑了一笑，把白玉杯接在手里，细细地瞧了一会儿，见杯子虽小，四周却雕刻着九条神龙，细致可爱，真是玲珑剔透，不愧是一件宝物，于是秋波向他瞟了一眼，低低地说道：

"好一只白玉杯！大爷，你是打哪儿来的呀？"

花得雨笑道：

"是张朝奉刚才送来的，说一个小伙子来我同生当押九十两银子。"

芳容忙道：

"这一只小小玉杯，要值这许多银子吗？"

花得雨听了，不禁扑哧一笑，说道：

"那你真是不识货哩！这只九龙白玉杯，岂止价值倾城？简直是无价之宝哩！如今我们只花了九十两银子就到手里，真是天意归我所有哩！"

芳容忙道：

"这是什么话？别人家来典押的，可不是卖给你，怎么就可以归你所有？"

花得雨道：

"奶奶，你不知道，这是皇上之宝，他既来抵押，必不敢来赎。假使来赎，我们也不还他，只用假玉杯给他。他若跟我们吵闹，我们就用话去吓他，他自然不敢响了。"

芳容微蹙了眉尖，说道：

"既然是皇上之物，你应该到官府去告发才是，怎么反而要藏起来占为己有？万一被官府知道，我们岂不是有杀身之祸了吗？"

花得雨冷笑道：

"怕什么？你瞧着吧！我早晚要皇上的头哩！"

这句话听到芳容的耳里，直急得花容失色，伸手立刻按住了他的嘴，郑重地道：

"大爷，你疯了！喝过多少酒，便说起酒话来了？"

花得雨笑了一笑，却把芳容拉到床边，向她低低地说道：

"奶奶，你以为我说酒话吗？其实我一些也没有说酒话，你瞧我家产这么大，庄丁这么多，而且又有玉凤师妹能够呼风唤雨，本领非常，这一个天下还不是早晚姓我的吗？"

芳容听了这些话，方才知道丈夫已经有了野心，要想做起皇帝来，一时暗暗焦急，说道：

"大爷，不是我先说句不吉利话，你想夺江山做皇帝，这简直是在做梦哩！你以为玉凤师妹本领大，要知道天下之大，有多少的能人，难道就没有旁人再比得上玉凤姑娘了吗？况且现在天下太平，各省、各府都有大将把守，你有多少兵力，想打到京城？唉，大爷，你是一个很聪敏的人，怎么一会儿就糊涂起来了呢？"

花得雨听她这么说，心里虽然愀然不悦，但是她说的也未始不是没有道理，于是只好笑道：

"我原和你说一句笑话，你怎么就认起真来了？"

芳容道：

"那么你快把白玉杯着人送到官府里去告发，说不定还有重赏的。你若要私藏皇家之宝，万一被人泄露，懊悔可来不及的了。"

花得雨把白玉杯拿到芳容房中来，原是把白玉杯叫她收藏的意思，如今被她这么一说，这句话便再也表白不出来的了，只好心生一计，连连地答应，拿了白玉杯，退出房来。暗自沉思道：我还是把它藏到八姨奶的房中去吧！她比不得大奶奶，自然不敢向我说这些话的。

不说花得雨把白玉杯拿到八姨奶的房中去，且说芳容见他走后，心中暗暗伤悲，大爷身拥家产、美人，尚不知足，竟有了谋反做皇帝的妄想，这不是自取灭门之祸吗？想到这里，由不得暗

78

自淌下泪来。正在这个当儿，玉凤拉了小玉的手，一同步入房中，见芳容垂泪，都不胜惊骇，同声问道：

"咦，今天大爷大好之日，奶奶何故伤悲？"

芳容见了玉凤，便拭了眼泪，说道：

"凤姑娘来得正好，我方欲找你问话哩！"

玉凤心中倒是一惊，忙镇静了态度，问道：

"奶奶找我不知有什么事情吗？"

芳容沉吟了一会儿，明眸望着玉凤俊美的花容，说道：

"听说你等欲帮助大爷一同起兵造反，此话不知是否真实的？"

玉凤心头别别地一跳，忙问道：

"奶奶何由知之？"

芳容见她失惊的意态，知道这是真的了，遂忍不住深深地叹了一口气，说道：

"凤姑娘这么聪明的人，如何也做起糊涂的事情来，这岂不是叫人感到可惜吗？我试问你，天下有多少的英雄，他们个个的武艺难道都及不来你们吗？况且为人之道，应该尽忠为国，共保社稷，这才是正理。如何不思为国效力，反而欲存心造反，这岂是一个大丈夫的所为吗？我只问你，像你师兄这么贪色之徒，是否会成大事的？凤姑娘，你的年纪轻啦，千万不要受你师兄的欺骗，他日身败名裂，恐怕身无立足之地，将被天下众英雄万世唾骂哩！凤姑娘，我是好意奉劝，还请三思才好。"

玉凤听了芳容这一篇金玉良言，使她顿开茅塞，一时粉脸绯红，羞惭满面。良久，方低低说道：

"奶奶，你请放心，我绝不会帮着师兄干不忠不义的事情……"

芳容听了，挨近她的身旁，拉了她的手，说道：

"凤姑娘，你也知道'一刻千金'四字的意思吗？一个人生长在世界上，流芳和遗臭就在一刻之间的，所以你千万劝劝师兄，叫他即速省悟，如此，姑娘幸福，愚嫂幸甚，你师兄也幸甚矣！"

玉凤听了这话，感激涕零，不禁向她盈盈跪倒，说道：

"奶奶思想超人，不愧时代之英雄，我不及多矣！今蒙殷殷感劝，忠言堪听，心里感激，没齿不忘矣！"

芳容大喜，连忙把她扶起，笑道：

"悬崖勒马，回头是岸，悟已往之不谏，知来者之可追也。姑娘盖世英雌，若能以仁义布于天下，何患不闻名四海耶？"

玉凤欢喜万分，频频地点头，说道：

"奶奶的话深以为善，聆君一席话，胜读十年书，我不想竟也糊涂若此！"说罢，叹息不止。

又抚小玉之手，说道：

"孩子，你有此良母，他日之前途，当不可限量矣！"

小玉笑道：

"然干娘所教小玉也不坏，只是干娘受骗于爸爸耳！"

玉凤听她人小，说话可极有分寸，赞美不绝，叹道：

"良母教导之下，果无弱女也。"

芳容这时又把白玉杯之事告诉，并且说道：

"大爷虽然退去，不过我瞧他并没醒悟之意。希请姑娘还当合力谏之，盖藏此玉杯，不啻是自寻死亡矣！"

玉凤点头说是，两人又闲谈了一会儿，也就别去回房。玉凤的丫头素琴见姑娘闷闷不乐的神气，便悄悄地问道：

"姑娘何事烦恼？"

玉凤叹道：

"我深悔听师父之言，来此万恶之门，若非大奶奶贤明过人，几误我终身遗恨。"

素琴讶之道：

"姑娘何出此言？莫非花大爷对姑娘有无礼之举动吗？"

玉凤听了这话，猛可使她想起花得雨追求之情形，一时愈加觉得花得雨不是一个顶天立地的英雄。大奶奶谓彼贪色之徒，难成大器，诚可谓知夫莫若妻了。心中这就有离开这儿的意思，低低地说道：

"也不是有非礼之举，因为我瞧他行为日非，恐怕难以成事，况且如今清平世界，不是群雄纷起的时候，当今气势正盛，他欲谋反称王，岂是易事？"

素琴听了这话，把纤掌一合，笑道：

"姑娘悟矣！婢子为了这个事情，心中着实替姑娘烦闷。有道是：乱臣贼子，人人得而诛之。姑娘身怀绝技，应该在社会上干一番轰轰烈烈、令人崇仰的事情才好，岂能与朽木为伍吗？"

玉凤听了这话，不觉拔剑在手，狠命斫去一个桌角，愤然道：

"我若不为国尽忠，当与此同。"

素琴起初倒猛吃一惊，及至听了这个话，也不禁眉飞色舞地笑起来了。

这一天热闹的光阴匆匆地过去了，不知不觉地已经是到第二天下午黄昏的时候了。花得雨在芳容房中正谈着话，忽然墨童急急地来报道：

"大爷，外面有个少年英雄要来会见大爷。"

不知这个少年英雄究系是谁，且待下回再行分解。

第五回

佛面狼心　图赖白玉杯美臣险遭劫

诸位你道这个少年英雄是谁？原来就是周美臣。他又如何会来找花得雨呢？其中自也有一个道理。那天美臣在同生典当里把九龙白玉杯向张朝奉押了九十两银子，很感伤地回到客栈。丽鹃躺在床上，却静静地想着心事，她听了有人走进房中，遂把粉脸回了过来，见美臣缠袋内是满满的，知道白玉杯是真的典押了，一时又欢喜又难受，乌圆眸珠一转，向他叫道：

"臣哥，你回来了，你此刻可好过一些了吗？如今是有银子了，再不会被这些势利小人欺侮的了。"

说到这里，美臣忽然瞥见她粉脸上沾有丝丝的泪痕，遂惊讶地道：

"妹妹，你怎么又伤心起来？莫非又有什么地方不舒服吗？"

丽鹃听了，慌忙把手背揉擦了一下眼皮，摇了摇头，说道：

"我没有什么，臣哥，你把这东西押了多少银子呀？"

美臣低低地道：

"九十两银子，反正妹妹病一好，我们就可以设法去赎回来的。"

丽鹃点了点头，却是深深地叹了一口气。美臣俯了身子，把她纤手抚摸了一会儿，温柔地安慰她道：

"妹妹，你千万不要悲伤，我知道你淌眼泪，你一定又想着什么心事的了。"

丽鹃道：

"我想着在家中的时候，一切是多么的舒服，爸妈若一听我有了病，他们都急得当作一件大事情看待。如今在此异乡客地，黑心的账房先生还咒骂我生一年半载的病，你想，这不是叫我难受吗？"

美臣见她说完了话又欲盈盈泪下的神气，倍觉楚楚可怜，遂偎着她粉脸，也叹了一口气，说道：

"这是所谓虎落平阳被犬欺，一钱逼死英雄汉。妹妹，这次我到广东来，真懊悔不该也叫你一同来的了。累妹妹受苦，是我之罪也。"

丽鹃听到这里，却把纤手扣住了他的嘴，说道：

"臣哥，你说这些话，叫我听了，心中不是更加地难过吗？我之所以这样想，也无非是心有所感，你以为我心中有怨恨之意吗？再说这次来广东，也是我自己要同来的，又不是你叫我来的，如何可以说你的罪呢？常言道：嫁鸡随鸡，嫁狗随狗，何况我是嫁你这么一个年少的英雄。这次来广东，一半固然是为白玉杯的事，一半也是为了回家来拜祭你的祖先坟墓，因为我如今不是已经是周家的媳妇了吗？"

丽鹃起初说时，秋波未免含了一些哀怨的目光，等到说到后面，她又显出娇羞的意态，赧赧然地笑了。美臣听她这么说，心里也有说不出地爱她，遂情不自禁凑过嘴去，在她粉脸上吻了一个香，说道：

"妹妹，你真是我的爱妻呀！"

丽鹃嗯了一声，秋波却逗给他一个妩媚的娇嗔。美臣笑了，丽鹃也忍不住嫣然起来。过了一会儿，丽鹃说道：

"臣哥，如今我们既有了银子，那么就把房金账付清了，回头省得再瞧账房先生这一副怪脸皮了，因为这一副丑脸，妹妹实在不愿意瞧哩！"

美臣点点头，遂离开了床边，走到账房间里，向账房先生说道：

"掌柜的，对不起，请你把账结一结，该付多少钱，咱就统统付给你吧！"

账房先生坐在账桌旁，见美臣进来，心中倒以为他又是来恳求的，所以非常地讨厌，可是却万万也料不到美臣会说出了这两句话，因为离开催讨房金还不到两个时辰，他一时里又到什么地方去弄了银子来？故而自不免向他怔怔地愕住了一会儿。美臣见他听了自己的话却显出呆若木鸡的神气，遂冷笑了一声，说道：

"咱可不是骗你，你难道不相信我吗？"

账房先生这才回过笑脸来，说道：

"并不是不相信爷的话，只是咱心中有些奇怪，你在这儿既然无亲无友，刚才还愁着没处借，此刻又打哪儿去借了银子来呢？"

美臣道：

"那又何必劳掌柜的关心，咱的命运总算还不怎么的坏，要如个个都碰到势利的小鬼，那真的要被人家逼得走投无路的了。"

账房先生听他放着和尚面前骂贼秃，一时好生羞恼，意欲发作几句，却也奈何他不得，因此涨红了脸，竟一句话也说不出来。美臣心中才感到爽快一些，笑了一笑，遂自管地回到房中去了，见丽鹃此刻已经沉沉地睡着了，知道她倦得厉害，便轻轻地坐到窗旁，望着窗外秋风中飞荡的落叶，自不免想了一会儿心事。就在这个当儿，账房先生拿了一纸账单进房，说道：

"周爷，所欠房饭金一共五十三两六钱银子。"

美臣向他连连摇手，说道：

"轻声吧，病人才入睡哩！"

账房点点头，把账单交到他的手里。美臣接在手中，瞧了一遍，见并没错误，遂把缠袋打开，付了六十两银子，说道：

"余多存在你那儿，改天再算吧！"

账房一面点头，一面却把眼睛斜乜到他的缠袋内去，心头暗想：这小子莫非是偷儿吗？奇怪奇怪，明天庄上要有谁家短少银子的话，准是这小子偷的无疑了。从此便暗暗盼咐店小二，注意他们的行动。再说美臣付了账后，却见丽鹃翻过身子，低低地问道：

"账款付清了？"

美臣听她没有入睡，便含笑走到床边，说道：

"妹妹，你没有睡吗？我还以为你睡着哩！"

丽鹃点头道：

"我闭着眼养一会儿神。"

美臣把手按到她的额角上去，低声问道：

"此刻热度可退尽了吗？好像还有一些，我想这时再去请蔡大夫来瞧一次好不好？"

丽鹃摇了摇头，说道：

"臣哥，你别忙，我已觉得好多了呢！一共只押了九十两银子，已付了六十两房饭金，剩下三十两银子，也得备个急用呢！"

美臣听了，忍不住叹了一口气说道：

"那么且待明天再说吧！但愿明天热度全退尽了，这真是叫人谢天谢地的了。"

丽鹃点头说好，两口子又喁喁地谈上了一会儿。到了第二天，丽鹃热度却没有退尽。美臣心中好不焦急，一定要再去请蔡大夫。丽鹃央求道：

"好哥哥，我真的已经好得多了，请大夫的钱情愿买些糖果给我吃，因为我的嘴淡得厉害呢！"

美臣听她这么地说，觉得她总还脱不了小孩子的脾气，遂笑道：

"既这样说，我就到街上去买些糖果来吧！妹妹，你静静地等着，我一会儿就来。"

丽鹃含笑点头，美臣带了银子，遂走到大街上去了。这时，日影已斜，秋云密布，美臣心头不免有些凄凉的意味。走进一家糖食店内，买了糖莲子、糖花生等食物，正预备一脚跨出店门的时候，忽然见迎面走来两个男子，其中一个男子和美臣打了一个照面，这真所谓是喜出望外，彼此不禁都哎哟了一声叫起来了。你道这个男子是谁？原来却是美臣的哥哥德臣哩！当下兄弟见面，俱各又惊又喜，握住了手紧紧地不放，大家乐得都说不出一句话来。良久，美臣方才叫道：

"哥哥，你怎么会到这儿来呀？"

德臣笑道：

"我是收账来的。弟弟宛平县可曾去过？你的徐小姐，她曾经到周家村来找过你呢！不知你现在知道了吗？"

美臣微红了两颊，点了点头，说道：

"我一切都已知道，现在我和徐小姐在宛平县已结过婚了。"

德臣听了，好不欢喜，忙问道：

"真的吗？那么你此刻一个人又在这儿做什么呀？"

美臣微叹了一口气，说道：

"这事情说来话长。哥哥，我们且找个地方坐着谈吧！"

德臣旁边那个男子这时插嘴说道：

"这位既然是德哥的兄弟，那么一同里面坐吧！"

德臣到此也向两人介绍道："弟弟，这位宋明仁先生，乃是本店的店主，与愚兄颇为知己，这次前来收账，我就耽搁在宋大哥的府上。"

美臣听了，忙向明仁施礼，一面说道：

"本当进府叙谈，无奈小弟因内子尚病在高生客栈，所以改天再来叨扰了。"

德臣一听这话，忙道：

"原来弟妇有病在这儿吗？那你为何不早说呢？明仁兄，你请自便，我和弟弟一同到高生栈去瞧望一次吧！"

宋明仁道：

"我想客栈里面养病诸多不便，德臣兄，你我彼此知交，无须客气，若不嫌舍间地方小，那么就请令弟和令弟妇一同住到舍间来，我内人可以和周二嫂子做伴，岂不是好？"

德臣兄弟听了这话，大家都很感激，一同说道：

"宋大哥如此盛情，真叫我们兄弟感到心头了。"说着，彼此分手，各自别开。

德臣又问道：

"弟弟，你们在这儿已住了多少日子？徐小姐病已多天了吗？"

美臣点头道：

"这次我们来广东，一半固然是为了白玉杯的事，一半也是回家来拜祭祖先坟墓，并探望兄嫂的安好。万不料在这儿内子就病起来，二十多天日子，没有好过，你想，叫兄弟心中不是焦急吗？"

德臣道：

"那么大夫可曾瞧过没有？"

美臣道：

"如何没有瞧呢？她这病也真怪，这两天虽在病中却想吃糖。"兄弟两人说着话，不知不觉已到高生客栈，两人一同走进房中。

丽鹃原没瞧见德臣，所以先笑盈盈地问道：

"臣哥，你把糖果买来了吗？"

才把话问完，忽然又见美臣身后跟着一个男子，凝眸仔细一瞧，原来竟是自己的大伯子，一时芳心中又惊又奇，又喜又羞，两颊立刻像玫瑰花朵般地红起来。美臣忍不住笑道：

"丽鹃，你别怕羞，这是我的大哥，你前次不是已经瞧见过了吗？"

丽鹃这才嫣然地一笑，乌圆眸珠转了转，说道：

"我认识的，大伯，恕我有病在身，可不能起床远迎了。"

德臣见她云发蓬松，睡态娇懒，颇为楚楚可怜，忙也答道：

"二嫂，你别客气，此刻可好些了吗？"

丽鹃点头道：

"好多了，大伯，你如何也会在这儿呀？"

德臣笑道：

"这也真是个巧事了，我是来收账的。不料在悦来糖食店门口，彼此就遇见了。"

美臣把糖莲子和糖花生交给丽鹃，丽鹃因为大伯在旁，心中很不好意思，秋波逗给他一个妩媚的娇嗔，赧赧然地笑起来了。这里兄弟两人坐到桌旁，美臣给他倒上一杯茶，问家中大嫂的好。德臣一面点头喝茶，一面向美臣望了一眼，低低地问道：

"弟弟，你们在这儿既然已耽搁二十多天的日子了，那么银子也快花完了，现在想已短少了吧！"

美臣听哥哥关心到自己这一层上面去，不免微微地叹了一口气，说道：

"不瞒哥哥说，前两天坐困愁城，可恨账房又凶狠，后来在万不得已之下想了办法，才算渡了难关哩！"

德臣听他话中事有隐情，遂微蹙了眉尖，望着他脸，低声地又问道：

"弟弟，你怎么说万不得已之下想了办法？究竟是怎么样的办法，不知你能够告诉哥哥知道吗？"

美臣向房门外望了一会儿，然后把嘴凑过去，向他告诉道：

"我被账房催逼得紧，同时又因丽鹃病得厉害，所以只好把九龙白玉杯暂时在典当里押了九十两银子使用的。"

德臣点了点头，沉吟一会儿，忽然很慌张地忧虑道：

"弟弟，这九龙白玉杯不是皇上的宝物吗？你如何可以轻易地去典押呢？万一当铺中不承认起来，这……不是又生出许多麻烦来了吗？"

美臣被哥哥这么地一说，心中也懊悔不迭，遂说道：

"事已如此，那也没有什么办法的了。"

德臣道：

"今天我齐巧又收着了一百两银子的账款，我想把这账款先去把白玉杯赎回再作道理，你的意思以为如何？"

美臣听了大喜，说道：

"如此甚好，幸而白玉杯还只有昨天才押进去，想来不至于发生什么枝节，事不宜迟，此刻就给我去赎回来吧！"

德臣点头称是，遂在袋中取出银两，交给美臣，美臣道：

"我立刻就去取赎，大哥就在店中给我照料一会儿吧！"说着，也不待德臣回答，他便拿了银子，大踏步地走出房外去了。

美臣匆匆地到了同生当，把当票和银子一齐交了上去。朝奉张大德一见美臣来赎取了，心中倒是暗吃一惊，但他脸部上显出毫不介意的神情，把银子点清，叫声白玉杯一只，原物取出。伙计答应一声，前去取来，张大德双手捧过，小心地交到美臣手

91

里。美臣何等眼尖，他在张朝奉手中拿着的时候，就瞧清楚不是原物的了，心中暗想：到底哥哥年纪长了我几岁，阅历较深，竟不出他的所料，果然在小爷面前也玩儿起这套把戏来了。这就冷笑了一声，把他两只虎目一瞪，大喝道：

"你这该死的东西，怎么胆敢把假的白玉杯来交还小爷？你存心不良，意图霸占宝物，那你真是吃了豹子胆的了。"

张大德一则因他年轻可欺，一则仗着庄主爷的势力，所以一些也不惧怕，反而也冷笑了一声，说道：

"什么假的，你不要瞎了眼珠，明明是那只白玉杯，哪里还有第二只的吗？你这小子年纪轻轻的，怎么想敲诈咱们了吗？"

美臣被他这么一说，真是气得一佛转世，二佛升天。照他的性子，恨不得把他一下子打死，可是为了要追究白玉杯的下落，所以只好忍气吞声地笑了一笑，说道：

"掌柜的，你欲赖小爷这只白玉杯，那简直是你的死期到了。你有多少的能耐，敢目无王法地图赖别人的宝物？小爷正经地劝你，快快把原物取出，也许可以免你一死。否则，小爷固然放不过你，就是官府也不会让你无法无天的。"

张大德听他这么地说，心中倒也暗暗吃惊，可是表面上还强辩道：

"你这人说话也太真奇怪了，这只白玉杯只不过押了九十两银子，也不是什么了不得的宝物，咱们做朝奉的要赖你干什么用？你倒叫大家来评评，那当票上不是写着白玉杯一只，现在交还你白玉杯一只，难道有错的吗？那么照你说来，你的白玉杯是怎么的一只呢？"

张大德见门口闲人聚拢来看热闹，他又冠冕堂皇地叫众人来评理。美臣见他老奸巨猾，刁得可恶，遂冷笑一声，说道：

"小爷老实地对你说，这只九龙白玉杯乃皇上之宝物，如今你胆敢图赖白玉杯，想来你是活得不耐烦的了。"

张朝奉听了这话，故作吃惊的神气，说道：

"什么？这是皇上的宝物？诸位，你们大家听听，他是什么人，如何可以私带皇上的宝物？再说皇上正在捉拿盗宝之人，今日你既承认此杯是皇上之宝，你……你……不是自投罗网吗？伙计，你快去报告地保，说盗宝之贼已不打自招，快快来捉去问罪。"

大德之所以这样说，无非是吓退美臣，叫美臣畏罪逃跑的意思，不料美臣听了这话，不但不怕，而且冷笑不止，说道：

"你这杀不可赦的狗奴才，小爷若不给你受一些教训，你也不知小爷的厉害了。"

说时，把手向他猛可地一扬，喝声"去你的吧"！真也是个怪事，美臣站在高柜子外，大德站在高柜子里，两人是距离得很远的，美臣手一扬，原也不曾真的打着他，可是大德的身上就感到有阵冷风吹来，浑身如针刺一般的疼痛，呀了一声，顿时一个跟斗跌了下去。齐巧把头跌在地上一只铜痰盂上，只见鲜血直流，他痛得几乎昏厥过去了。美臣说声"不中用的臭王八"，他又伸手一招，说时迟，那时快，大德的身子便像皮球一般地又直从柜子里跌到外面来了。众人见此情景，无不暗暗吐舌，吃惊不小。美臣早把大德身子一脚踏住，喝道：

"你这狗奴才，到底要死要活？"

93

大德此刻三魂六魄已经不在身上，除了连喊饶命之外，却再也说不出一句话来。美臣道：

"既然你要活命，你且快把白玉杯取出，否则，绝不轻饶。"

大德趴在地上，叩头不已，苦着脸道：

"小爷，这不干奴才的事……白玉杯不在奴才的地方了呀！"

美臣听了这话，心中倒是大吃一惊，急道：

"什么？不在你的身旁？那么你交给谁了呀？快说，快说！"

大德道：

"交给奴才的庄主爷了。"说着，又连喊饶命。

美臣忙道：

"你的庄主姓甚名谁？可住在什么地方？"

大德不及回答，就有旁人插嘴告诉道：

"这儿庄主爷姓花名得雨，本领很是了得，你客官要去找他，恐怕不是他的对手吧！"

美臣听众人这样说，明白花得雨定是当地的恶棍，遂冷笑了一声，说道：

"花得雨是个什么了不得的人才，胆敢如此横行不法？纵然是长着三头六臂，小爷也绝不会怕他的。你这狗王八！快说吧，花得雨住在哪一条街上？小爷立刻去向他取还白玉杯是了。"

大德口吃着道：

"他……他住在离此不远的一条龙门街旁的花园里，小爷……只管问他去取还，这……这不干奴才的事呀！"

美臣听了，也不和他计较，遂放了大德，取了那只假白玉杯，匆匆地走到龙门街去了。到了龙门街，见果然有一个花园，外面矮矮的围墙绕着圈子，于是走到门口，敲了两下，心中暗想：我见花得雨之后，且先和他讲个理，待理讲不通的时候再动武也不迟。这时，门子前来开门，问找哪个。美臣道：

"拜访你家花大爷，有事面谈。"

门子见美臣气概不凡，遂请他到大厅坐下，一面向墨童告诉，墨童听了，遂急急地来告诉花得雨了。

且说花得雨坐在大奶奶的房中，正闲谈着话，忽听墨童报告，遂连忙问道：

"你可问过他姓甚名谁，找大爷有什么事情吗？"

这两句话倒把墨童问住了，愕了一愕，说道：

"不知道他姓什么叫什么，也不知道他来找大爷有什么事情，这少年生得很美貌，他说有要事和大爷面谈哩！"

花得雨听他这么说，便骂声"蠢材，好生糊涂的"，遂匆匆地走到大厅外去了，心中可在暗想：很美貌的，他是什么人呀？这两三天姨奶吊死，四姨奶被杀，小桃又脱阴死了，正闷得慌，莫非送上一个娈童来给我玩玩儿吗？想到这里，满心欢喜，三脚两步地走到厅上。及至见了美臣之后，心里这才感到大失所望，你道为什么？原来，花得雨见美臣虽然仪表非凡，很是俊美，但英气勃勃，令人可畏，知道是个内家。这也无非英雄识英雄罢了，遂上前施礼说道：

"小英雄翩然降临茅舍，不知有何见教？"

美臣见花得雨生得容貌不俗，一时很奇怪，遂忙答礼说道：

"这位想是花得雨大爷了，小弟周美臣冒昧前来宝庄，还请海涵是幸。"

花得雨忙请坐下，仆人送上香茗，方才向周美臣问道：

"周老弟与我素不相识，今日来临，定有高见。"

周美臣微笑道：

"久仰花老哥乃当世之英雄，小弟每欲一睹英姿，今日幸得相见，真是三生有幸。"

花得雨听他一味地恭维自己，心知事有蹊跷，遂微蹙了眉尖，说道：

"周老弟，咱们都是明亮人，何必客套？今日到舍间究系何事，还是直说了吧！"

美臣笑道：

"小弟到尊府来的原因，先得把咱的事情向老哥报告一遍。广西桂林长蛇岭清风寨的马天王是绿林中的好汉，他把皇上九龙白玉杯盗了去，因此冤枉了礼部侍郎的公子花如玉，后来事情明白，由小弟等把白玉杯夺回。小弟现在和内子把白玉杯正欲送到广东花如玉公子家中去，好叫他把白玉杯交还两广总督，转呈皇上，不料路过宝庄，内子患了病症，因此床头金尽，不得已将此宝杯暂押银子，以便需用。今日在路上遇到家兄，他得知此事，叫咱急速把此杯赎回，生恐识宝的爱上了，大家发生误会。不料小弟至同生当去赎取，那朝奉竟以此假货来交还，我以为此贼心存不良，遂略使小技，把他教训一顿。朝奉受不住痛苦，方才向小弟实告，谓宝杯已献给老哥，因为老哥平日酷爱古玩。但此杯惜乎非小弟自己之物，否则一定见赠老哥。如今此杯乃皇上之宝，事关重大，小弟恐老哥未知底细，故而前来特地相告，千万把此宝杯见还小弟，如是小弟幸甚，老哥幸甚！"周美臣说到这里，把那只假白玉杯放在茶几上，望着花得雨的脸，微微地笑。

花得雨听他说完了这一篇话，心中方才恍然大悟，因为美臣的话里，又软又硬，又似好意又似讽刺，听在花得雨的耳中，心里说不出是甜是苦的滋味，那脸上也就一阵红一阵白地变化起来。意欲和他翻脸，见个高低，但转念仔细一想，他能够在马天王手中夺回此杯，可见本领自然不弱，况且他来意很善，并不行凶，自己岂能无礼相待？这似乎为天下英雄所笑。忽然计上心头，他便有了主意，连忙赔笑说道：

"啊呀！这真是该死极了。原来此杯乃是皇上之宝物吗？小弟委实不知，这都是张朝奉的狗屁。周老弟，我告诉你一个缘故吧！小弟平素最爱古玩，所以向四处托着，有好的古玩，我愿重价收买。张朝奉昨天把此杯送来，并不说是老弟典押的，他说一个人卖给他的，所以小弟就大胆收藏，此刻听了老弟的话，方知此杯乃皇上宝物，那是理当归还的。小弟平日最爱结交英雄好汉，今日得遇老弟，真使我欢喜万分。来，墨童，吩咐摆席，与周爷接风。"

周美臣万不料他会这么理直气壮地说着，一时暗想：原来花得雨果然是个英雄好汉，那我倒错怪好人了，遂忙笑道：

"花老哥，请你不要客气，因为咱的兄长和内子都在客栈内听我的回话，请老兄把白玉杯交付与小弟，小弟改日再来叨扰吧！"

花得雨也忙说道：

"周贤弟，说哪儿话来？既到舍间，理应饮几杯淡酒，倘贤弟不弃，愿结八拜之交，不知贤弟意下如何？"

周美臣见他情意真挚，态度豪爽，一时以为他真心结交，倒也十分欢喜，遂笑道：

"老兄如此盛情，小弟也就高攀了。但不知老兄年纪多少了？"

花得雨道：

"虚度三十有二，贤弟青春几何？"

美臣道：

"小弟也虚度十八了。"

花得雨啧啧称羡，说道：

"贤弟正当少年，将来前程自不可限量也。"

美臣忙谦虚了几句，花得雨已着人在大厅上点起香烛，两人对天拜了八拜，然后设席厅上，预备欢然畅饮。美臣见时已入夜，生恐丽鹃、德臣在店中记挂，遂向花得雨说道：

"小弟承蒙老哥抬爱，结为八拜之交，又承设筵款待，小弟感到心头，但小弟在此欢饮，高生客栈内的哥哥和内子恐怕要急杀了，所以请大哥最好着人去关照一声，那么小弟自当安心地在此饮酒了。"

花得雨听了，忙点头称是，说立刻着人前去关照。正在这时，忽见外面步入一个二八女郎，体态轻盈，婀娜多姿，十分美貌，笑着叫道：

"师兄，你结拜了一个好兄弟，怎么也不给我介绍介绍呀？"

花得雨抬头一瞧，见是师妹单玉凤，遂只好给他们彼此介绍一过。美臣向她深施一礼，叫声单小姐。玉凤横眸一笑，向他福了一个万福，也低叫一声周爷。花得雨道：

"师妹伴周贤弟且先喝几杯，我着人到高生栈内去关照一声吧！"说着，身子便走出去了。

玉凤不解似的说道：

"高生栈内还有什么人在着呀？"

美臣道：

"还有咱的哥哥等着我哩！因为花大哥一定留我喝酒，我推却不得，又恐哥哥心中记挂，故而我请大哥先着人去告知一声，免得他们不放心。"

玉凤道：

"周爷和师兄素来相识的吗？"

美臣摇头道：

"不是，我是取九龙白玉杯来的。"说着，把自己经过情形向她告诉了一遍。

玉凤这才明白了，暗自想道：照此说来，师兄绝非真心结交，必定有相害之意了。不知这个少年的本领如何，若被师兄活活地害死，岂非可惜？玉凤因为美臣年少英俊，一颗芳心未免起了爱怜之情，意欲向他直言相告，但又觉诸多不便。正在这时，花得雨匆匆又来，见两人并未入席，兀是呆立，遂笑道：

"怎么啦？大家都是自己兄弟姊妹，别客气吧！请坐，请坐。"

美臣听了，方才和玉凤、得雨彼此坐下。仆人前来斟酒，花得雨伸手取过，说道：

"这儿没有外人，你们可以不必侍候。"

说着，又向美臣道：

"贤弟，我已着人前去关照，你只管放心痛饮几杯是了。"

美臣欠了身子，连连道谢。花得雨在斟过美臣酒杯之后，又斟玉凤的酒，笑道：

"师妹亦是善饮者，今日当喝个痛快。"

玉凤笑道：

"我近月来已戒酒了，因为酒能误事，所以总是少饮的好。周爷，你说我这话是不是？"说着，秋波频频相逗示意。

不料玉凤这一番苦心，美臣是并没有体会得到，遂也笑道：

"逢场作戏，偶尔大醉一次，也甚快乐哩！"

玉凤见他毫不介意，心中倒着实代他焦急。这时，室中早已掌灯，酒已半酣，只见墨童手握一壶酒，慢步走来，向美臣说道：

"周大爷，小的已去高生栈报告过了，请爷安心地多喝几杯吧！"

美臣点头称谢，墨童把手中的酒壶遂向他斟了一杯酒。花得雨早已把杯子举起，向美臣笑道：

"来！来！贤弟，趁热的，我们快喝吧！"

美臣遂也把酒杯一举，向玉凤微微一笑，便一口喝了下去。这真是出乎意料的事情，美臣这一杯酒喝下之后，没有一会儿，他顿时头晕目眩，只觉天转地旋，他叫声"不好"，两手向桌上一扶，身子竟倒在桌上了。花得雨一见，心中大喜，遂立刻喝声"庄丁何在"？只见后面拥出二十名庄丁，拿了绳索，把美臣身子结结实实地缚住。玉凤知道墨童手中那壶酒内一定放下了蒙汗药，所以把美臣迷倒了，遂故作失惊道：

"咦，师兄，这是做什么呀？"

花得雨冷笑一声，说道：

"师妹，你不知道，此人不怀好意，欲强夺咱的白玉杯，故而设法把他擒住，以绝后患。"说着，吩咐庄丁们把周美臣打入水牢。

庄丁们答应一声，遂将周美臣拖着走了。玉凤瞧此情景，心中不免代他急出了一身大汗。花得雨又道：

"师妹，现在我可以和你安安心心地痛饮了。"

玉凤愀然不悦，意欲谏他几句，又恐师兄多心，因此也只好推说头痛，闷闷不乐地自回房中去了。素琴见小姐两颊微晕，垂首轻步而进，遂含笑问道：

"姑娘今晚在大奶奶房中用饭的吗？"

玉凤自管坐到椅上，摇了摇头，说声不是。素琴泡上一杯香片茶，忍不住又笑问道：

"那么你还没有用过吗？"

玉凤依然摇头道：

"也不是，我已吃过了。"

素琴挨近她的身旁，低低地道：

"姑娘又有什么心事了不成？快告诉素琴，素琴也许能够给姑娘出一个主意的。"

玉凤听了这话，猛地抬头望了她一眼，握了她的纤手，说道：

"素琴，我想救一个人，不知会不会发生意外的危险吗？"

素琴没头没脑地听她这么地说，倒不禁愕住了一会儿，望着小姐海棠花那么红润可爱的娇容，扑哧笑道：

"救人性命，那是一件好事情，但姑娘要救的不知是个怎么样的人呀？"

玉凤听她这样问，因为美臣是个年轻的小伙子，所以叫她心中倒有些害起难为情来，支吾了一会儿，方才把素琴拉来，嘴儿凑在她的耳边，低低地告诉了一阵，秋波向她一瞟，低声地道：

"素琴，你瞧怎么样呢？"

素琴微蹙了眉尖，也沉吟了一会儿，把嘴附了她的耳朵，悄悄地道：

"姑娘，我瞧花大爷这个行为，将来难免有杀身之祸的。照婢子意思，倒不如救了周爷，一同走了吧！"

玉凤点了点头，雪白的牙齿微咬了一会儿殷红的嘴唇皮子，说道：

"走是不能走的，不过我总要设法救他一下才是。一个年轻的英雄，活活地被他害死了，这是多么可惜呢！"

素琴道：

"那事不宜迟，水牢内有毒蛇、有穿山甲，万一周爷中了毒气，也是很危险的呢！"

玉凤被素琴这么地一说，她一颗芳心再也忍熬不住了，于是下了一个决心般地，猛可站起身子，说了一声"好"，她便直奔水牢里去了。玉凤用了隐身之术，走到水牢门口，只见四名庄丁手执朴刀把守门口。玉凤笑了一笑，早已步进里面，只见里面石柱上却没有美臣的人，低头向地上一望，只有一堆鲜红的血渍。玉凤心中由不得大吃了一惊，暗想：莫非美臣已被毒蛇吞吃了吗？回眸瞧铁栅子外的那条大蟒蛇，张了血盆似的大口，正在吐着浓黑的毒气。这时，玉凤心中一急，几乎把她那颗芳心也要跳出口腔外面来了。未知美臣果然被毒蛇吞吃否？且待下回再行分解。

第六回

暮色苍茫　无意逢父子小侠显神通

在高生客栈内的徐丽鹃躺在床上，待美臣走后，她便闭了眼睛，假意默默地养了一会儿神，因为房中有着一位陌生的大伯子在着，所以她感到非常难为情。虽然这位大伯前儿在中山县周家村中已经认识过了，但是今天自己偏病在床上，既不好意思在床上招待，又不能冷待了大伯，这事情显然透着有些为难。丽鹃心里有了这一阵子的为难，她倒也聪敏，竟微含了星眸装作睡去的样子。德臣见丽鹃十分的倦意，心中倒很怜惜她，便坐在窗口旁出神。丽鹃到底是个懂礼貌的女子，觉得自己若不招待大伯，大伯心里一定很不自在，因此她又睁开明眸，向德臣瞟了一眼，微笑道：

"大伯，你很寂寞吗？家中大嫂子身体可好？"

德臣忽然听她向自己搭讪了，便也含笑回答道：

"她身子也很柔弱，有时候不免也常小病小痛的。二嫂子府上伯父母很健康吧？光阴也真快，去年在周家村相遇之后，一忽儿又是将近一年了。"

丽鹃乌圆眸珠一转，一撩眼皮，说道：

"可不是？爸妈倒很强健，多谢大伯记挂。我说一个人身子强健是最快乐了，一有了病痛，任你金钱宝贝也不想要的了。"

德臣笑道：

"那是当然的事情，所以最要紧身子保重。二嫂子病了这么多天，大夫究竟说你是什么病症呢？干吗喝了药后也不见有什么效力？那就有些奇怪。我有个朋友姓宋叫明仁，他是这儿开悦来糖食店的，不过他却懂得一些医理，明天倒不妨请他来诊治一下，也许他能对症发药哩！"

丽鹃听了，很忧煎地微蹙了翠眉，说道：

"这个病连我自己也有些奇怪，起初大夫说我患了寒热，后来身子又发冷，好像变成疟疾症，但这几天身子虽好些，胃也开了，很想些甜食吃，可是身子还是懒懒的一些都没有精神，你想怪不怪？"

德臣听她这么说，沉吟了一会儿，说道：

"那么这位大夫竟没有回答一个明白来吗？"

丽鹃点了点头，叹了一口气，说道：

"这个蔡柏椿大夫，也可说是个很有名的医生，但世界上愈是有名的愈是浑蛋，他们捐了一块牌子，无非骗人家的钱罢了。所以古人有一句话，不药为中医，这也很有道理。试瞧有多多少少的病人都在庸医手中杀死的呢！"

德臣听她说完，好像很感慨的神情，一时心中暗想：她这病真有些怪，莫非她患的是……想到这里，灵机一动，倒不免又喜欢起来，意欲向她提醒一句，但自己是个大伯的身份，总觉得很不好意思说出来。因此两人又默然了一会儿，室中的空气当然又复归之于沉寂。

这时，黄昏已降临了大地，四周笼上了一层暮霭的颜色，在房间之中，差不多已经可以亮灯的了。德臣忽然想着了美臣，这就忍不住开口问道：

"二嫂子，二弟把白玉杯押在哪一家当铺里？干吗去了这许多时候还不见他回来呀？"

丽鹃被他一提，心中也有些焦急，遂忙说道：

"是押在同生当铺里，真奇怪，去的时候可不少了，为何还没有回来？难道发生了什么意外的变故了吗？"

德臣心中别别一跳，眼皮也会牵动了两下，暗想：莫非真的出了乱子了，怎么我眼跳心惊起来？于是站起身子，说道：

"我且到同生当去瞧瞧他，看究竟是怎么的一回事？"

丽鹃也没有回答他，德臣已跨步走出房外去了。到了同生当的门口，见街上也亮了灯火，天空中月色很好，所以四周并不十分黑暗。德臣在门口望了一会儿，往来行人虽然不少，但总不见有美臣的影子，一时心里愈加地焦急，遂三脚两步地走到同生当铺的大门口。只见伙计已在下招牌了，大概天已入夜，他们不做买卖了。德臣慌忙走上去，和颜悦色地问道：

"掌柜的，对不起得很，请问一声，刚才可有一个少年来赎取白玉杯吗？"

那伙计听他问起这个人，便用眼睛恶狠狠地瞪了他一眼，回答了一声"不知道"，遂把招牌捐进，砰的一声，连大门都关上了。德臣碰了一鼻子的灰，心里好不着恼，却也奈何他不得，恨

恨地骂声"好个不知礼貌的东西",望着已经合上了的大门,倒是愕住了一会儿。就在这个当儿,忽然听得有人招呼他道:

"喂,老先生,前面不知有借宿的客栈吗?"

德臣听是个童子的口音,心中很奇怪,遂忙回眸去望,果然是个八九岁的孩子,虽在月光依稀之下,却瞧清楚那孩子的容貌倒有些像自己的保官。不料这时那孩子的两只小眼睛发出了炯炯的光芒,直向德臣脸部上打量了一会儿,突然抢步上前,扑的一声,向德臣跪倒在地,口中连声地叫道:

"爸爸,爸爸,真想不到在这儿会遇见我的好爸爸哩!"

德臣正在思儿,万万也料不到这个孩子真的竟是自己的保官,心里这一欢喜,因为是乐得过度的缘故,使他呆若木鸡似的竟愕住了一会儿。保官用小手抚摸着爸爸的脸孔,亲热地又叫道:

"爸爸,你如何在这儿?你不认识你的爱儿了吗?"

德臣这才如梦初觉一般地把保官纳入怀中,抱着亲热了一会儿,笑叫道:

"我的儿,爸爸如何会不认识你?孩子,你这么年纪轻轻,一个人就在外面走吗?那你的师父也太糊涂,万一你在路上遇到了拐子,把你骗走了,那可怎么的好呢?"

保官听父亲这么地说,倒忍不住扑哧一声笑起来了,说道:

"爸爸,你怎么怨孩子的师父糊涂?师父教了孩子许多本领,孩子走在外面,不要说拐子避开孩子,连绿林大盗都见了孩子害怕哩!"

德臣听了这话,将信将疑,向他望了一会儿,笑道:

"你这话可真的吗？那么你现在是不是预备回家来的？"

保官道：

"当然是真的！孩子怎敢欺骗爸爸？自从孩子认了潘莲贞做了干娘，她便把孩子带到武当山，天天教我学拳舞剑，她自己整日地打坐修行。我有空的时候，也和猛虎、毒蛇游玩，起初觉得非常害怕，生恐它们要伤害我，后来它们把我缠住了，却很亲热的样子，因此我胆子也渐渐地大起来了。"

德臣听了这些闻所未闻的话，不免暗暗吐舌，摸着保官的头顶，觉得两年不见，个子真的高得不少。这就得意地笑道：

"这孩子真了不得！如何同猛虎、毒蛇做朋友了？"

保官又笑道：

"干娘的师父智了师太，她是武当派的祖师，因为爱我聪敏，把干娘所不及的本领，她老人家也一一地教授了我，因此孩子自认为功夫也深得多了。上月干娘对我说，你的本领差不多胜过干娘了，你年纪这么小，有此本领，这也是你的造化，所以下山之后，千万要好好做人，'锄暴扶弱'这四字要记得牢，别像干娘下山时错了主意，所以弄得心灰意懒，羞见天下英雄。说时，干娘淌下眼泪来，害得我也陪了不少泪水。我也不知干娘做错了什么事，听祖师告诉我，说干娘有罪，幸亏觉悟得早，否则，恐怕是不在人世的了。后来干娘又对我说，我的叔父周美臣有难在身，叫我下山相救，同时顺便回家探父母的安好。我听了师父的话，遂连忙动身下山，一路上来，杀了许多为非作歹的奴才，人家都呼我为小侠万人敌。爸爸你想，孩子不是很光荣的吗？"

保官絮絮地向德臣告诉到这里，转着乌圆的小眸珠，颊上小酒窝儿一掀，忍不住自个儿笑起来了。德臣听了，方知儿子年纪虽小，却有万夫不当之勇，故而有"万人敌"的雄号了。心中真有说不出的喜欢，但忽然又想到了周美臣有难在身的一句话，他忍不住暗自吃惊，急急地问道：

"保官，你干娘怎么知道你叔父有难在身呢？"

保官道：

"可不是？孩子心中也正奇怪着，而且她也没有告诉我叔父究竟在什么地方，那叫我又打哪儿去救叔父好呢？爸爸，你可知道叔父在什么地方吗？"

德臣听保官这么地说，知道他干娘有先见之明，遂忙说道：

"你叔父也在这儿呀！孩子，我从头至尾告诉你一遍吧！你叔父连婶娘也娶了哩！"德臣说着，遂把自己收账来此，并把叔父经过事实向保官告诉了一遍。

保官听了，点了点头，说道：

"这事情容易明白，爸爸现在且先回高生客栈去休息一会儿，待孩儿把叔父去找回来是了。"

德臣听他说得这么容易，遂望着他小脸儿，说道：

"你又不知道叔父在哪儿，你预备上什么地方去把叔父找回来呢？"

保官道：

"叔父不是到同生当铺里去赎取白玉杯的吗？那我不是可以到同生当里去问底细的吗？"

德臣道：

"你不见当铺已打了烊？若敲门进去询问，人家恐怕会不高兴的吧？"

保官笑道：

"哪里就用得到敲门进去？爸爸放心回店，儿子去了。"话还没有说完，保官的身子早已不在眼前的了。

德臣见儿子有此神出鬼没的本领，一时又欢喜又惊叹，遂也慢步地回到高生栈里去了。

且说小侠万人敌周保官用隐身之术，走进了同生当铺，只见店堂内没有灯火，他用那双夜光眼望去，还睡了几个伙计。保官意欲喊醒一个问仔细，但转念一想，且到房间中去瞧一遍再作道理，于是一间一间地找去，不觉到了一间小小的卧房。里面亮着一盏豆火似的油灯，把室中映出苍黄的颜色，靠窗旁有一张板床，铺子上躺着一个五十左右的男子，头上包扎了一方白包，还不住地呻吟着。保官心中暗想：这是怎么的一回事呀？就在这个当儿，听那男子又恨恨地骂道：

"断命这王八小羔子，想不到竟有这一份儿气力，把咱跌得头破血流，真正可杀之至。现在他找我的庄主爷去，那也是他活该倒霉，死期到了。我庄主爷是个顶天立地的英雄，凭你这小子一些本领，恐怕也是以卵击石的了。报了我这一跌之仇，那是多么地叫我感到痛快！"

保官听他自言自语这么地说，知道事情有了蹊跷，遂走到他的床边，在他颊上轻轻地打了一下。诸位当然明白那男子就是张大德的了，当时大德被打，倒吃了一惊，因为他是近视眼，把眼镜脱掉，就会见不到东西的。他还以为有人跟他开玩笑，遂恨恨地骂道：

"哪一个短命鬼还要来寻你晚爷的开心？你晚爷头痛得厉害呢！"

呆官原是个孩子，一听他占自己的便宜，心中这就大怒，撩起手来，狠命地在他嘴上打了一下巴掌，痛得张朝奉像杀猪般地叫起来，叫道："我的娘呀！痛死我了。"他伸手在嘴上一抿，两颗门牙早已落在手心，而且是鲜血直喷，好像吐起胭脂水的模样。这时，又听呆官骂道：

"该死的东西，胆敢占小爷的便宜，你真不要性命的了！"

张朝奉听他打了自己，还骂自己，暗想：这到底是哪一个伙计，今晚莫非是发了疯吗，竟有如此大胆起来！那还了得？遂连忙坐起身子，在桌上把眼镜取来戴。谁知向室中四周细细一打量，却连个鬼影子都没瞧见，一时好不惊讶，不免吓得目瞪口呆。就在这个当儿，张朝奉的身子感觉到有人把自己重重地一推，一个跟斗就直翻下床来，同时又听人喝道：

"妈的东西，你还敢做小爷的晚爹吗？"

张朝奉听是个孩子的口音，他这时的魂灵完全飞出身躯去了，扑地在地上跪倒，凭空乱叩头不已，苦苦哀求道：

"我的好小爷，狗蛋再也不敢占小爷的便宜了，请小爷千万饶了狗蛋的狗命吧！"

呆官见他这一副丑态，又听他一连串的狗蛋狗命，倒忍不住又觉得好笑，遂喝道：

"那么小爷到底是你的谁呀？"

张朝奉忙道：

"是狗蛋的老祖宗，请老祖宗千万施恩饶命。"

保官见他满脸是血，神情颇惨，一时也不忍再打他，遂问道：

"饶命可以，但小爷问你一句话，你得从实告诉。"

张朝奉连声地道：

"狗蛋知道的没有不告诉小爷的。"

保官道：

"刚才你自言自语地到底在骂哪个？先照实告诉。"

张朝奉暗想：原来我骂那个少年的话他也听见的，不过他到底是鬼是人，是神是妖？为何不见影子，只听话声？那不是叫人感到奇怪吗？不料正在沉思，突然又听喝道：

"狗蛋，干吗装哑巴不作声？你可是要死吗？"

吓得张朝奉哭出来叫道：

"不！不！我的爷，你别发怒，我告诉爷是了。黄昏的时候，有个少年来赎取货物，不料他蛮不讲理，打得狗蛋头破血流，所以狗蛋心中一个人在发恨哩！"

保官听了这话，灵机一动，遂忙问道：

"那少年来赎取可不是一只白玉杯吗？"

张朝奉奇怪得呆若木鸡，良久，方说道：

"小爷怎么知道的？狗蛋实在不敢说谎。"

保官冷笑道：

"他无缘无故凭什么要打你？是不是你欲赖他的白玉杯？你快从实告诉，不然，莫怪小爷无情，将你一剑杀死！"

张朝奉急道：

"小爷别杀，这不怪狗蛋的事，实在是狗蛋的东家爱上了这只白玉杯的。"

保官道：

"你东家姓甚名谁，干什么营生的？"

张朝奉道：

"叫作花得雨，他是这儿的庄主爷，家中很有钱，平日不干什么营生的。"

保官又问道：

"那么来赎当这个少年现在到什么地方去了？"

张朝奉道：

"他到花大爷府上讨取白玉杯去了。花大爷的家离此不远，就在龙门街旁的一个花园里，小爷不信，可以亲自去问的。"

保官听了，暗想：花得雨既是个庄主，必定是个无恶不作的坏蛋，咱叔父一定陷落在他家无疑了。于是向张朝奉说道：

"小爷老实地告诉你，小爷乃是上界二郎神是也。你等作恶多端，图赖人家的白玉杯，本当把你一剑杀死，如今小爷抱好生之德，饶你狗命，以后希望你不要作恶才是，小爷去也。"

张朝奉听了这话，一时信以为真，趴在地上，叩头不已，连说"谢谢神爷的恩典，从此狗蛋便改过做好人了"。

不说张朝奉一个人在堂中活见鬼，再说周保官走出了同生当铺，踏着月色，急急地赶到花得雨家中来了。到了龙门街，见旁边果然有个很大的花园，于是轻轻地纵身跳上墙头，只见月光之下，那里面倒是好一副美丽幽静的风景。亭台楼阁，点缀着清清的水流，绿绿的树蓬，真仿佛一个神仙境界。保官暗想：这定是

113

搜刮庄上民脂民膏的汗血钱集合而筑居的，别人家痛苦地过生活，他逍遥快乐，自管享福。小爷今夜不见他也罢了，若见了这个花得雨，必把此贼一剑结果，为民除害，同时出我心头一口怨气。正在暗暗思忖，突然从夜风中吹来一阵喝彩的声音触送到他的耳鼓来，保官好生奇怪，遂慢慢地跳下墙头，沿着树蓬，摸索过去，方才见一个池塘的旁边，有一个六七岁的女孩子正在舞剑，剑法实在不错，只有一团雪亮逼人的白光护住了她的全身，两边站了十多个庄丁模样的男子拍手连连叫好。保官暗想：这女孩子不知是哪个，想不到比我还年纪小，就有如此纯熟的剑法，那当然是有名师教授的了。过了一会儿，那女孩子把剑收住，众庄丁又喝了一回彩，一个庄丁却忙在那株柳树下大理石桌上拿过一杯香茗送到那女孩子的面前，笑道：

"小姐，你真舞得好剑，快喝一口茶，息息力再玩儿吧！"

女孩子听了，点头含笑，不料这时却有一个丫鬟似的少女匆匆地走来，呼道：

"小姐，时候不早，奶奶叫你回房去了。"

那女孩子于是便跟着丫鬟进内，众庄丁也就各自地散去了。保官望着那女孩子远去了的身影，暗想：这一定是花得雨的女儿了，我且跟她们进房，瞧个仔细，再作道理。想定主意，遂又用隐身术追随其后，一同步进上房。里面暖和和的，且有一阵细香，只见房中坐着一个二十七八岁的少妇，生得容貌娟秀，态度稳重，见了那女孩子，便含笑说道：

"小玉，这几天已是秋的季节了，夜里外面有露水的，你这么娇弱的身子，万一受了寒，不是容易会生病的吗？"

小玉奔到她母亲怀里，笑道：

"妈，我在舞剑游玩，玩儿得一身大汗哩！怎么会受寒的嘛！"

保官见她们母女亲热，自己也不免想到了娘，离开母亲差不多有两年多的日子了，我想母亲是一定很想念我的。明儿我到了家，准也可以倒在母亲怀中亲热的。他心中既这么地想，自然十分地羡慕。就在这个时候，听那丫鬟叫道：

"大爷回房了。"

保官回头望去，只见暖帐掀处，步入一个男子，满面春风，好像很得意的样子。保官知道此人定是花得雨了，遂把脚向他跟前一伸，花得雨没有理会，脚一绊，身子就直扑到地下去了。这一来，急坏了房中的大奶奶和丫鬟碧秋，连忙赶着来扶，大奶奶还没有到他身旁，花得雨早已跃身跳起，大奶奶还抱怨他道：

"大爷喝了多少酒？怎么醉得这一份样儿的了？"

花得雨且不回答，却低头瞧地上，连喊奇怪奇怪，说道：

"明明有什么东西绊了我一跤，怎么地上却没有一物呢？"

大奶奶听了，还以为他在说醉话，不禁抿嘴儿好笑道：

"我瞧你酒喝得脚都发软了，不是你自己绊了脚，难道还有谁来推倒你不成？"

花得雨抬头望了她一眼，这才笑道：

"奶奶，你如何只把我当作喝醉了酒呢？其实我没有喝。"

大奶奶芳容听了，奇怪道：

"刚才有个少年来瞧你，我问墨童，他告诉我说大爷在书房里伴他喝酒，你怎说没有喝？"

115

花得雨走到椅子旁坐下，笑了一笑，却没有作答。芳容急道：

"为什么不回答我？那少年姓什么叫什么的？他来找你到底有些什么事情呢？"

花得雨道：

"你问他做什么？这小子自来送死，还有什么说的？"

保官听了这话，心中倒是大吃了一惊，只听芳容急道：

"大爷，你到底为什么要伤人性命了呢？那少年和你难道有什么冤仇吗？"

花得雨忙着道：

"奶奶为什么老爱管我的闲事？我做的事情是绝没错的。"

芳容叹了一口气，说道：

"我是你的妻子，丈夫的事情，做妻子的也应该过问。一个人总要向光明的道路上走，不要向黑暗的死亡地方走。你这样的好杀，将来会得到报应的。我为你的前途计，所以不得不忠言相告，这是因为我和你是体肤相关的夫妇，比不得旁人，都吃你的豆腐，劝你造反，劝你做皇帝，老实说，这还不是他们故意地作恶玩弄你吗？古人云：亲贤人远小人。如今你偏听信小人的话，这恐怕会自取其祸的。况且你如今还没有一个儿子，若不干些良善的事情，纵然是讨了一百个美妾，也是不中用的。大爷，你若听你我的话，快把那少年去放了。否则，我落发为尼，一切都不管你的闲事了。"

保官听了，不禁暗暗地赞叹，好个贤德的女子。这时，小玉也插嘴劝道：

"爸爸，妈的话全是金玉良言，你千万要听从才好。我听墨童说，那少年是讨取白玉杯来的，爸既不还他，还要把药酒迷醉他，这不是也太残忍了吗？"

花得雨被她们母女说得无话可答，默不作声，良久方道：

"你们既这么说，我明天放他是了。今夜已经打入水牢，就给他去受用一夜也不要紧的。"

保官知叔父没有被害，这才落下一块大石，本欲先将花得雨结果，姑念她们母女之情，所以不忍下手，他回身出房，找人去问水牢的所在了。到了花园里，保官静悄悄地站了一会儿，忽然听笃笃地有敲更的声音自西南而来，遂定睛望去，见有两个更夫且谈且行，说道：

"今天这个少年真也该是倒霉，你想，我家大爷和你素不相识，就待你这样客气，而且白玉杯也没有立刻还你，他心中还不是存了别的作用吗？笨到像我这么的人也知道不是好意，还算他是跑江湖的人呢！"

一个说道：

"你也说得好风凉话，人家也是直心人，他见大爷说得诚恳，待得真挚，自然是不疑有他的了。"

一个笑道：

"这就叫作知人知面不知心，在外面结交陌生朋友，可实在要小心呢！"

保官听他们谈得起劲，遂在树丛里用轻功之法，将他们身子一直吸收到树林里来，只听他们还齐声地说道：

"哎呀！好大的风呀！怎么我们身子就飞起来了呢？"

保官立刻现了身子，向他们喝道：

"什么风呀、雨呀！好大胆的狗蛋，快快把那个少年关在哪里从实告诉，不然，你们休想活命！"说着，轻轻地在他们腿弯里一扫。

两个更夫扑的一声，身子早已跪到地上去了。在起初他们见是个小孩子，还有些不怕，及至自己跪到地上，方知小孩儿是个大侠，十分厉害，慌忙叩头求饶道：

"小爷饶命，狗蛋告诉你是了，那个少年被我家大爷是关在水牢里呢！"

保官又喝道：

"水牢在哪里？快快说与小爷知道。"

更夫道：

"离此不远，看见红色墙头，就可以转入右手的假山旁边，那边有一条隧道，门口守着两个庄丁，里面就是水牢的了。"

保官听他告诉得很是明白，量来不会欺骗自己的，于是伸手把他们一指，笑道：

"谢谢你的告诉，但是很对不起，请你们在这儿多跪一个时辰吧！"

原来，小侠欲使他们不泄露消息，用点穴之法，把他们像泥塑木雕似的呆住了。他依照更夫的告诉，走到水牢的门口，见果然有两个庄丁守在那儿。小侠也不必麻烦，就隐了身子，走进水牢里去。里面是一条隧道，黑暗得伸手不见五指，不过小侠生有那双透明的夜光眼，在越黑暗之中，相反地他却瞧得越是清楚，所以他一些也不用摸索，就大踏步地走进里面。走进隧道之后，方才有一线光线，见前面已拦了一道铁栅子。小侠定眼望去，果然见叔父被绑在一根铁柱的旁边，垂了头，好像很颓丧的样子，于是他闪入里面，低低唤了两声叔父。谁知却没有听他答应，走上去一瞧，推了推他的身子，竟动也不动地站着，一时心中好不吃惊。低头瞧地上却有一堆紫红的鲜血，方知叔父是酒后被上了蒙汗药，如今被隔壁铁栅子外的毒蛇气息相喷，所以动了肝火，吐出血来。于是拔出宝剑，将绳索斩断，负了周美臣，鬼不知神不觉地离开了花家庄，直回到高生客栈去了。只见小侠的父亲德臣兀是守在门口，举首四望，好像很焦急的样子。小侠于是低低叫声爸爸，德臣见儿子负了美臣回来，心中又喜又急，忙着问道：

"孩子，你叔父怎么的了？"

小侠道：

"也不知怎么了，他竟吐了血，咱们且回到室中再作道理。"

德臣点头，在前面引路，小侠却又隐了身子，跟进房中，方才又现出身子来。丽鹃躺在床上，见美臣已回，心里一乐，也忘记了自己是有病的人了，遂从床上坐起，但见美臣这个模样，芳心又暗自吃惊，急问如何了。小侠明白此女子定是婶娘，便先请了安，然后把美臣放到另一张床上，向德臣叫道：

"爸爸，你快拿一杯开水来吧！"

德臣听了，慌忙倒开水交给保官。这时，丽鹃也顾不得有病在身，遂披衣起床，走到美臣床边来瞧望。只见保官给他灌了茶后，却依然没有醒转，而且还闭了双眼，脸色惨白，这就急道：

"保官，你快告诉我，这到底是怎么的一回事呀？"

保官方才把美臣被骗经过向两人诉说了一遍。丽鹃也是个内家，听了这话，哟了一声，不免急出一身大汗，急道：

"这是中了毒蛇的毒哩！那可怎么办？"

德臣更是急得没了主意，搓着手，在室中团团地打圈子，连叫如何是好。忽然他说道：

"有了，有了，我的朋友宋明仁颇精医理，此刻我立刻把他去请来了吧！"

丽鹃摇了摇头，很伤心地垂下眼泪来，说道：

"这不是普通的病，恐怕宋先生医理虽精，也是不中用的吧！"

德臣顿足叹道：

"那么这便如何是好？可恨花得雨如此可恶，真是杀不可赦的。"

小侠见爸爸顿足，婶娘垂泪，心中也很难受，遂安慰他们道：

"爸爸和婶娘不要忧煎，好在受毒的时间尚少，不至于有性命的危险。只可惜下山时不曾带得一些起死回生丹，否则，这一些小伤，算得了什么？现在要么待孩子立刻赶回武当山去，向干娘去取讨回生丹来救治叔父吧！"

德臣道：

"武当山离此是多么远的路途，你何日方可以回来呢？"

小侠笑道：

"至多两个时辰，这岂可以多耽搁吗？我想在二十四个时辰之内，叔父生命绝无危险的。孩子去了。"小侠说毕，正欲隐身

120

而去。

不料却被一个人拉住，说道：

"你不用去了，我是来救你叔父的。"

小侠回眸去望，想不到室中已多了一个姑娘。未知这位姑娘究系何人，且待下回再行分解。

第七回

怜才起爱心　侠女情深冒雨救君危

诸位，你道这位姑娘何人？原来就是单玉凤哩！玉凤因怜美臣是个少年英雄，不忍他被花得雨活活地害死，所以决心把他救出，而自己也预备离开花家庄了。不料她到了水牢之后，却早已不见美臣的影子，只有地上吐有一堆鲜血。当初还以为美臣被毒蛇吞吃，后来见地上散着无数断的绳索，那分明是被刀割断的，那么这一定是被人救出去的吧！但这人的本领实在很不小了，不过这地上的血水又打哪儿来的呢？玉凤凝眸沉思了一会儿，忽然若有理会，哦了一声，说道：

"是了，他醉后被毒蛇气息所侵，一定动了内伤，所以吐起血来，但这是多么的危险，万一没有还魂丹给他吞服的话，他势必没有性命的了。那可怎么办呢？"

想到这里，芳心自不免暗暗焦急，她隐身走出了水牢，只见外面天空中已没有了月色，原来被几朵黑云遮蔽了。玉凤回到卧房，素琴见小姐双眉紧锁，遂吃了一惊，悄声地问道：

"小姐，怎么啦？周爷难道已被害了吗？"

玉凤道：

"没有被害，但已经不在水牢，想来是被人救去的了。"

素琴奇怪道：

"哪有这么的快呢？"

玉凤道：

"不过地上染有一堆血水，我想他是中了蛇毒，虽然被救，但也是不中用的了，所以我在感到可惜。"

素琴情不自禁地说道：

"小姐不是有着还魂丹吗？婢子想只有小姐救他一救的了。"

玉凤道：

"你叫我到什么地方去找他呢？"

素琴道：

"小姐没有知道他是住在什么地方的吗？"

这一句话把玉凤提醒了，暗想：不错，刚才吃酒的时候，美臣是曾经叫花师兄到他住的高生客栈内去关照他的夫人，那么我到高生客栈内去找他，也许可以找得到的。想定主意，便点了点头，叫素琴把还魂丹取出，藏在身旁，说道：

"我去去立刻就来，假使师兄着人来找我，你只说姑娘已经安息，有事明天姑娘会来瞧大爷的好了。"

素琴点头答应，玉凤遂移步出房。不料这时天空中已落着纷纷的细雨，玉凤这就迟疑了一会儿。素琴从后面跟出，说道：

"姑娘干吗不走？"

玉凤回眸道：

"你不见天已在落雨了，我想不高兴去了。"

素琴劝她道：

"这是什么话？姑娘假使存心欲救人性命的话，落雨算得了什么？就是落铁吧，也得去呢！"

玉凤被她这么地一说，心中暗想：不错，一个人做事情总不能三心二意的，既然存心去了，怎么又不去了呢？于是含笑点头，遂说声"我就去吧"！她便隐身走了。

且说玉凤冒雨前来高生客栈，那时客栈门已闭，玉凤也不敲门，就隐身而进。事有凑巧，她第一找到的房间正是美臣的一间，只见室中站着一男一女，还有一个孩子，望着床上的美臣发急。芳心暗想：莫非美臣就是这个孩子所救回的吗？这时，又听他们商量了一会儿，那孩子便匆匆要走了，玉凤到此，再也忍熬不住，遂把身子现出，伸手把小侠拉住，说出了这一句话。当时小侠回眸一见了玉凤，心头也是呆了一呆，暗想：这姑娘倒也有这么好的本领吗？遂忙说道：

"请教姑娘贵姓大名？如何知我叔父有难，前来相救？"

玉凤听了，也方才明白那孩子是周美臣的侄儿，于是说道：

"姑娘姓单名玉凤，咱们且不要先说那些空话，且救了你叔父性命要紧。"

说着，遂在袋内取出还魂仙丹，开了瓶盖子，拿两粒塞到美臣的口中，回头向小侠道：

"拿开水来吧！"

小侠答应，不敢怠慢，遂取过桌上的开水，交给玉凤。玉凤因美臣牙关已紧，开水无从给他喝下，正在焦急，忽然瞥见旁边站着丽鹃，粉颊上尚沾有丝丝泪痕，暗想：这定是他的妻子了，于是对她说道：

"请你把开水给他灌一灌吧！"

丽鹃知道人家一个姑娘，当然不好意思去灌他，遂点头把茶杯接过，喝了一口，就对美臣嘴直灌了下去。约莫顿饭时候，美臣腹中一阵雷响，忽然哇的一声，吐出许多清水来，接着脸色转红，眼睛也睁开来了。他见室中这几个人，心中奇怪得了不得，一面翻身跳下床来，一面问道：

"这是怎么的一回事呀？"

德臣见弟弟醒来，好不欢喜，遂含笑告诉道：

"二弟，你的性命全仗这位姑娘相救，快快谢了救命之恩吧！"

美臣向玉凤望了一会儿，这就哟了一声，说道：

"你……你……不是单玉凤姑娘吗？哦……"

他似乎理会过来了，立刻向玉凤倒身下拜，谢道：

"若非单姑娘相救，咱一定遭了花贼之毒计哩！"

玉凤因他夫人在旁，不好意思把他扶起，遂让过一旁，说道：

"周爷快快起来，不要客气。你的性命不是我救的，乃是你侄儿所救的呢！"

这时，保官走上前来，早把美臣扶起，叫道：

"叔父在上，侄儿还不曾向你请安哩！"

美臣听了玉凤的话，又见了保官，益发奇怪，一面站起，一面拉了他的手，问道：

"你是几时下山的？又如何会在这儿的？"

保官遂把同生当门口遇见爸爸，并相救经过情形向他告诉了一遍，又道：

"我们正在没有办法的时候，这位单姑娘就来救叔父了，想不到和叔父是早已认识的。"

美臣听了，方才恍然，又向玉凤鞠了一躬，说道：

"单姑娘如此热心相救，此恩此德真是没齿不忘矣！"说毕，又向丽鹃、德臣两人介绍。

丽鹃听玉凤是花得雨的师妹，心中就有了奇怪的感觉，暗想：既然他们是一家人，怎么她倒反来救美臣呢？可见这其中是有意思的了。因为玉凤生得国色天香，姿容绝丽，讨人喜欢，两美相值，也不免惺惺相惜，何况她又是我丈夫的恩人？于是拉了她的手，坐在一旁，十分亲热。美臣道：

"花得雨如此可恶，实在令人痛恨，咱与他无冤无仇，不料他竟欲伤咱性命。此仇不报，怎消咱心头之恨？况且白玉杯又未见还，这场战斗是再也难免的了。"

玉凤听了，忙道：

"周爷，并非咱来劝阻你不要前去报仇，无奈师兄此人的本领也很了得，且家中还有两个教师，周爷轻身而入，难免受他之亏的。我的意思，有机会的话，我一定可以把白玉杯盗来与你，而且我也不愿再留恋这个花家庄，因为师兄行为日非，将来必无结果的。"

小侠在旁听了，笑道：

"这又何必如此？杀鸡何用牛刀？叔父伤才痊愈，不宜妄动，应该静静地休息几天，待侄儿前去问他取还白玉杯，他若依理交还，侄儿也不和他计较，有道是冤仇宜解不宜结，咱们就算了结。假使他蛮不讲理，咱就和他较量较量，看他有通天的本领不成？敢如此横行不法吗？"

玉凤听他小小年纪，说得好大口气的话，便望了他一眼，笑道：

"哥儿的师尊何人？不知今年多大年纪了？"

小侠道：

"咱的干娘名叫潘莲贞，师尊是武当祖师智了师太。"

玉凤点头笑道：

"哥儿既然这么地说，那也好的。假使其中有什么变化，咱出来给你们从中调解吧！我总不会使你吃亏的。"

小侠对于"调解、吃亏"四个字虽然十分地不服气，不过人家到底也是一番好意，因此默不作声。丽鹃却很感激地道：

"单姑娘肯这么地照顾我们孩子，我们实在很感激你。不知你青春多少，我倒很有意思跟你结一个姊妹，不知你心中也愿意吗？"

玉凤听了，扬着眉毛，嫣然笑道：

"你太客气了，承蒙你这么地抬爱，咱还有一个不愿意的吗？我是虚度十六了，不知你青春多少？"

丽鹃拉了她手，心中好不欢喜，笑道：

"我今年十七岁，那么你就是我的妹妹了。"

玉凤也很喜悦地笑道：

"那么我也叫你一声姊姊了。姊姊这次上广东去，听周爷说就是为了白玉杯的事情，不料姊姊在这儿就不舒服了吗？"

丽鹃道：

"可不是？刚才被他受了伤心中一急，出了一身大汗，此刻人倒反好得多了呢！"

玉凤笑道：

"那倒是好的，反而医愈了姊姊的病。"

丽鹃便问玉凤是哪里人，府上爸妈都可健在。玉凤听了这话，把笑容收起，微微地叹了一口气，说道：

"妹子原籍是广东，自小没有爸妈，给一个远房的堂叔抚养成人，在七岁那一年，被白莲教主收作了徒儿，就此在山上一住六年，下山回家去探望堂叔父，不料他已死了。如今我是孤零零的一个人，只有一个丫鬟素琴和妹子非常知己。姊姊，你想，我的身世可怜吗？"说到这里，眼皮一红，似欲盈盈泪下的样子。

丽鹃听了，也很代她惋惜，遂亲热地抚摸着她的纤手，安慰她道：

"妹妹，过去的事你也不要伤心了，如今我们结了姊妹，彼此也会热闹了呢！"

玉凤听了这话，才破涕嫣然地笑了。因为时已不早，遂起身告别。美臣这就说道：

"单姑娘，再坐一会儿吧！外面雨下得大呢！"

玉凤侧耳一听，果然雨声哗哗不绝，便搓手笑道：

"这可怎么好？来的时候，雨还很小的呢！"

丽鹃道：

"假使没什么问题的话，妹子就在这儿和我宿一夜去也不要紧。"

128

玉凤道：

"这怕不甚便吧！我那丫鬟素琴就先要急死啦！以为我这人是哪儿去了？"

德臣插嘴也道：

"那么再坐一会儿，说不定雨就停止了。"

玉凤听了，也只好坐下，又和丽鹃谈说了一会儿。直到二更时分，那雨还没有停止，玉凤想到：一个是受伤才愈的，一个是病还未大好的，自己若再不走，岂不是耽误了他们休息的时间吗？于是站起，无论如何地要走了。丽鹃道：

"雨还不曾停止，回头受了凉，那可叫我们心中如何对得住你？"

玉凤道：

"不会的，好在这儿离师兄家也不多远，一会儿就到了。"

美臣见她执意要去，遂想出一个办法来，伸手取过自己那件紫色缎大氅，递过去说道：

"单姑娘既然一定要去，那么就把我这件大氅盖在头上作为雨伞吧！"

玉凤见他这样多情，心中暗暗地感激，不过在他夫人的面前，一个女孩儿家拿了人家丈夫的衣服回去，这到底是太不好意思一些了，所以摇了摇头，微笑道：

"不用吧！好好的衣服被雨淋坏了，岂非可惜？"

美臣听了，很急地说道：

"单姑娘，你这话错了，你爱惜这一件衣服，难道你不爱惜你自己的身子吗？万一淋雨后患了病，这可怎么的好？一件衣服

129

算得了什么？"

玉凤听了美臣这几句话，一颗芳心愈加地感动，秋波脉脉含情地凝望了他一眼，依然含笑不答。丽鹃知道她怕难为情，遂在美臣手中接过那袭大氅，亲自披到她的身上去，笑道：

"妹妹，你姊夫既然这么地说，你还客气做什么？反正明儿天晴了，不是可以送来还给他的吗？"

玉凤见丽鹃这个模样，也就不再推辞了，于是匆匆地向他们作别，就隐身走了。德臣见在一刹那间就不见了玉凤的影子，这就说道：

"单姑娘既然也会隐身术的，怎么还会怕雨淋湿她的身子吗？"

美臣笑道：

"所谓隐身术，就是遮眼法，其实她的身子并不曾真正地隐去，无非使旁人瞧不到她的身子罢了。假使她不防备被人斫了一刀，她也依然要死的。你想，雨落下来，她又如何地能躲避呢？"

德臣听了，这才恍然大悟。因为时已不早，他和小侠便另外去开了一个房间睡觉。当夜，父子两人睡在床上，少不得自有一番闲话。美臣待哥哥、侄子走后，遂伸手关上了门，向丽鹃含笑问道：

"为了我的伤，累妹妹起床了这许多时候，不累乏吗？快快躺下来休息了吧！"

丽鹃笑道：

"这也真是个怪事，我此刻病倒好得多了呢！"

美臣道：

"真的吗？妹妹，你给我手摸一摸。"说着，已走到她的身旁。

丽鹃伸过手来，把美臣手很温柔地握了握，秋波一转，嫣然地笑道：

"不是我已经没有热度了吗?"

美臣点了点头，把她拉到床边，说道：

"这真叫人欢喜，妹妹，愈是好了愈是要好好休养的，你快睡了吧!"

丽鹃道：

"那么你也快快地休息去吧。"

美臣笑道：

"我就跟妹妹一块儿睡好吗?"

丽鹃听他这么说，粉脸上立刻浮了一层娇艳的红晕，赧赧然地一笑，却逗给他一个妩媚的白眼，于是夫妇两人也就熄灯睡到被窝儿里去了。躺在被内，一时也睡不着，丽鹃道：

"单玉凤姑娘和花得雨是个师兄妹的关系，不料她反而来帮助你，冒了大雨，来救你的性命，她对待你的情分，也可算是天无其高、海无其深的了。哥哥，你说是不是?"

美臣道：

"这也是她做人的一些正义之感，因为照事实上说，花得雨实在是太不应该了的呀!"

丽鹃道：

"但是对于单姑娘的一片深情，总不能忘却，我问你，你该怎么地报答她呀?"

美臣听她话中的意思，好像是包含了一些什么作用般的，遂忙正经地道：

"比方今夜我将大氅给她遮雨回去，这不也是报答了她吗？"

丽鹃笑道：

"这一些小事情，难道就可以说是报答了人家救命的大恩了吗？这也太不懂情义了。况且人家的淋雨，还不是为了救你性命而来的吗？否则，人家在家中是早已安安定定地睡觉了。"

美臣被她这么地一说，一时倒弄得无话可答，不禁怔怔地愕住了一会儿。丽鹃见他不答，因为灯火是熄着，自然瞧不到他脸部是什么的表情，这就偎过粉脸去，向他含笑追问了一句，说道：

"干吗不回答我？"

美臣鼻子里闻到一阵桂花油的香味，遂捧过她的粉脸，笑道：

"妹妹，你问得真也有趣的，那叫我又有什么办法去报答她呢？"

丽鹃笑道：

"人家对待你的态度，不免有情，你也别装驸子，妹妹给你撮合，就成全你一头好事可好？"

美臣扑哧地一笑，暗想：这话不知是真是假，也许这妮子刁猾，故意探听我的口气也说不定哩！丽鹃听他发笑，便又问道：

"为什么好笑？难道我这意思，你心中不欢喜吗？"

美臣道：

"我笑的是怕你打碎了醋罐子哩！"

丽鹃听了，啐了他一口，嗔道：

"你这是什么话？难道你以为我是个好妒的女子吗？"

美臣忙抱住了她的娇躯，吻着她的粉脸，笑道：

"谁说你是个好妒的女子？我也知道你是个贤德的女子，不过我既有了妹妹这么一个美而贤的爱妻，我难道还有什么妄想的吗？所以我对于妹妹这一份儿的美意，我心中除了感激之下，却不敢接受。"

丽鹃听他这么地说，也可见他是个爱情专一的少年，并不是见一个爱一个贪得无厌的，于是躺在他的怀中，柔顺得像一头驯服的绵羊，笑道：

"你这话可是真的吗？"

美臣正色道：

"我在妹妹那儿，绝没有口是心非的。"

丽鹃笑道：

"既然你是真心的，那我一定要撮合成功这一头婚姻了。"

美臣听了这话，倒不禁为之愕然，忙道：

"妹妹，你这是什么话？"

丽鹃忍不住咏咏地笑起来，说道：

"我脾气就是这个样子，你愈是虚伪地不要，我偏不给你办这个事情，你若真心地不要，那我一定非给你干成了不可的。"

美臣听了，好笑道：

"妹妹的脾气果然古怪，不过你上了我的当，我实在是虚伪地不要呀！那么妹妹总可以不给我干这个事情了。"

丽鹃听他这么地说，芳心愈加敬爱他了，遂和他正经地道：

"哥哥，你要明白，妹子也不是虚伪地问着你，因为玉凤姑娘的身世，孤零得很可怜，而且生了这一副好模样儿，实在叫妹子心里又觉得可爱，况且她又救了你的性命，我们应该也有所报答她呀！"

美臣听她说得十分地真挚，遂也说道：

"话虽这么地说，不过人家既救了我的性命，我若再去看中人家的人，这在自己良心上能说得过去吗？"

丽鹃道：

"那也不是这么说的，妹妹猜度单姑娘心中一定也很有爱上你的意思，假使她没有意思的话，她会连夜地到水牢里去救你吗？而且不见了你的人后，她又拿了还魂丹急急地赶来，恐怕你是中了毒。照此看来，她对你的情分已经可说是到极顶的了。"

美臣也觉玉凤对待自己很有情分，心中倒也不免一动，待了一会儿后，方才笑道：

"这也不过妹妹猜测而已，究竟如何，到底还是一个问题，所以我总不敢有此妄想。"

丽鹃笑道：

"那么我们待往后再说吧！"

于是夫妇两人也就各自入睡了。次日起来，德臣和小侠也过来了，大家用过早餐，德臣见丽鹃已能起床，心中很是欢喜，便说道：

"宋明仁这人是挺热心的，他既然叫我们住到他的家里去，我想二嫂也能起床了，此刻就一块儿去了好吗？"

丽鹃道：

"那可有些不好意思吧！陌陌生生地如何就可以住到人家府上去呢？"

不料正说时，店小二进来报告道：

"外面有个姓宋的大爷要来找你们。"

德臣一听，慌忙迎了出去。果然就是宋明仁，这就和他握了一阵子手，笑道：

"宋大哥，对不起，对不起！怎么累你也来了？"

宋明仁笑道：

"咱们是知己，和兄弟一样，何必客气？昨天因为听你弟媳有病在身，小弟略懂医理，故而前来探望探望。"说着话，两人已到房内。

美臣也早迎接，向他道谢，一面给他介绍丽鹃和保官两人，一面让座敬茶。德臣道：

"二嫂今天倒好一些了。"

宋明仁道：

"最好再给我诊一下子脉息，那么就知分晓了。"

美臣便叫丽鹃坐到桌边，给明仁诊脉。丽鹃虽然已能起身，但人总觉尚未大好，所以也管不得羞涩，就坐到桌旁去，给明仁诊脉。明仁三指按在丽鹃的手腕上，过了好一会儿，忽然笑道：

"嫂子哪里是患了病，实在是有了喜哩！"

这句话说得丽鹃两颊绯红，但美臣和保官却十分欢喜，保官笑道：

"这么说来，我是有了弟弟哩！"

德臣暗想：果然不出我之所料，遂也笑道：

"不过这胎气很是古怪，为什么做娘的这样不舒服呢?"

宋明仁道:

"不是我说一句奉承的话，这孩子若生下来之后，真还是一个了不得的人才呢!"

美臣听了，好不欢喜，忙说道:

"若果然应了先生的金口，一定把孩子给你做了干儿子好吗?"

宋明仁笑道:

"只怕委屈了令郎吧!"

美臣连说客气客气，明仁这时又道:

"我想今天就请各位到舍间去玩儿几天，内子也很爱朋友，嫂子去了，你们也有了道伴，大家都不寂寞了。"

美臣见他情意真挚，遂也不好意思拒绝，于是向账房结清账目，和宋明仁一同到悦来糖食店里去了。昨夜大雨，今天却太阳很好，因为悦来糖食店离高生客栈不远，所以大家遂步行而去。到了宋明仁的家里，里面房子很大，有庭院、有书房、有套房，布置得很清洁美观，明仁立刻命他妻子王秀英出来和众人相见。丽鹃见秀英年纪二十六七，生得风流妩媚，妖艳动人，心中暗想:明仁年近四十，想不到竟有这么美丽的一个夫人。当时两人十分亲热，握手互称姊妹。秀英秋波向美臣等瞟了一眼，含笑说声"周爷请坐一会儿"，她便和丽鹃携手到上房里去了。这儿明仁款待美臣兄弟两人，并且说道:

"你们兄弟俩和保官贤侄就睡到东书房好了，我睡西书房，这样是很好的。"

美臣道：

"只是麻烦了老兄，叫小弟等心中不安。"

明仁笑道：

"四海之内皆兄弟也，何况咱与令兄原有深厚的交情，所以你且不要客气。"

这时，保官向美臣说道：

"叔父，时也不早，侄儿此刻想到花得雨家中去了，你瞧怎么样？"

美臣还不及回答，明仁就急问道：

"贤侄到花得雨家中做什么去？此贼在庄上无恶不作，乃是著名的恶棍，你如何去同此辈结交朋友？恐怕往后受害匪浅也。"

小侠笑道：

"侄儿哪里和他交朋友去？原是跟他算账去的呀！"

明仁听了，益发不胜奇怪，急问道：

"你和他有什么银钱往来吗？算什么账呢？"

这两句话说得三人都忍不住笑了，美臣于是把花得雨强占白玉杯的事向他告诉了一遍。明仁这才恍然大悟，望了保官一眼，说道：

"花得雨的武艺不弱，贤侄小小的年纪，恐怕不是他的对手吧！"

小侠冷笑了一声，笑道：

"谅一个花得雨，何足道哉？小侄若不去讨还白玉杯，誓不为人。"说罢，叫声"爸爸、伯伯、叔叔，小侄去了"！他的人早已不见影子了。

明仁见他有此本领，暗暗惊叹。美臣道：

"保官恃骄而去，恐怕有失，我当追随其后，以便照应。"

德臣点头说道：

"贤弟言之有理，愚兄颇为同意。"

美臣于是向明仁告别，也借土遁而去。且说保官到了花得雨的家中，这回他正大光明地敲门进内，说要见你家大爷。门役见他是个小孩子，遂故意刁难不理睬，说：

"大爷没有空，你明天来吧！"

小侠见他刁恶得可恨，遂又隐身而进，门役因突然不见了小侠的人，奇怪得叫起来了，说道：

"咦，咦，他的人到哪儿去了？"

小侠飞起一脚，直踢向他的肛门上去。门役哎哟一声，在地上早已翻了一个跟斗，小侠犹怒骂道：

"你这王八狗虿，仗谁的威风，敢如此大胆？真是可杀之至！"

门役跌在地上，却是爬不起来，还没命地大喊有鬼。众庄丁见门役这个模样，又听他大喊有鬼，一时还以为真的有鬼，大家都吓得四散乱逃。齐巧花得雨因水牢中不见了美臣，闷闷不乐地踱到院子来散步，见庄丁们脸色慌张地奔逃，忙问什么事。庄丁们告诉门役遇了鬼，跌在地上，还在喊痛。花得雨如何会相信？喝声胡说，他便走到门口来看究竟。果然见门役滚在地上，口中兀是大喊老祖宗饶命。花得雨到此，也吃了一惊，忙道：

"阿三，你滚在地上干什么？快站起来呀！"

阿三哭着道：

"老祖宗用脚踏住我，我不能爬起来呀！哎哟，他还打我，我真痛死了。"

花得雨瞧此情形，暗想：莫非他真遇到鬼了吗？遂忙又道：

"那么他问你要些什么东西呢？"

阿三还没有回答，小侠早已把身子现出，向花得雨施了一个礼，笑道：

"庄主爷，你可不要误会，我不是鬼，乃是人哩！因为尊管家的欺侮我，所以是我戏弄他的。很是冒昧，还请原谅才好。"

花得雨突然见了小侠的人，方才恍然，暗想：天下哪里有鬼？原来是这孩子玩弄他的，遂忙说道：

"阿三，你干吗得罪了小英雄呀？快起来谢罪吧！"

门役方知小侠的厉害，遂只好叩头谢罪。花得雨一面向小侠打量，一面问道：

"小英雄贵姓大名？不知到舍间来有什么贵干吗？"

小侠笑道：

"常言道，无事不到三宝殿，那当然是有一些小事的。"

花得雨见他是个小孩子，又听他话中有因，知他来意不善，遂也不陪他进内，点了点头，说道：

"那么究竟有些什么小事，倒要请教请教。"

小侠冷笑一声，说道：

"大庄主，你是一个有身份有地位的英雄，假使绿林中的好汉，他们也要讲一些道理，现在咱先请教你，你既强占了白玉杯，又把咱叔父害死，这是什么道理呀？"

花得雨听了这话，方才明白周美臣的失踪，定是他侄儿救去无疑的了。想不到小小的年纪有这么的好本领，一时倒也暗暗吃惊，红了两颊，自思忖道：他既有胆量前来，当然很有些本领。常言道：没有三分三，不敢上梁山。那么咱何不先下手为强，把他一记结果，岂非痛快？

花得雨想定主意，遂把手一扬，只听哗啦啦一声响亮，打出一个掌心雷来。不料小侠也是个很聪敏的人，他见花得雨呆若木鸡似的愣住了一会儿，就明白他在转那狠毒的念头。所以在他手扬起的时候，他也早已有了准备，把智了师太教他的霹雳手施用出来，所以声音自然是格外地响了。在花得雨的心中，满以为这一个掌心雷打出去，小侠必死无疑，谁知经过一阵响亮之后，定睛向他一瞧，竟然是好好地站着不动，丝毫都不能伤他，心中这就大吃了一惊。就在这个当儿，小侠便向他怒骂道：

"好一个狼心狗肺的奴才，胆敢暗计伤人，如此行为，岂不被天下英雄所笑吗？汝有多少能耐，尽管都搬出来吧！小爷倒要领教领教你的辣手哩！"

花得雨听了这话，羞得两颊绯红，说道：

"好小子，你有本领，就和咱见个高低，若胜得过咱，咱就立刻把白玉杯奉还，否则，只好算你是来送死的了。"

小侠道：

"也好，咱们就先比拳术怎样？"

花得雨点头赞成，于是两人站定了门户。小侠道：

"大庄主，请呀！"

花得雨因为他这么的大方，遂也不好意思占先，说道：

"咱是主，你是宾，该你先请的。"

140

小侠道：

"既这么地说，咱就不客气了。"说罢，便将双手一收，双拳往两边一挪，左足向前踏进一步，双拳从两肋下发了出来，直向花得雨的胸前打来。

花得雨识得这个家数，名曰双龙搅海之势，遂也不慌不忙地将双手往上一招，翻了下来，反分左右，隔开他的双拳，趁势飞起一脚，向他腹部上踢来。小侠也知道他是个"直捣黄龙"的家数，于是把身子就地一滚，伸开双手，直向花得雨的胯下探去，这便是一个"海底捞月"的家数。在普通避过"直捣黄龙"的家数，身子总是向上纵的，小侠因为身材矮小，所以他便反而向地上滚去。这当然是出乎人家意料的事情，所以花得雨几乎被小侠抓住了囊袋，急得只好仰天跌倒下去，成个"排山倒海"的姿势。小侠这时兴起，遂抢步赶上，正欲施个"燕儿入巢"的姿势去扼住他的喉管，说时迟，那时快，花得雨霍地从地上跳起，施了一个"大鹏展翅"的家数，两手指直向小侠的眼睛戳来。小侠方欲纵身跃起，突然花得雨哎哟了一声，他竟中了暗器，这回他的身子真的仰天跌倒下去了。

在两人交手的时候，早有庄丁们去报告大教师和二教师，所以郝天雄和孟光达都站在花得雨身后观看情形，今见花大爷突然失足，遂各拔宝剑，飞奔上来，向小侠直刺。不料这时，半空中飞下来一个少年英雄，先把手中宝剑向郝天雄的剑锋一格，只听哧的一声，那郝天雄的宝剑早已一折为二了。天雄手中断剑，不由大吃一惊，在这一惊之间，那少年逼紧一剑，郝天雄的人头早已滚到不知去向了。小侠回眸望去，原来那少年不是别人，正是叔父周美臣，他手执童子剑，真是势若猛虎。因为叔父已经结果一个，他也要发发利事，遂纵身一跃，施个"蛟龙入海"之势，把他的头向孟光达的胸部撞去。光达猝不及防，大叫一声，手中宝剑落下地去，身子跌倒，口中就喷水般地吐起血来，两眼一眨，竟是一命呜呼了。

周美臣因为心中痛恨花得雨，所以他既杀了大教师，赶步上前，又欲把中了自己毒镖的花得雨一剑结果，不料这时就有一颗小小的银弹丸向美臣手腕打来。美臣着打，把剑缩回。那时就听有人叫道：

"两位英雄，切勿伤我爸爸性命，有什么事情，只管向我妈妈说是了。"

美臣抬头望去，只见一个小小的女孩子，年纪只有六七岁光景，后面跟着一个二十七八的妇人，却是面目绝丽。小侠认得是花得雨的妻子和女儿，因为昨夜听过她们曾劝告花得雨的，知道她们很明大义，所以不再动手。这时，花大奶奶芳容已到两人面前，向他们福了一个万福，说道：

"二位英雄息怒，咱的外子得罪了你们，一切都由咱向你们赔罪。请二位到里面坐，外子既已受伤，你们就饶他一条性命吧！"

美臣道：

"你们只要把白玉杯交还，一切都没有事了，否则定不轻饶。"

芳容道：

"哦！莫非这位英雄就是昨日来索取白玉杯的爷吗？"

美臣冷笑道：

"你既已知晓，何必多问？要知道我若非侄儿相救，险遭汝丈夫的毒手哩！"

芳容到此，也方知两人是叔侄关系。昨天那少年失踪，原来就是这小孩子相救的，想不到这孩子有此好本领，真令人万分地羡慕，于是忙道：

"外子所干行为，真是罪该万死。咱也曾经竭力规劝外子，叫他速速放去英雄，不料昨夜英雄已被你侄儿所救了，那真是叫人欢喜。现在我立刻把白玉杯交还英雄，请英雄别记前恨吧！"

美臣听她说得委婉，遂点了点头，说道：

"既然你肯归还白玉杯的话，我还记什么恨心？"

芳容道：

"如此请二位到里面坐。"说着，一面又吩咐庄丁把花大爷扶到上房去，并叫庄丁把两个教师的尸身收拾葬了。

这里请美臣、小侠到会客室坐下，庄丁献上茶。芳容道：

"咱还不曾请教大爷贵姓大名，小哥儿也叫什么名字？"

美臣遂告诉了，但心中却在暗想：单玉凤为什么今天不出来接见？她昨天说得好好的，不是会给我们解围吗？那可不是奇怪？芳容却道：

"久闻周爷乃是一位有名的英雄，心中十分地敬慕，现在我有一事相求，不知周爷能否答应我呢？"

美臣听了这话，倒是暗暗奇怪，遂忙说道：

"花大嫂子有何见教？若咱能够答应的，岂有不答应之理？"

芳容微微地一笑，说道：

"小女年方六岁，生得尚称不俗，我见周爷这位令侄，真是一个人才，我心中感到非常地可爱，鄙意欲把小女配与令郎，不知周爷能曲纳否？"

美臣听她这样说，那真是意想不到的事情，遂向小玉望了一眼，只见小玉年纪虽幼，也知羞涩，绯红了两颊，却是垂下了头。便笑问道：

"令爱叫什么芳名？"

芳容道：

"本名小香，后因拜单玉凤做干女儿后，就改名小玉了。"

说着，望了保官一眼，也笑问道：

"令侄多少年纪了？"

美臣暗想：原来小玉已拜玉凤做干娘了，一时心中就有几分喜悦的意思，遂说道：

"保官今年八岁，论年龄倒是一对，不过保官的父亲也在这儿，需要问过他父亲，方才可以答应，因我也不能做主的。"

芳容听了，也觉有理，遂点头说道：

"不过总要周爷竭力成全才是。"说毕，便着人到姨奶奶房中去询问，大爷把白玉杯是藏在哪一个的房中，快快把白玉杯送来交给奶奶。

不多一会儿，八姨奶拿了九龙白玉杯来了，芳容一面交还美臣，一面又向八姨奶抱怨了一回。八姨奶说并不知道这只白玉杯是大爷强占来的，芳容也只得罢了。这时，美臣复得了白玉杯，心中十分欢喜，方欲起身告别，突然想到了花得雨肩头上的那支毒镖，因为两家有对亲眷的希望，所以心中当然不忍，遂忙

说道：

"你家大爷是着了我的毒药镖，在二十四个时辰之内不救治，就会没有性命的。"

芳容猛可听了这个话，顿时粉脸失色地哟了一声，叫道：

"真的吗？那可怎么的好？否则，玉凤姑娘会医治的，如今她又患了病，这……便如何是好呢？"

美臣听她无意中说出玉凤患病的消息，心中也是一惊，暗想：怪不得没见她出来，原来她是卧病在床哩！难道昨夜大雨中回家，她果然着了寒气了吗？心中虽然很焦急，但表面上还要安慰芳容，说道：

"花大嫂子，你别着忙，我也会医愈他的，你且伴我到他房内去吧！"

芳容听了，心中这才落下一块大石，向他千恩万谢地谢个不了，一面伴他们到上房。只见花得雨躺在床上，脸如死灰，口眼紧闭，十分可怕。芳容瞧了悲酸，几乎要淌下泪来了。美臣走到床边，把他肩头上的镖拔去，只见血水如注，已成紫色了，于是在怀中取出伤药瓶，拿了一块棉花，把药涂到他伤口上去。大约有了半个时辰之后，方见花得雨悠悠地醒转，他睁眼一瞧，见房中有着周美臣和那一个小孩子在着，心里这一吃惊，真是非同小可，哎哟了一声，却是说不出一句话来。芳容见丈夫醒来，又悲又喜，又怨又恨，遂向他告诉着道：

"这位周大爷不是昨天你要害他性命的那个吗？现在他以德报怨，不记前恨，竟反而来救治你的性命，你自扪良心，可对得住人家吗？唉！我希望你从此把脾气改过来了，那么才不枉周爷救你性命的一番热情哩!"

　　这时，花得雨的良心也发现了，他觉得感动极了，因此管不得肩头上有伤，他便从床上滚下地来，把周美臣的双膝紧紧地抱住了。

第八回

夜半闻啼声　逆伦爬灰破窗诛恶徒

话说花得雨听了芳容的话，方知自己的性命是周美臣救治愈的，因为自己为了白玉杯曾经要想害死过周美臣。如今他不记前恨，反而来救治自己的性命，一时天良发现，感动得滚下床来，把美臣的双膝紧紧地抱住了，说道：

"贤弟如此深情厚谊，真叫愚兄羞惭无地，叫我如何有脸再好意思见你呢？"

美臣听了，心中颇感痛快，连忙把他扶起，叫他依然在床上躺下，说道：

"花大哥，只要你想明白过来了，以后能够改过自新，走向光明的道路也就是了。何必说这些话来？况且古来圣贤人也有错处呢！不过，悬崖勒马，回头是岸，这两句话你可要记得牢一些呢！"

花得雨听美臣这样劝告，一时更感动得落下眼泪来了。芳容道：

"周爷金玉良言，希望你永记不忘，他日为国为民干一些轰

147

轰烈烈的事情，替祖上争一些光荣，这也未始不是周爷的大力呢！"

花得雨点头说道：

"我当然立志改做好人，大丈夫处于世，当流芳百世，岂能遗臭万年耶？"

美臣听了大喜，猛可握了花得雨的手，笑道：

"老哥悟矣！此固然是老哥之大幸，亦国家之大幸也。"

花得雨回眸见保官在旁，遂问道：

"这位小英雄想来定是令侄了，不知叫什么名字，年纪多少？令侄虽然年在髫龄，然武艺超群，立志正大，他日终非池中物耳！愚兄在无限惭愧之余，又觉无限地敬爱，不知老弟能详告否？"

芳容不及美臣回答，就笑道：

"哥儿名叫保官，今年还只八岁，妾意欲把小玉配给哥儿为室，周爷说要通知他父亲后，方可以决定呢！"

花得雨忙道：

"夫人之言，正合于意，虽然要问过他的父亲，但贤弟一定也可以做一半的主意，若不嫌吾小女丑陋，恳请金诺了吧！"

美臣听了，心中倒也活动起来，笑了一笑，遂向保官说道：

"汝意如何？"

保官在昨夜曾经偷窥小玉的舞剑，同时又听她劝谏过父亲，知道小玉倒是一个贤明的女子，那么将来年龄长大，性情当然更温柔了。至于容貌，幼年时尚且这样娇艳，若到青春之期，其美可知矣！所以心中暗暗欢喜，不过到底有些难为情，红晕了两颊，因此垂了脸，默不作答。美臣见他不答，知是默许的意思，遂笑道：

"既然你也喜欢，那么速来叩见岳父母吧！至于你爸那儿，我自当代为陈说吧！"

小侠听了，于是向花得雨夫妇两人拜了四拜，口叫"岳父母在上，小婿在这儿拜见了"。花得雨和芳容一见，慌忙扶起，心中好不欢喜，连说贤婿请起，罢了罢了。不料小玉瞧此情形，却悄悄地欲躲避到外面去了，被芳容一把拉住了，望着她苹果样红的小脸儿，说道：

"你到哪里去？快也拜见叔父吧！"

小玉到此，也只好向美臣跪下叩头。美臣也伸手扶起，满面堆笑地叫着免了。芳容又要小玉和保官相对行礼，小玉、保官听了，都有羞涩之态。芳容又连连相催，小玉没有办法，只好含笑弯了弯腰，保官也作了一个揖。两人四只小眼睛相对而望的时候，大家绯红了娇靥，忍不住都微微地一笑。这一幕有趣的表情，瞧到美臣和花得雨夫妇二人的眼里，这就益发大笑起来了。美臣做梦也想不到两家结仇恨的人倒反而对起亲眷来，这真是意料之外的事情，可见世事变化无常，令人捉摸不到的。正在暗中感到好笑，芳容又问道：

"周家叔叔，那么你们现在还住在客栈里吗？我想快快搬到我家来住吧！这样既便利，又热闹，不是很好吗？"

美臣道：

"我们如今也不住在客栈里了，因为哥哥有个朋友名叫宋明仁，他是这儿开设悦来糖食店的，所以叫我们已住到他的家中去了。"

花得雨道：

"那么在我家也可以玩儿几天，所以最好把你嫂夫人也请了来，也好和我内子认识认识。"

芳容点头笑道：

"可不是？周二叔，你真的把嫂夫人去接了来吧！我们这儿很热闹，还有一个玉凤姑娘哩！可惜她病着哩！"

美臣听了这话，便也乘机说道：

"这位单姑娘昨天也伴我一块儿喝酒的，好好地怎么就会病起来了呢？"

芳容道：

"刚才我去瞧望过她，摸摸她的身子，也没有什么热度，但她说身子是怪不舒服的。"

美臣听了这话，暗暗地纳闷，自己又不可以说去望望她的，所以他在眸珠一转之后，这就有了主意，当然是非丽鹃来看望她不可的了，于是站起说道：

"那么我此刻走了，明天伴内子前来拜望两位吧！"

芳容道：

"为什么要明天？二叔立刻去伴了来，午饭也在我这儿来用好了。"

美臣见她情意真挚，遂含笑答应。小侠于是也跟着要走，却被芳容拉住了手，笑道：

"你做什么去？如今你就是我儿子一样了，这里也就是你的家，你和妹妹一块儿研究研究拳术、舞舞剑，这样不是很好吗？"

小侠见她说得亲热已极，心中也感到她的慈爱可亲，望着美臣微笑。美臣知其意，便笑道：

"岳父母这么地疼爱你，你就别去了，在这儿住下了也好。"

小侠于是也就不作声了。花得雨道：

"周贤弟，恕我有病在身，不能远送你了，那么你早些伴了嫂夫人来吧！"

美臣点头，遂和两人作别，自管回到悦来糖食店去了。德臣见美臣一个人回来，心中倒是吃了一惊，急问小保官怎么了，美臣笑道：

"这事情说来哥哥也许会不相信的，保官竟做了花得雨的女婿呢！"

德臣哟了一声，叫道：

"这到底是怎么的一回事？弟弟，你快明白地告诉我吧！"

美臣于是把花大奶奶如何贤德，如何要求，花得雨又如何地悔过改做好人，如何地向自己赔罪等话都告诉了德臣，德臣听了，沉吟了一会儿，说道：

"不知他又会诈骗吗？"

美臣道：

"这次是绝不会的了，哥哥只管放心，他们并且叫我们都住到他家里去，花大嫂子一定要和鹃妹认识，所以我是来陪伴丽鹃到他们家中去的。"

德臣笑道：

"这真是一件意料不到的事情，那么弟弟瞧这个小玉的孩子，还不错吗？"

美臣笑道：

"假使生得不美的话，弟弟如何肯作这个主意呢？"

正说时，宋明仁也走了进来，美臣遂把经过的事情又向他告诉了一遍。宋明仁笑道：

"那倒也好，冤家变成亲家了，也许花得雨受了二哥的感化，真会慢慢地改过做好人的。这也是一件痛快的事，使社会上少一个作恶的而多一个有用的人，那还不是二哥的力量吗？听说花得雨的妻子确实十分的贤德，其母如此，其女当亦可知了。所以，这头婚姻，我料必定很是美满的，不过住在他家，住在我家原是一样，二哥又何必急急地要把嫂夫人接到花家去住呢？"

美臣笑道：

"这也并不是我的意思，因为花大嫂子急于要和我内子见见面，催我立刻就来伴了去。我见他们很是热诚，当然不好意思过分地拒绝人家了，好在回头我又可以把内子伴回来的。"

宋明仁笑道：

"既已去了，他们还不会把你们留住吗？"

美臣笑道：

"假使内子留在那边，我总也回到宋先生家中来的。"

于是美臣转了头把丽鹃从王秀英房中喊来，告诉她这一回事，并且又道：

"玉凤姑娘患了病，妹妹不是也应该去望望她吗？"

丽鹃点头说对，于是她又回到秀英房中去告别了。王秀英见丽鹃进来，遂含笑问道：

"妹妹，周爷叫你有什么事情？难道这些时候没瞧见你，他

152

心里便记挂你了吗?"

丽鹃听了这话,粉脸上盖了一层红晕,摇了摇头,遂以实情相告。秀英听了,拉住了她手不放,笑道:

"那怎么可以?妹妹在我家还不曾宿过一夜哩!"

丽鹃也笑道:

"反正我就回来的,无非去一趟罢了。"

秀英秋波睃了她一眼,很怨恨似的说道:

"那么妹妹早去早回,我等着你,知道吗?"

丽鹃一笑答应,别了秀英,遂走出房来,和美臣一同到花得雨家中去了。芳容一见丽鹃,真是非常的亲热,两人拉住了手,坐在一旁,喁喁唧唧地谈个不了,大有相见恨晚之慨。不多一会儿,仆妇摆了席,因为彼此已成至亲,所以也不用再避什么嫌疑了。花得雨、周美臣坐在上首,丽鹃、芳容坐左首,保官、小玉坐右首,六个人坐了一桌,开怀畅饮,十分快乐。饭毕,大家都说去望凤姑娘,于是六个人都走到玉凤的房中来了。小玉掀开暖幔,先步了进去,向素琴问道:

"干娘好些了吗?他们都来瞧望干娘了。"

素琴回眸来望,见花大爷、花大奶奶,还有两个不知是谁的男女,后面又跟着一个孩子,大家都已走了进来,遂一面招呼,一面让座,一面又向床上的玉凤叫道:

"单姑娘,大爷和大奶奶都来望你了。"

玉凤听了,回眸向床外望了一眼,只见除了花得雨夫妇俩,尚有周美臣夫妇两人,一时芳心好不惊异,遂忙说道:

"师兄和嫂子怎么全都来了?"

花得雨笑道：

"如今我们和周爷已成一家人了，师妹，我给你介绍，这位是周爷的夫人徐丽鹃小姐，这位是周爷的侄儿保官，现在可变成我们的乘龙快婿了呢！"说到这里，便哈哈地大笑起来，表示他内心是这一份儿的得意和快乐。

玉凤到此，方知两家已由仇家都变成亲家了，芳心也不免暗暗欢喜，她把明眸望到丽鹃的身上，故意咦了一声，叫道：

"你不是三年前的丽鹃姊姊吗？"

丽鹃被她这么一来，起初倒是一怔，后来仔细一想，方知她多少含有些作用的。这就立刻步到床边，很亲热地握了她纤手，笑道：

"是了，你定是三年前的玉凤妹妹了，原来你就是花爷的师妹，这可叫人真意想不到的。妹妹患的是什么病？大夫可曾瞧过了没有？"

芳容见此情形，也好笑起来，笑道：

"那真是有趣的事情，你们是早已认识的了，这倒很好，如今凤姑是有了伴儿了。"

玉凤笑道：

"鹃姊能在这儿玩儿几天吗？"

丽鹃道：

"一则我们姊妹久别重逢，二则妹妹有病在身，那么我理应和妹妹做伴几天的。"

玉凤听了，十分地欢喜，她望着小玉，又得意地道：

"小玉，你有这么一个好夫婿，你也真有福气呀！"

小玉似乎害羞，嗯了一声，众人都又忍不住笑起来了。大家坐了一会儿，美臣说道：

"那么内子准定和凤姑娘做伴几天，保官也玩儿两天走，我得回去了。"

花得雨道：

"那又何必呢？贤弟难道就不能和我做伴几天吗？"

美臣笑道：

"因为哥哥一个人在那边，弟弟少不得要伴他几天的。"

花得雨道：

"我不是说连你哥哥一块儿都住到我家来吗？"

美臣道：

"我原也有这个意思，无奈哥哥时常出外要收账的。所以诸多不便，也就不必客气的了。"

花得雨留他不住，也就罢了，于是美臣辞别众人，自回悦来店去了。花得雨夫妇待美臣走后，也各自回房，只向保官叮嘱，叫他和小玉随意地游玩，不用拘束，完全当作自己家里一样的。保官和小玉这时熟悉得多，听爸妈这样说，便含笑答应，两人携手到花园里游玩去了。这里房中只剩了玉凤、丽鹃、素琴三个人，素琴重新又泡上了香茗，叫周奶奶喝茶，丽鹃望她一眼，虽然是个丫鬟装束，却姿容秀娟，妩媚可爱。想起玉凤告诉她有个知心丫头的话，遂含笑问道：

"你就是素琴的了？"

素琴点头说声是的，便含笑退出房外去了。丽鹃见房内没有了外人，遂向玉凤悄声地问道：

155

“妹妹，昨晚你不是好好的吗，怎么就病起来了？莫非回家淋了大雨，就受了寒气吗？”

玉凤脸儿浮上了玫瑰的色彩，支吾了一会儿，说道：

“也并没有受寒，只是周爷那件大氅，真的被雨打得稀湿了，如今我叫素琴在里面晾着，明儿干了，还得素琴用熨斗烫一烫才行哩！”

丽鹃道：

“这一件衣服，你还去说它做什么？那么妹妹现在身上不知可有热度吗？”

玉凤一转乌圆的眸珠，把手伸过来，和丽鹃握了握，说道：

“你摸摸我手，不是没有什么热度吗？想来也不是什么大病，睡一两天也就好起来了。”

说着，又悄悄地问道：

“姊姊，怎么两家就会结起亲眷来了，这到底是怎么的一回事情？姊姊，你快些告诉我好吗？”

丽鹃一面告诉，一面把手又按到她额角上去，只觉果然没有什么热度，心里这就暗暗地细想：那也奇怪，既没有受寒，又没有热度，好好地怎么就会病起来呢？于是告诉完毕之后，又向她低声问道：

“妹妹，你想吃什么吗？刚才午饭吃了多少？”

玉凤道：

“我也不想什么吃，因为没有饿，所以也吃不了多少。姊姊，你来跟我做伴，我心里真觉得高兴。”说到这里，掀着酒窝儿，妖媚地一笑，握着她纤手，表示又感激又欢喜的样子。

丽鹃见她脸部的意态，仿佛内心有什么隐情，她觉得有些奇怪，望着她红晕的粉脸，在经过愕住了一会儿后，又悄声问道：

"妹妹，我瞧你样子好像有什么心事般的，假使你认为姊姊是你知心的话，那么你就不妨向我告诉一些知道。假使姊姊能力所及的，总没有不竭力给妹妹帮忙的。"

玉凤听她这么说，点了点头，但不知有个什么感觉之后，她又微微地叹了一口气，说道：

"我也没有什么心事，只不过心头烦闷罢了。"

丽鹃听她这两句话很是矛盾，意欲再向她诘问，不料她微闭了明眸，却仿佛要睡去的样子，于是望着窗外那一丛被风吹动着的修竹，不禁呆呆地出了一会儿神。就在这个时候，素琴悄悄地走进来，丽鹃灵机一动，她便离开了床边，拉了素琴的手，走到房外的院子里，在修竹前站住，低声地问道：

"素琴，你小姐患的到底是什么病呀？我瞧她闷闷不乐，似乎有什么心事般的，我想你和小姐时刻不离，大概总有些知道的吧！"

素琴被她这么一问，粉脸也不禁微微地一红，良久，方摇头说道：

"这……我……倒也没有知道呀……"说到这里，顿了一顿，好像又说不下去的样子。

丽鹃瞧她神情有异，一颗芳心早已有了几分明白，遂微笑道：

"你不用给小姐瞒骗着我，假使你告诉了我后，也许我还可以给你们想个办法，总使你小姐称心如意的。"

素琴听她这么地说，芳心倒是一喜，遂沉吟了一会儿，说道：

"小姐心中有什么心事，我委实不曾十分详细，因为我问她的时候，她总也不肯吐露一句，不过我跟随小姐多年，小姐的脾气我总也知道一些，所以我猜小姐未免是太痴心了一些。"

说到这里，把嘴凑到丽鹃的耳旁，低低地告诉了一会儿，接着又低声笑道：

"在小姐的意思，就是她做一个小星，她也情愿的。但是……周奶奶心中怎么样呢？不知也能可怜我小姐一番痴心吗？"

丽鹃听了，暗想：果然不出我所料。这凤姑娘真也可谓是个情痴的了，于是点了点头，笑道：

"你小姐可说是我丈夫的恩人，而且也就是我的恩人，受恩于人，理应有所报答。如今你小姐既有这个意思，我岂有不竭力成全好事之理的？所以你放心，我总得把你小姐的心病医治好的。"

素琴听了这话，心中好不欢喜，向丽鹃跪了下去，笑道：

"周奶奶如此贤德超人，真叫人感到心头，婢子在这里向奶奶先代为小姐叩个头吧！"

丽鹃见她这个模样，觉得小姐固然是痴，然婢女的痴，也不亚于小姐。这就慌忙扶起，笑道：

"素琴，你快不要这个样子，我问你，你姓什么的？今年几岁了？是哪儿人氏？和你小姐做伴有多少年数了？"

素琴道：

"这事情说起来话长，唉！我的身世真是可怜哪！"说到这里，叹了一口气，却不禁淌下眼泪来了。

丽鹃见她泪眼盈盈的意态，倍觉楚楚可怜，遂很同情地说道：

"素琴，你不要伤心，我很愿意听听你的身世，不知你肯不肯向我告诉一遍吗？"

素琴拭了眼泪，说道：

"那当然可以的，只是奶奶站着脚酸，我去端张椅子来，给奶奶坐着吧！"

丽鹃方欲阻止，素琴已把椅子端来，丽鹃于是坐下，听素琴静静地告诉着道：

离开山西省城五十里路远外有个小小的村庄，名曰绿叶村。村中有个农夫，叫作陈老实，娶妻王氏，生一女就是陈素琴。素琴虽然是个乡村里的姑娘，却没有乡村里一些笨俗的气味，生得娇小玲珑，活泼可爱，天生了白皙的皮肤，嫩白的脸庞，衬着那双滴溜乌圆的眸珠，更显出聪敏的样子，令人会感到她妩媚得可爱。这是素琴十四岁那一年，她已出落得亭亭玉立一个姑娘的模样儿了，不料陈老实在田里耕种回来，竟得了一个急病，就此不治而亡。素琴的母亲原是有病在床，一听丈夫得了急症而死，可怜她一阵子心急，上气不接下气，遂也跟着陈老实一同去做同命鸳鸯了。素琴见一刹那间竟死了自己最亲爱的爸爸和妈妈，一时芳心的疼痛仿佛刀割，不免哭得死去活来。素琴这一哭，就惊动了四面的邻舍，其中有一个姓计的农夫，名叫大宝，年纪四十左右，他和陈老实平日尚称知己，所以他向素琴说道：

"阿琴，事已如此，你也不用多伤心了，现在最要紧的是办理你爸妈的后事要紧哩!"

素琴哭道:

"我一个年轻的女孩子,什么事情全不知道,那可叫我怎么地办好?计老伯,请你老人家瞧着我爸爸生前的友谊分儿上,就帮着我料理一下吧!"

计大宝道:

"你别害怕,我一定帮着你是了。那么你爸爸到底有多少积蓄,你都知道吗?"

素琴道:

"这个我也不知道,爸爸的银子都藏在床底下的甏里,计老伯去瞧瞧是了。"

计大宝听了,很是欢喜,遂把床底下甏端出,见白花花的银子都盛满了。原来陈老实平日为人俭朴,所以积蓄了许多的银子。当时计大宝代素琴购了两具很单薄的棺材,就给老实夫妇两人草草入殓,抬到后山去葬了。他心里却暗暗地盘算着,陈老实也没有一个兄弟姊妹,他死之后,素琴这孩子自然没人照料,况且她还有这一份家产呢!那我何不如此如此,岂非人财两得了吗?他想定了主意后,遂对素琴很温和地说道:

"阿琴,你如今是个孤零零的孩子,我瞧着你很是可怜,所以我现在有一个很好的意思,不知你心中也愿意吗?"

素琴拭了眼泪,问道:

"老伯是个什么意思?你说出来,我总没有不愿意的。"

大宝道:

"我这个意思,是完全为你终身着想的。因为你此后孤零零

160

一个人，既无叔伯，终鲜兄弟，将来究竟怎么地结局呢？所以，我想把你配给我儿子小宝做个妻子，小宝今年虽然还只有十二岁，但再过四年，你们也可以结婚了。现在我对待你像个亲生女儿一般地看护，你也有了照应，我也有了帮手料理家务，你说好不好？"

素琴对于小宝的人也常看见的，生得挺结实的身材，虽然还只有十二岁，但和自己长得差不多高了。一颗芳心也就有了几分的愿意，不过自己一个女孩儿家，对于婚姻的事情，到底有些羞人答答地说不出口，因此红晕了娇靥，垂首默不作答。计大宝见她不答，虽然没有表示许可，但她没有拒绝，这当然是为了害羞的缘故，于是又低声地道：

"阿琴，我完全是为了你好，你的年纪也有十四岁了，总得仔细地想一想，到底愿意吗？"

素琴被他这么地一说，也只好厚了脸皮，站起身子，向计大宝盈盈跪倒，拜了四拜，说道：

"阿琴年轻不懂事情，一切都由老伯做主便了。"

计大宝知道这就是她承认当我儿媳妇的意思，心中不免大喜，遂连忙把她扶起，说罢了罢了。从此以后，阿琴的一份家产就被计大宝吞没了。原来，大宝新近丧了妻子，在他心中的意思，把素琴配给小宝做妻子，这话完全是假的，他想儿子年纪反正这么小，一切人事还不知道，我何不先把素琴身子玷污了，这样我们就做了夫妇，明儿小宝长大，再给他娶一个妻子是了。计大宝心中虽有这么一个企图，但是素琴声声口口地叫他爷爷，因此一时里也下不了这个辣手。

这是一个初秋的晚上，素琴见大宝从田里回来，遂含笑相迎，叫道：

"爷爷，你辛苦了，快喝杯茶，休息一会儿吧!"

大宝道：

"小宝今天可曾好些了吗?"

原来小宝卧病已经有五六天光景了。素琴一听这话，蛾眉顿时紧锁起来，叹息道：

"我见他热势只有加重，问他的话，他也很糊涂，所以我心中正在忧煎哩!"

大宝听了，暗自想道：假使他肯死了，这倒也干净，我和素琴爽爽快快地做了夫妇，想素琴一定也会答应的了。素琴见他望着自己出神的样子，还以为他也在发愁。因为家中除了爷爷一个大人外，只有自己一个年轻的女子了，万一爷爷又愁得病了，这叫我不是更没有了主意吗? 所以她又含了微笑，低低地道：

"爷爷，你也不用发愁，但愿吉人天相，他病慢慢地会好起来的。你此刻饿了没有? 我给你去烫些酒来喝好吗?"

计大宝听她这么说，遂点了点头，说好的。素琴于是回过身子，走到厨下去了。在素琴回身的时候，计大宝瞧到她苗条的腰肢，肥圆的屁股，觉得素琴实在已很成熟的了。我若能够和她真个销魂的话，那是多么的甜蜜呢! 想到这里，他那颗心怦怦地跳动不已，全身几乎有些情不自禁起来了。素琴给他烫好了酒，端出菜碗，给他坐下喝酒。大宝温和地道：

"阿琴，那么你也可以吃饭了。"

素琴道：

"爷爷只管先用，我还得去瞧瞧小宝，不知他此刻也想东西吃吗？"说着，身子便匆匆地到小宝房中去了。

这时，小宝已醒来了，素琴问道：

"弟弟，你此刻好些吗？不知想不想吃一些东西？"

小宝见了素琴，猛可握住了她的纤手，叫了一声姊姊，淌下眼泪来，说道：

"我这次的病，怕是不会好的了。"

素琴听了这话，眼皮一红，只觉有股子悲酸触鼻，泪水也不禁夺眶而出了，哽咽着道：

"弟弟，你怎么说出这些话来了呢？常言道：人无千日好，花无百日红，一个人小病小痛，总是难免的，你的年纪可轻啦，干吗一些小病，你就想到这个上头去？那叫我听了不是伤心吗？"

小宝听了，不禁深深地叹了一口气，拉着素琴的手，只是流泪。素琴不忍引起他的难受，遂收束了泪水，拿手抹了他颊上的泪痕，安慰他道：

"弟弟，你不要伤心，你这病是会好起来的。我相信老天一定会可怜我们，不使我们硬生生拆开的。"

小宝听了，这才微微地苦笑了一下，点了点头，说道：

"当然，我也希望和姊姊永远地在一起，但只怕没有这个福气吧！"

小宝这句话又引逗得素琴泪如雨下，她俯下身子，把粉脸紧偎了他，低低地道：

"弟弟，你快别这么地说，我的心也几乎碎了呢！但愿老天保佑你早日痊愈，我情愿为你终身长斋的。"

163

小宝手捧着她的粉脸，轻声地叫道：

"姊姊，我心里感激着你是了。"

正在默默地温存了一会儿，忽听外面大宝喊阿琴的声音了。阿琴一面答应，一面又向小宝问道：

"弟弟，你到底要想什么吃？姊姊也可以给你去买了来。"

小宝道：

"我实在都吃不下，姊姊，爸爸喊你哩！你快些出去吧！"

说时，又向她挥了两挥手。素琴没法，只好含泪退出。大宝这时已喝了四五分醉意，在那盏油灯光芒下，瞧着素琴带雨海棠般的娇容，一颗心愈加奇痒难抓，遂问道：

"小宝现在怎么了？"

素琴道：

"也没有什么，只是热度不肯退，总是一件叫人担心的事。爷爷，你叫我有什么事情吗？"

大宝道：

"我还要喝些酒，你给我再去烫一壶来吧！"

素琴听了，秋波凝望了他一会儿，说道：

"爷爷，你脸乜喝红了，别喝了吧！喝醉了是容易伤身子的。"

大宝听她这么说，觉得素琴真是一个多情的姑娘，心里像水波那么地荡漾着，遂点头道：

"那么你就给我盛饭来，你自己也可以吃了。"

素琴答应，遂盛了一碗饭，放到桌上。大宝道：

"你自己的呢？"

素琴道：

"我没有饿，吃不下，小宝因为怕冷清，我还是给他做伴儿去。"说着，她也管不得许多地匆匆又到小宝的房中去。

小宝道：

"姊姊干吗不去吃饭？"

素琴坐到床边，摇了摇头，说道：

"我一些也不饿，弟弟，你头脑子疼吗？我给你轻轻地捶一会儿好不好？"

说时，也不待小宝回答，她已握了纤拳，在他额角上轻轻地一下一下捶敲着。小宝经她这么地一敲，心中似乎得到了一种深深的安慰，微闭了眼睛，也就沉沉地熟睡去了。素琴这才停止了捶敲，呆呆地出了一会儿神，因为生恐爷爷笑自己，不好意思多坐，于是又走出房来。大宝饭已吃毕，向她说道：

"现在你可以吃饭了，一个已经病了，明天你也饿出什么病来，那叫我怎么的好呢？"

素琴听了，免不得意思吃了一口，把碗筷匆匆地收拾过去后，又到小宝房中去望了一会儿，见他睡得很安静，这才很是放心，她便回到自己卧房内去睡了。素琴躺在床上，如何能睡得着？翻来覆去只是不能合眼，想着小宝的病是多么的凶险，万一不幸的话，那叫我怎么地做人呢？虽然我和他还不曾做过夫妇，但我的终身不是早已许配给他了吗？想到这里，忍不住伤心地哭泣起来。素琴哭了一会儿，因为窗外月色很好，虽然房中是熄着油灯，但室内一切也可以隐约地透露出来。所以她的明眸忽然瞥见有个黑影向自己床边慢慢地摸索过来，心里这一害怕，真是非

165

同小可，不免急出了一身冷汗，叫起来道：

"你……你……是谁……"

只听那人回答道：

"我是大宝，阿琴，你不要害怕，因为我被你哭得难受，所以进来劝劝你。"

素琴听爷爷这么地说，心中还感到十分地不安，遂亮了油灯，很抱歉地道：

"爷爷，可不是吵了你？我没有伤心，爷爷自管去安置吧！"说着，意欲披衣跳下床来。

不料大宝却抢步上前，坐到床边，把素琴身子按倒了，说道：

"你不用起床，怕冷了身子的。"

素琴对于大宝这个举动倒出乎意料的，望着他红红的脸，不禁愕住了一会儿。大宝又道：

"小宝这孩子怕是不中用的了，不过你千万别伤心，好在还有我大宝会安慰你的。阿琴，你该知道我是多么地爱你，我的心肝，今夜我就伴你一块儿睡吧！"说到这里，他便扑上去猛可地把素琴身子紧紧地抱住了。

素琴被他这么地一来，那是做梦也意想不到的，芳心里的羞愤，真似江潮般地怒吼着，她气得铁青了两颊，浑身瑟瑟地发抖，不管三七二十一地，伸手在他额角上狠命地一抓，气喘吁吁地道：

"你……你……这是什么话？你……发了疯吗！"

因为素琴留长了指甲，这一下抓去，把大宝额角上抓起了两

166

条血痕，因此他便恼羞成怒，索性用强迫手段把素琴身子狠命按倒，一面在怀中取出一把亮闪闪的小刀向她扬了扬，一面怒喝道：

"好个不识抬举的小贱人，我爱上了你，给你爬高了，你还要骂我发疯吗？哼！你若强一强，我立刻结果你的性命！"

素琴到底还只是一个十四岁的女孩子，她被大宝用刀这么地一吓，早已急得呜呜咽咽地哭起来了。大宝见她哭了，知道她有些软化了，遂温柔地又道：

"阿琴，你别哭，只要你答应了我，我一定把你像心肝肉般地爱护着。阿琴，你不知道哩，过一会儿你就会甜蜜呢！"他一面说着话，一面便施出他禽兽的行为。

素琴哪里肯依？抵死不从。谁知就在这个时候，突然哗啦一声，窗户开处，外面飞进一个十三四岁的女孩子，手执宝剑，把大宝身子伸手扭来，向后便掷，大宝一个跟斗，早已跌得头破血流，倒在地上再也爬不起来了。那女孩子抢上一步，把她小小的金莲踏住了大宝的身子，骂道：

"你这无耻王八的狗东西，竟干起逆伦的勾当，真比禽兽都不及了。这样不法之徒，留你何用！"说到这里，把手一扬，只见手起剑落，血花飞溅，大宝的身首早已永远地分离了。

那时素琴已披衣起床，她见大宝被杀，倒又急得全身发抖，啊呀着道：

"你……你……把我爷爷杀死了吗？"

那女孩子笑道：

"你还爱惜他这个不知廉耻的王八吗？假使我不杀了他，你

167

一个女孩儿家就从此完啦!"

这句话把素琴提醒了,立刻向她跪下,叩谢相救之恩,说道:

"姑娘贵姓大名?不知你如何晓得我被这个无耻东西相逼着呢!"

那女孩子道:

"我姓单名玉凤,因要紧赶路,所以错过了宿店,正欲借宿,听有人哭泣之声,我找到这儿,就在窗外偷窥多时,方知这不要脸的东西欲爬灰哩!姑娘姓什么叫什么?你小小的年纪如何嫁了丈夫?你丈夫又到什么地方去了?"

玉凤一面把她扶起,一面又向她低低地询问。素琴遂把自己死了父母的话向她告诉一遍,并且又道:

"小宝现在正病得厉害呢!"

玉凤见她泪眼盈盈,十分可怜,遂说道:

"你丈夫睡哪儿?我也许有法子可以把他病医愈的。"

素琴听了大喜,遂伴玉凤到小宝房中,不料小宝却已气绝多时。素琴这一悲痛,不免抚尸大哭。玉凤心软,也陪着落了不少眼泪。过了一会儿,玉凤劝她说道:

"死者已矣,不能复生,徒然悲痛,也是无益。琴姑娘,我问你,家中还有别的人吗?"

素琴拭了泪痕,摇头泣道:

"没有什么人了,从今以后,只有我孤零零的一个,那叫我怎么的好?单姑娘,你可怜我,你就收留我做个婢子吧!我愿永远跟在你的身边的。"

玉凤因为这次别师下山，回家探望堂叔父母，不料都已死去，一个人正苦没有伴侣，今听素琴这样说，不由大喜，当下就答应了她，于是两人匆匆料理大宝、小宝的尸身，连夜设法到后山去葬了。素琴带了一些细软什物，从此便跟随玉凤奔走江湖，直到十六岁那年，玉凤在太行山遇见了师父，才叫她投奔到花得雨这里来的。

　　且说丽鹃坐在院子里，听素琴告诉完过去的身世之后，方知她确实是十分的可怜，遂向她说道：

　　"素琴，你和玉姑娘既然是个生死之交，彼此当然不能分离，所以你姑娘若嫁给周爷之后，我也总不使你受委屈的。"

　　素琴听丽鹃这话，似乎也有成全自己的意思，一时感激得不知如何是好，意欲说句感谢的话，但又觉不好意思说出口，因此绯红了两颊，却是垂了粉脸，默不作答。这时已黄昏降临大地，丽鹃也就起身回房去了。夜里，丽鹃和玉凤睡在一个枕上，玉凤笑道：

　　"妹子和人家一头睡，实在还只有破题儿第一遭哩！"

　　丽鹃笑道：

　　"真的吗？今夜我就给你权做个姑爷好不好？"

　　玉凤听了，绯红了娇靥，嗯了一声，说道：

　　"我不要，姊姊干吗取笑我？"

　　丽鹃见她妩媚得可爱，遂抱住了她的娇躯，在她粉颊上吻了一下，笑道：

　　"谁取笑你？妹妹，照你的年龄说，不是也该有个姑爷了吗？"

丽鹃这两句话是直说到玉凤的心眼儿上去，她把粉脸躺在丽鹃的胸前，却是微微地叹了一口气。丽鹃笑道：

"为什么又叹气了？妹妹，你有什么心事，只管向我告诉，姊姊也许可以给你尽一份力量的。"

玉凤暗想：这个力量也许你是不愿意尽的吧！于是又叹了一声，说道：

"我也没有什么心事可以告诉你……"

丽鹃笑道：

"妹妹也不用瞒我，你的心事，其实我是早已知道的了。"

玉凤听了这话，芳心倒是别别地乱跳，向她撇了撇嘴，逗给她一个娇嗔，笑道：

"呸！你知道什么呢？"

丽鹃笑道：

"我知道你左不过想姑爷罢了。"说着，哧哧地笑。

玉凤羞得耳根子也红了，嗯了一声，却向她缠绕着不依。丽鹃紧偎了她身子，扭股糖似的和她亲热了一会儿，笑道：

"妹妹，正经的，你也不用怕羞了，如今我倒有个很好的主意，不知你心里可赞成？"

玉凤听她这么地说，倒不免凝眸含睇地沉吟了一会儿，笑道：

"姊姊有个什么好主意？怎么又要我赞成干吗？"

丽鹃捧着她粉脸，附了她耳朵，低低地道：

"妹妹，我的美臣多蒙你救了他的性命，他固然是十分地感激，就是姊姊也非常地感激你。常言道：受恩于人，理应有所报

170

答。但如今又叫我们拿什么来报答你好呢？所以我想了又想，倒想出一个好主意来。妹妹，我和你虽非同胞，但情过手足，那么何不效古之女英、娥皇的韵事呢？不知妹妹心中也乐而赞同吗？"

玉凤听了这话，心中这一感激，她几乎欲流下泪水来了，抱住了丽鹃，却是没有作答。丽鹃笑道：

"为什么不回答我？莫非你不愿意吗？"

玉凤这才说道：

"姊姊真不愧是我的知心，你对待妹妹这么的情分，妹妹也是生生世世报答不完你的。"

丽鹃笑道：

"妹妹，你别那么地说，我们同心同意同事一夫，将来少不得有许多的帮忙哩！"

玉凤听了这话，也不禁嫣然地笑了。一会儿，又道：

"那么姊姊这个意思，也曾和周爷说过吗？我怕周爷是个顶天立地的英雄，会不答应吧！"

丽鹃笑道：

"人非草木，孰能无情？何况妹妹姿容艳丽，真可谓倾国倾城，美臣也是多情种，安得无动于衷？妹妹怕美臣不答应，这是你过虑了。我说美臣得此消息，一定是喜欢得手舞足蹈哩！"

玉凤听了这话，芳心可可，抱住了丽鹃，笑道：

"妹子今后的幸福，皆赖吾姊成全之大力也。"

丽鹃笑道：

"妹妹，还有素琴这个丫鬟，姊姊亦甚爱怜她，所以吾意叫美臣收她作为偏房，不知妹意如何？"

玉凤听了这话，不禁惊喜万分，说道：

"姊姊如此贤德，真不知叫妹心中如何报答才好！"

丽鹃笑道：

"妹妹已把身子报答了美臣，那我还用你报答的吗？"说着，两人都笑。

玉凤本无大病，经丽鹃一谈之后，她病也早已消失。到了次日，两人起身，各自洗漱完毕，用过早点，正欲把这事告诉素琴，忽然见美臣愤愤地进来，向丽鹃道：

"妹妹，我们立刻就动身回广东去了吧！"

丽鹃、玉凤被他这么一来，倒是吃了一惊，两颗芳心就忐忑地跳跃得加倍快速起来了。未知究系为了何事，且待下回再行分解吧！

第九回

多情女同侍如意郎

美臣为什么要显出这样愤怒的神情来呢？其中当然也有一个缘故。原来，美臣这天回到悦来糖食店，和宋明仁、德臣告诉丽鹃、保官被留在花得雨家中的话，自己因为恐宋大哥生气，所以特地赶回来的。宋明仁非常欢喜，当晚杀鸡设酒，欲待德臣兄弟两人，彼此欢然畅饮，十分快乐。美臣因为心中有了三喜，所以是格外地兴奋，你道是哪三喜？第一，白玉杯失而复得，依旧在自己的手中；第二，丽鹃不是患病，却是怀了孕，而且人也完全地好了；第三，保官又得了一个美而贤的妻子。有此三喜，岂不是叫美臣心中要快活煞人吗？所以他的酒是喝得特别多，同时他也终于酩酊大醉了。宋明仁笑道：

"二哥今日酒确实喝得不少，也无怪他要醉倒了。"

于是吩咐仆人宋福扶美臣到房安息。德臣见二弟已醉，他便不敢多喝，说道：

"那么我们吃饭吧！再喝恐怕也要醉倒哩！"

宋明仁点头说好，不料正在这时，忽然开设药铺子的张三爷

家中仆人张兴冲冲来了，他见宋明仁还在吃饭，便上前请了安，
说道：

"宋大爷，我家三爷请你去哩！"

宋明仁道：

"你家三爷请我有什么事情吗？"

张兴道：

"没有什么紧要的事情，因为三爷家中来了几个朋友，他们
吃毕晚饭后，兴致好，要玩儿掷骰子，人欠多，所以叫小的来请
大爷的，说大爷有朋友，最好也请几个去，因为这个玩意儿人愈
多也就愈有兴致的。"

宋明仁笑道：

"你家三爷倒也挺高兴的，也好，回头吃好了饭，我们马上
就来吧！"

张兴忙又道：

"那么大爷请几个朋友来呢？"

宋明仁回眸望了德臣一眼，笑道：

"也没有别的，就是这位周大爷吧！"

张兴听了，立刻向德臣叫声周大爷，又请了安，一面说道：

"那么大爷请快些来，小的先回去了。"说毕，便先匆匆地
走了。

宋明仁向德臣笑道：

"这也真是个巧事，我们饭后也没有什么事情干，倒嫌怪冷
清的。如今是好了，我们今晚去赢几百两银子来吧！"

德臣虽然平日不爱赌钱，今夜一则兴致好，一则不忍拂主人

的意思，所以也点头说是。当下两人匆匆地用毕饭，宋明仁先回到秀英房中，只见秀英和丫鬟巧香正在聊天着。巧香见了大爷，立刻倒上香茗，秀英也含笑问道：

"瞧你满脸春风，可是有什么得意的事情吗？"

宋明仁笑道：

"张三爷家中来了朋友，叫我们玩儿掷骰子去。秀英，你快拿三百两银子给我做本钱，回头一定还给你六百两，好不好？"

王秀英秋波斜乜了他一眼，笑道：

"你在赌的一项真已花了不少的钱，今夜又和谁一同去的呢？"

宋明仁笑道：

"和周大爷一同去的，今夜是准可以大赢而归的。"

王秀英笑道：

"周二爷不去吗？"

宋明仁道：

"他不去，好奶奶，你快取钱吧！"

王秀英见他这样性急，遂拿钥匙交给巧香，去开橱门拿取银子，一面说道：

"到底是周二爷有主意，他就不爱赌钱的。"

宋明仁听了，笑道：

"你不知道，周二爷是喝醉了酒，此刻正睡在醉乡中哩！"

王秀英听了这话，芳心怦然一动，也就不言语了。这时，巧香把三百两银子取出，放在缠袋内，宋明仁遂喜滋滋地拿了和德臣一同到张三爷家中去赌钱了。

且说王秀英待明仁走后，坐在灯下，手托香腮，不免想了一会儿心事。巧香在旁边悄悄地问道：

　　"奶奶，你在想什么心事吗？"

　　秀英听了，忍不住微蹙了柳眉，轻轻地叹了一口气，说道：

　　"巧香，你好像是我的女儿一般，你难道还不知道你娘的心事吗？想我也不过二十六岁的年纪，只因为一心一意要嫁一个少年英雄，以致春花秋月，等闲虚度，直搁到去年，才没有办法地来给明仁做填房。他已经是个四十多岁的年纪，和我相差了十多年，你想，这岂是我心中欢喜的吗？况且他除了做买卖赌钱外，又不知道一些儿女的情爱。就是偶然高兴了，我也总感不到什么趣味。巧香，叫娘心中好不苦楚啊！"说到这里，不免眼皮一红，流下泪来。

　　巧香也很表同情地叹息了一会儿，说道：

　　"但事到如今，还有什么办法呢？假使娘能嫁一个像周二爷那么的丈夫，这是多么的幸福呢！我见周二爷和周二奶奶连说话的情形也怪甜蜜的呢！真正叫人羡慕的。"

　　说到这里，又去拧了一把手巾，交到秀英的手中，安慰她说道：

　　"娘，你也不用伤心了，徒然伤心了，也是不中用的。我想娘也可以自己找寻一些快乐，那么才不枉娘长得这一副好模样儿呢！"

　　秀英用手巾擦干了泪水，秋波逗给她一个媚眼，笑嗔道：

　　"你这妮子也说得好容易的，叫我怎么地自己去找快乐呀？"

　　巧香抿嘴儿笑道：

"那还用问我吗？不是我说句没良心的话，爷既然不知儿女的情爱，难道娘为他终身地过着冰一样冷的生活吗？这你的心中也太痛苦了……"

秀英听了这话，粉脸笼上了一层娇红，芳心怦然地一动，但又微微地叹了一口气，说道：

"你瞧我深居闺中，大门不出，叫我到什么地方去找……"说到这里，却也难为情起来，秋波逗了她一瞥哀怨的目光，却再也说不下去了。

巧香瞧此情形，又听她这么地说，倒不禁咪咪地笑了。秀英这才嗔说：

"痴妮子，你笑什么？"

巧香停止了笑，走到她的身旁，附着她耳朵，低低地道：

"我的娘，你真是聪敏一世，懵懂一时，我们家中现成的放着这么一个又年轻又俊美的人，娘还要到什么地方再去找呢？"

秀英两颊益发绯红起来，也悄悄地问道：

"你说的可是这位周二爷吗？"

巧香道：

"对啦！周二爷不但年轻美貌，而且又是个武艺超群的英雄，假使娘和他能真个销魂的话，我娘是真够味儿的呢！"

秀英听了，芳心倒是荡漾了一下，但表面上却啐了她一口，娇嗔道：

"小鬼，你才不过十五六岁的年纪，你就懂得管些事情了吗？难道你已尝过了味儿，竟晓得够味了？"

巧香红了两颊，笑道：

177

"一个人年纪大了，这种事情还有个不知道的吗？"

秀英笑道：

"不怕羞的，亏你说得出的。小蹄子，废话少说吧！那么我问你，周爷自己已有个如花如玉的妻子了，他还会来爱上我吗？况且也没有这个机会呀！"

巧香笑道：

"奶奶，这个你不知道吧！常言说得好，儿子是自己的好，妻子是别人家的好。家中任你有如花如玉一般的娇妻在着，可是见了别人家的妻子，总也会啧啧称羡的。这是因为男子的心理，大都是喜新嫌旧的。自己的妻子，天天见面，夜夜见面，平日之间，少不得有几句多嘴的。比不得别人家的女子，大家偶然幽叙一次，真个是你贪我爱，还有一句吵嘴的话了吗？"

秀英听到这里，白了她一眼，笑道：

"你听听，这妮子可不得了，年纪这么轻，把男女间的事情倒研究得这么熟。我问你，你到底偷了几个汉子，才有这么的经验呢？"

巧香红了脸，啐了一口，笑道：

"婢子也不过瞧着大概的情形而说的，比方隔壁的沈二娘吧，她生得多么美丽，但是沈二爷偏和一个姓马的寡妇相好了。姓马的寡妇谁不知道她是个母夜叉，谁知沈二爷竟会和她打得火热，这叫人岂不是奇怪吗？还有我家大爷有时候在外面赌输了钱，心中一气愤，便在外面宿娼了。其实家中有奶奶在着，而奶奶又是个花容月貌的女子，大爷干吗还要在外面宿娼，这不是男子有喜新嫌旧的心理吗？"

秀英听了这话，心如好生不悦，忙问道：

"大爷在外面宿娼，这是谁告诉你的？我问他，他不是总说玩儿通宵骰子吗？"

巧香笑道：

"娘听爷的鬼话，这是宋福告诉我的，因为有时候宋福不是总跟在爷的身旁吗？"

秀英听了，冷笑了一声，说道：

"一个在妻子面前不能尽丈夫能力的人，倒还在嫖妓院，这真也太不知羞耻的了。巧香，我老实对你说，我有时候总还十分可怜他，因为他的年纪到底老一些，虽然自己感到怨恨，总还原谅他三分。如今他居然丢了我，在外面妓女身上尽力，这不是叫我太愤怒了吗？也好，本来我还不忍背他，现在他既背了我，我还用说什么良心呢？"

说到这里，满面娇容，怒气冲冲的神情，接着又道：

"巧香，你给我帮一个忙，有什么方法可以勾引周二爷上手，若事成之后，我一定把你像个亲生女儿一般地爱护了。"

巧香笑道：

"奶奶，你也不用生气，爷在外面寻欢，你也尽可以在家作乐的。至于勾引周二爷的办法，今夜是个绝好的机会，第一，周二奶奶不在这儿；第二，周大爷和大爷又赌钱去了，家中没有人，这不是天赐良机吗？奶奶，我们此刻到书房间去瞧瞧，看他醒了没有，他若醒了，奶奶就说大爷托你去照顾送茶的，然后和他表示亲热，二爷不是木头人，还有个不乐而接受的吗？他若依然醉睡着，奶奶可以……"

说到这里，顿了一顿，凝眸作个沉思的样子，然后把小嘴儿附到她的耳边，如此这般地说了一阵，然后向她逗了一瞥神秘的媚眼，笑道：

"在糊里糊涂之间，娘不是就可以尝到甜蜜的滋味了吗？"

秀英被她说得两颊绯红，芳心乱跳，沉吟了一会儿，笑道：

"那不是很难为情吗？"

巧香笑道：

"奶奶要怕难为情，这个汉子是偷不成功的了。有道是只要面皮老，何患事情不成功？你可以把灯光熄灭了，那不是可以不用害羞了吗？"

说着话，她已泡了一壶茶，拿了一只杯子放在茶盘子里，自己两手端了，望了她一眼，笑道：

"还想什么心事？我们快些走吧！"

秀英笑了一笑，这才把身子向前移动了两步，跟着巧香一同走到书房间里去了。秀英在走到书房门口的时候，那颗芳心更像小鹿般地乱撞起来，她又停止了步，向巧香悄悄地道：

"你先进去瞧瞧他，看醒了没有，我等在房门口，听你的回话好了。"

巧香忍不住笑道：

"那倒没意思了，要进去就爽爽快快地进去，回头你还得和他睡到一个被窝儿里去呢！难道也害羞了不成？"说着话，一手拉住了她，一面已跨步进房。

秀英走进书房之后，她把态度又竭力镇静起来，只见静悄悄的，显然美臣躺在床上熟睡的。巧香把茶盘放在桌上，回眸望了秀英一眼，笑道：

"奶奶，恭喜你，这机会是更好的了。那么你快快地厚了脸皮，到床上去干事，我走了。"

秀英听她这么说，似乎还有些胆怯，意欲叫住她，但巧香掩上书房间的房门，早已溜到外面去了。秀英这时芳心又开始增加速度地跳跃起来，她全身每个细胞都感到紧张，因此自不免怔怔地愕住了一会儿。忽然床上的美臣哎了一声，他把身子转了一个侧。秀英倒是吃了一惊，急忙把身子向右边退了两步，凝眸去望美臣，却没有醒来。因为美臣的脸是向着外面，秀英自然瞧得非常仔细，觉得脸白里透红，真是令人可爱。于是她想到和这么一个少年若颠凤倒鸾地真个销魂，真是死也乐意的。经此这么地一想，全身一阵热燥，于是身体也就起了异样的变化，使她内心会增加了无限的勇气。这也真是个怪事，这时候的秀英，她把"难为情"三个字早已抛到东海大洋去了，她瞧着美臣俊美的脸庞，她是再也不能忍熬了，她情不自禁地步到床边，脱去了自己的衣服，吹熄了灯光之后，方才把身子钻到被窝儿内去了。在被窝儿内，秀英先把美臣衣裤脱尽了，当她纤手握到美臣东西的时候，她已再也忍熬不住地把身子覆压到美臣身上去了。美臣虽然烂醉如泥，但经秀英这一阵子波动以后，也被她吵醒过来了，只觉自己身上压了一个软绵绵的东西，伸手一摸，光滑滑的竟是一个女子的身体。因为初醒的缘故，使他骇异得几乎疑心置身在梦中了，后来又发觉自己的东西被一只手握住着，凑在芳草丛中，好像已进去了一半，这就大惊，把她身子猛可掀了下来，说道：

"你是哪个？怎么竟不知廉耻地胆敢戏弄小爷耶？"

秀英正在暗暗欢喜，突然被美臣掀了下来，又听他这么大声地喝着，一时也由不得大吃了一惊，暗想：凭他这一句话，他不是不爱女色的吗？那可怎么的好呢？事到如此，也只好索性丢脸的了。秀英想定主意，她把美臣身子紧紧抱住了，一面把小嘴儿吻到他的唇上去，一面用手去玩弄美臣的东西，无非是挑拨他欲火的燃烧，同时还淫声地叫道：

"我亲爱的二爷，你一个人睡着不是太冷清了吗？我因为爱你，所以特地来和你做伴的。你不要发傻，送上来的肉不吃，你还想吃什么呢？"

美臣起初还听不出她口音是谁，后来慢慢地听出她声音竟是宋明仁的妻子，心中这一惊吓，他已猛可地坐起身子来，把秀英推开了，急道：

"你……是宋大奶奶吗？哎哟！那你可不是发了疯？这……算什么意思？若被外界知道了，我俩岂不是没有葬身之地了吗？"

秀英被他这么一来，欲念消去了大半，全身一阵寒意，心中也感到无限羞惭，遂急急地披衣起床，向房外匆匆地逃出去了。秀英逃回自己房门口的时候，那颗芳心兀是忐忑地跳跃着，暗想：这小子真是个冷血动物，谁知却不解一些温柔的呢？现在事情是弄僵了，明天万一他向明仁告诉了，那可叫我怎么好呢？想到这里，急得几乎哭出声音来，心中不免暗恨巧香，害得自己丢脸不算，恐怕还要名誉扫地呢！不料就在这个时候，忽然听得巧香在房中咪咪地浪笑着，说道：

"小鬼，今天可叫你乐了，奶奶和周二爷一定也在大战三百回合哩！"

秀英一听这话，心愈加乱跳了，同时两颊又热辣辣起来，暗想：

"断命这小妮子，原来她倒真的在享受快乐哩！"

于是恨恨地走进房中，只见巧香仰卧自己的床上，上面覆着一个男子，两人全身精赤，调调儿地正在打着架哩！秀英瞧此情景，又羡慕又怨恨，遂娇声斥道：

"好大胆的小娼妇，胆敢在我床上玩儿这个把戏，看我不揭了你的皮哩！"

巧香和那男子正在劲敌，突然听了这个话，都急出了一身冷汗。那男子早已翻身落马，回眸一见秀英，和巧香跪在地上求饶不止。秀英见那男子不是别人，却是仆人宋福，这才恍然，原来巧香和他是早已搭上手了。她俏眼瞟到宋福胯下那条毛丛丛的东西，她的神魂也早已飘荡起来了，暗想：我还及不来巧香有福气呢！巧香见奶奶这个木然的神情，她也明白奶奶心中的意思了，于是站起身子，拉了秀英的手，说道：

"奶奶，你的事情怎么样了，此刻怎么又回来了？我还以为你和周二爷也在享受快乐了呢！"

秀英叹了一口气，很懊丧地说道：

"不要说起了，这真是个不知情义的屈死小鬼！他竟不接受我的爱他哩！"

巧香方才明白了，遂乌圆的眸珠一转，笑道：

"奶奶，事到如此，你也不用生气了。宋福虽然是个粗人，但精力不错，奶奶若欢喜玩儿一会儿，我叫他服侍你玩儿一会儿好吗？"

秀英听了这话，正中下怀，一颗芳心不免暗暗欢喜，但到底不好意思回答，因此默不作答。巧香知道奶奶默允的表示，遂把宋福从地上拖起，踢了他一下屁股，笑道：

"便宜了你这狗蛋，奶奶金枝玉叶般的身子也叫你服侍了，你得小心奉承才好。"

宋福以为自己和巧香的事情被奶奶撞破，少不得要吃一顿鞭子不可了，却想不到巧香有这么的力量，反而叫我去服侍奶奶了。这在我不是前生修来的艳福吗？心中这一欢喜，不免乐得跳起身子，向秀英深深一个鞠躬，叫道：

"奶奶如此恩待，叫小的生生世世都报答不完哩！"

秀英见他赤条条的样子，这就背过身子，抿嘴儿笑了。巧香向宋福丢了一个眼色，把他身子推了上去。宋福会意，遂大胆把秀英抱到床上去了，把他全副精神用出来，服侍得秀英浪个不住，连喊心肝肉，把巧香瞧得心中如焚，恨不得也加入战圈去狠斗一场哩！事毕，秀英生恐明仁回来，遂叫宋福自管回房去睡。巧香笑道：

"奶奶，其味如何？"

秀英白了她一眼，却含笑不答，便拉了她的手，微蹙了眉尖，低低地道：

"巧香，我还得跟你商量一件事情哩！"

巧香道：

"什么事情？"

秀英道：

"我担心周二爷明天会向大爷告诉这件事情的，那叫我怎么

184

好呢?"

巧香冷笑了一声,说道:

"他敢告诉吗?奶奶,你放心,假使他真的先要告诉,那么我们不是可以先落手为强的吗?"

秀英忙道:

"如何地先落手呢?巧香,你快给我想个妙计,今后我的就是你的,你的就是我的,我绝不会把你当作外人看待了。"

巧香笑道:

"宋福原是我的爱人,我把心爱的人都送给奶奶了,奶奶若不再把我像自己女儿一样地疼爱,那你也太没有良心的了。"

秀英笑嗔道:

"我不是早跟你说把你当作亲生女儿一般的吗?你还啰唆什么呢?"

巧香道:

"那么我们娘儿一同爱上了宋福,这个辈分怎么叫呢?我想我爬高一些,就给你做个妹子吧!"

秀英笑骂道:

"你这妮子是得寸进尺的,也好,你就做我的妹子吧!那么快告诉我一个妙计呀?到底怎么地先落手为强呢?"

巧香笑着把嘴儿凑过去,向她低低地诉说了一阵,说道:

"你想,这样不是很好吗?"

秀英点头称妙,两人洗了一个浴,各自休息一会儿。不知不觉已近三更了,巧香见床上的秀英真的熟睡去了,大概是因为刚才太辛苦的缘故。生恐大爷就要回来,所以把她身子推了两推,叫道：

"奶奶，你不要睡熟呀！等会儿大爷就要回来了。"

秀英似乎在做梦的神气，忽然把巧香的身子抱住了，连喊着心肝宝贝。巧香听了，忍不住咻咻地笑起来，说道：

"我的娘，你真是乐糊涂了，难道在睡梦中也这个了吗？"

秀英睁眼来瞧，方知抱着的是巧香，这就笑道：

"小婊子，你寻娘什么开心？"

巧香嗔道：

"我寻你什么开心啦？人家好意叫醒你，因为时已三更多了，大爷也许要回来了，你抱住我喊心肝宝贝做什么？我可不是宋福呀！"

秀英听了，啐她一口，忍不住嫣然笑了。就在这个当儿，忽听一阵皮鞋声响进来，巧香连忙离开床边，只见宋明仁手里捧了一个包袱，笑嘻嘻地走进来，一见了巧香，便说道：

"你奶奶睡了没有？我大赢而归了。"

巧香把嘴儿向床上努了努，低低地说道：

"奶奶躺在床上，正生着气哩！"

宋明仁把一大包银子放在桌上，奇怪地问道：

"干什么生气了？难道受了谁的委屈吗？"说着话，身子已走到床边，把手按了她的腰肢，亲热地叫了两声奶奶。

秀英背着他，却并不作答。宋明仁于是把她身子扳了回来，谁知秀英却在扑簌簌地落眼泪，这就愈加奇怪地问道：

"好奶奶，你到底为什么伤心啦？我今夜和周大爷一共赢了五百两银子，你明天又可以吃东道哩！"

186

秀英一面拭着眼泪，一面白了他一眼，故作娇嗔道：

"谁要吃什么东道？你的朋友好，叫他凭空地来欺侮我呢！"

宋明仁听她话中有蹊跷，遂忙问道：

"我的朋友是哪个，他怎么样欺侮你呀？你别伤心，我给你交涉去。"

秀英听他要交涉去，心中倒焦急起来，忙说道：

"'交涉'两字也不必了，以后你千万要冷淡他，叫他早些离开这儿也就罢了。"

宋明仁道：

"你说的是谁，难道是周二爷吗？"

秀英噘着小嘴儿，怒气未消的样子，说道：

"你问巧香去好了。"

宋明仁遂回过身子，向巧香望了一眼，问道：

"巧香，你告诉我，难道周二爷曾经调戏过你奶奶吗？"

巧香也故作恨恨的神情，说道：

"可不是？他说来找大爷，竟一直闯到奶奶房中来。我们因为周二爷也是大爷的好朋友，所以不便翻脸，只好招待了他。不料这小鬼见我们好欺，就向奶奶说起歪话来了，后来被我们怒骂了一顿之后，他方才红着脸退出去了。"

宋明仁听了这话，心中好不奇怪，不免有些将信将疑的样子，说道：

"周二爷是个顶天立地的奇男子，况且他已有了一个如花如玉比我奶奶更美的妻子，怎么他还会来调戏你们呢……"

秀英不待他说完，先呜咽咽地哭了起来，说道：

"你这话说得好混账，那么我们难道向你说的是谎话吗？"

宋明仁听了，忙向她解释道：

"奶奶，你不要误会我的意思了，我并不是说你们说谎，我的意思，周二爷一定是醉糊涂了的缘故，他绝不会存心来调戏你们的。"

秀英冷笑了一声，说道：

"哼！你就明白他是个这么的好人吗？假使我不大声地怒叱他，他还未必肯走哩！"

宋明仁到此，也有些相信起来了，心中也暗暗地着恼，微竖了眉峰，说道：

"这真所谓知人知面不知心了，唉！我想不到周美臣竟这么下流可恶，奶奶，你也不用生气了，这个狗蛋是个有本领的人，我们也不能和他翻脸，因为他一起狠心，少不得要吃他亏的。我们现在也只好瞧在他哥哥的分儿上，不和他计较，下次他若再有无礼的行动，我就告诉他哥哥知道是了。奶奶，你说好不好？"

秀英听了这和平的口气，正中下怀，不由点了点头，说道：

"这样也好，但我总怨你太喜欢多事，为什么要引鬼上门哩！"

宋明仁叹道：

"谁知他是个这么的无赖？因为他哥哥和我实在是多年的好朋友呢！如今事已如此，也只好你委屈一些，我总设法打发他早些走是了。"

说着，又拉她起来，笑道：

"你瞧瞧桌上，这银子多吗？巧香，快给奶奶藏起来吧！"

巧香答应，遂把银子藏入大橱里面，她便悄悄地退到房外去了。宋明仁偎着秀英笑道：

　　"奶奶，你真是个贞节的女子，不受美臣的诱惑，这叫我心头多么地感激你呀！奶奶，今夜我很兴奋，因为我赢了许多的银子，同时又有你这么一个好妻子，所以我快乐得什么似的，妹妹，我们睡吧！"

　　宋明仁一面说，一面抱着秀英的身子熄灯就寝了。秀英因为刚才已经大乐过，实在感到乏力，又因为明仁精力不足，所以她不希望明仁效劳，遂说道：

　　"时候已三更多了，不多一会儿，天也将发晓了，安静些还是早些睡吧！"

　　宋明仁躺在被窝儿内，偎了她身子，不依道：

　　"我的好妹妹，你答应我吧！人家心里高兴，你怎么又放起刁来了？那不是叫我感到扫兴吗？"说着话，他的手已插入秀英腰肢里去了。就这么地顺流而下，明仁只觉柔若无骨，十分有趣，这就放乎中流，就此温存起来。

　　秀英因为是再度地振作，所以今夜却被宋明仁吃败仗了，她软化在床上，除了低低哼声之外，却动也不动的了。宋明仁笑道：

　　"奶奶，你往常说我不中用，如今也可知我的厉害了吗？"

　　秀英只管哼着，却没有作答，两人直到云收雨散，方才沉沉地熟睡去了。次日起来，宋明仁走到书房里来见德臣兄弟俩，美臣道：

　　"宋先生，花得雨原叫我今天到他家中去吃饭，所以我便预备住到他家里去了。"

宋明仁听了，暗自想道：那明明是你畏罪躲避了，可见你调戏秀英是实了，不过你既知耻而走，也就不必来说穿你了，于是也不留他，很冷淡地说了一声是，就随他去了。美臣见他这个神情，心中好生不快活，于是就愤愤地走到花得雨家中去了。这里宋明仁向德臣微笑道：

"周老哥，令弟平日大概很爱女色的吧！"

德臣在昨夜回来，美臣早已向他告诉过秀英无耻的行为，所以他决意不愿在这儿住下去了，如今德臣听明仁反向自己这么地问，一时倒不禁为之愕然，遂说道：

"老兄何以知道舍弟是爱女色的呢？"

宋明仁微微地一笑，遂把昨夜秀英说的话向他告诉，并且又道：

"老兄，我和你多年知己，所以才直接地告诉了你，不过你得知了后，千万不要去责骂令弟。因为年轻的人，这也难免的。"

德臣听了，暗想：你这人真正是在做梦哩！我弟弟是个何等样的人物，岂肯看中你的妻子？意欲代为给美臣声明这件事情的真相如何，但又恐伤了人家夫妇的感情，所以只好委屈美臣受了不白之冤，说道：

"原来有这一回事吗？那真叫我不好意思了。弟弟如此无赖，叫我也住不下去了。"

宋明仁听他这么地说，连忙握住了德臣的手，说道：

"老哥，你说这些话，叫我不是要打嘴了吗？你若也走了，这我无论如何不答应的。"

德臣道：

"不过弟弟这样的不道德，我对你总感到十分地抱歉。"

宋明仁笑道：

"我和你还用说这些话吗？"

正说时，宋福来叫大爷吃早餐去了。

再说美臣到了花家，他用隐身术直达玉凤的卧房，见丽鹃和她已起身梳洗了，于是愤愤地说了这一句立刻要回广东去的话。当时丽鹃瞧此情形，芳心好生奇怪，遂瞟了他一眼，急急地问道：

"你又有什么不如意的事情了？如何一面孔的愤怒做什么呀？"

美臣因为玉凤在旁，不便告诉，却叹了一口气，说道：

"这事说来话长，我回头告诉妹妹吧！"

丽鹃道：

"这里也没有外人，你只管告诉好了。到底又发生了什么事情？叫人闷在心中，不是难受吗？"

玉凤明白是为了自己在旁边的缘故，于是微笑道：

"我到外面去一会儿好了。"

美臣这才忙向她阻止了，说道：

"玉凤姑娘，你是有病的人，怎么就可以到房外去呢？别忙吧！我也没有什么秘密的事件。"

丽鹃笑道：

"既这么地说，何必鬼鬼祟祟地不肯告诉？就是给凤妹大家听听，那也没有什么关系呀！"

美臣道：

"宋明仁的妻子王秀英，我真想不到她竟有这么的不知廉耻呢！"

丽鹃忙道：

"怎么啦？难道她来瞧中你了不成？"

美臣道：

"可不是？"说着，遂把秀英趁自己酒醉来私通的情形向她们告诉了一遍。

玉凤、丽鹃听了，不禁两颊绯红，啐了一口，笑骂道：

"该死的东西！那真是丢尽我们女孩儿家的脸皮了，不过你也太激愤了，为什么立刻就要回广东去？你在这儿不是也可以耽搁的吗？反正花大爷是很欢迎你的哩！"

玉凤也笑道：

"姊姊说的正是，才给我做一天伴哩！周爷就舍不得起来了。"

美臣笑道：

"哪里我就舍不得哩？凤姑娘今天可大好了？"

玉凤被他这么一问，大概是因为自己心虚的缘故，所以感到美臣好像已经知道自己心中秘密似的，因此粉脸便一层一层地红晕起来，秋波逗给他一瞥羞涩的媚眼，含笑地点了一下头，却是没有作答。丽鹃这时拉了玉凤的手，忍不住味地一笑，说道：

"凤妹，你还要取笑姊姊，姊姊倒真的要给你做媒了。"

玉凤听了这两句话，心中在万分喜悦之际，这就愈加感到难为情起来，回眸白了她一眼，嗯了一声，说道：

"姊姊，你又和我开玩笑了。"

丽鹃道：

"谁和你开玩笑？美臣，我给凤妹做一个月老，你说好不好？"说到这里，却把俏眼斜乜到美臣的脸上去，微微地笑。

美臣因为那夜丽鹃和自己曾经有过一度的商量，心中当然很明白丽鹃要玉成自己的好事了，所以非常地感激，望着丽鹃，忍不住也憨然地笑，并不作声。丽鹃这就又道：

"美臣，玉凤妹妹的身世很可怜，如今是做我的妹子了，我做姊姊的，对于妹子的终身幸福，总应该负一些责任的。同时这次她又救了你的性命，所以你也应该有所报答她才好。现在我的意思，要凤妹和我同事一夫，效古之女英、娥皇韵事。凤妹已经答应了，不知你心中也欢喜吗？我想你凭空地又得了这么一个娇妻，恐怕快乐得嘴也要合不拢来了吧？"

美臣、玉凤想不到她当着两人面前就会说出这些话来，一时不知如何是好，玉凤更难为情得别转身子去，不敢向美臣望一眼。美臣这时便笑道：

"既然凤姑娘这样多情，又承丽妹热心玉成，那我还有个不欢喜的道理吗？"

丽鹃听了，遂把玉凤手拉回来，笑道：

"妹妹，还用怕什么难为情？你们也快行个相见礼吧！"

玉凤在这个情势之下，也就只好厚了脸皮，向美臣福了一个万福，美臣也还礼不迭。两人四目相接的时候，脸一红，大家忍不住都又微微地笑了。在这笑的成分中，真是包含了说不出的甜蜜和得意哩！

丽鹃这时又向美臣道：

"我还有一件事情要跟你商量，不知道你也可以答应我吗？"

美臣奇怪道：

"还有什么事情呢？"

丽鹃笑道：

"索性叫你心中乐一乐，凤妹有个丫头，名叫素琴，生得一副怪好的模样儿，所以我欲你把她纳为小星，不知你心里意思怎样？"

美臣对于她这句话是出乎意料的，倒不免向她愕住了一会儿，一时还以为她故意和自己开玩笑，遂也笑着道：

"妹妹，你给我一个一个地纳了娇妻美妾，你倒不会打碎醋罐子吗？"

丽鹃红了两颊，啐他一口，嗔道：

"是我自己作主意的事情，还会跟你闹醋劲儿吗？你瞧我可是这么好妒的女子？"

美臣笑了一笑，说道：

"多承妹妹如此美意，我实在感到心头，不过无缘无故地再纳一个小星，这于情于理恐怕再也说不过去。对于凤妹，我原应该报答她，就是将来你爸妈知道了，他们老人家也会原谅我的。现在又纳了小星，在他们心中想，小小的年纪，这么地贪女色，这不是要被他们老人家责骂了吗？况且纳人家姑娘做妾，这也是一件不道德的事情，所以这个意思还是作罢了吧！"

玉凤、丽鹃听他这样说，心中是敬佩得了不得，尤其玉凤的心中，觉得像丽鹃那么贤德的妻子，固然难得，而像美臣那么不贪女色的丈夫，恐怕更是不可得了。丽鹃这时又道：

"你这人就偏爱做伪君子，人家成全了你，你倒要推三阻四了。"

美臣被她引逗得发急道：

"妹妹，你这话打哪儿说起？我几时曾经去看中人家的姑娘过？你说我伪君子，我便决意地不纳小星了，也好表白我的真心。"

丽鹃笑道：

"你只知道说这一句话，可是你已做个不情不义的人了。素琴虽是个丫鬟的身份，却有大家的风度，况且她是凤妹的随身侍女，你若不答应，凤妹心中也要生气哩！"

美臣听她絮絮地劝着，遂向玉凤望了一眼。玉凤却掀着酒窝儿，微笑道：

"臣哥本来是答应的，都是姊姊这一句伪君子说坏了，现在我们承认臣哥确实是个真君子，对于我们这次的婚姻，臣哥心中都是委屈答应的，那么总好了。"

美臣听玉凤这么地说，一时也不好意思起来了。谁知这当儿，素琴端了点心却匆匆地步进房来，丽鹃于是说道：

"素琴，周爷已纳你做小星了，你姑娘也答应了，快些向周爷叩头吧！"

素琴猛可听了这些话，直羞得连耳根都红起来，一时在桌上放下点心后，望着玉凤却呆呆地愕住了一会儿。玉凤却向她点头微笑，表示周奶奶的话是真的意思。丽鹃见素琴发怔，遂走上去推她的身子，笑道：

"这事情可没有开玩笑的，你快谢了他吧！"

素琴在这情形之下，于是也没有了主意，情不自禁步了上去，向美臣盈盈跪倒了。美臣事到如此，还有什么话说？笑了一笑，把素琴扶起，说道：

"罢了！罢了！"

玉凤、丽鹃瞧此情景，早已抿着嘴儿哧哧地笑起来了。玉凤于是叫素琴再去拿一双筷子，给美臣一同吃点心。吃毕饭，美臣便找花得雨去了，这里芳容大奶奶也来探望玉凤，见她已经起床，心里很是欢喜，遂含笑问道：

"凤姑，你全好了！"

玉凤道：

"全好了，多谢嫂子关心，累你们都劳驾。"

芳容笑道：

"凤姑这话好不有趣，和我自己人还用得了说这些客气话吗？"

丽鹃插嘴笑道：

"嫂子，凤姑娘的年岁也不小了，你做嫂子的不是也该留心留心她的终身吗？"

芳容听她这样说，便也笑道：

"我何尝不留心着，不过也没有好的人才可以配得上我这位凤姑娘，昨天我见了周爷，觉得和凤姑倒是一对玉人，但是周爷已经有了你这么一个如花如玉的夫人了。假使妹妹不会吃醋的话，何不给周爷多享一些艳福呢？"

在芳容说这几句话，原是带了一些开玩笑的成分，不料听到丽鹃的耳中，那真是求之不得的事情，乐得眉飞色舞，掀着酒窝儿，笑道：

"大嫂子，我是绝不会吃醋，只要你肯作个主意，美臣一方面我也可以完全负责的。"

芳容听她这么说，倒是意料之外的，不禁向她愕住了一会儿，似信不信地笑道：

"妹妹，你这话可是真的吗？"

丽鹃道：

"婚姻大事原比不了别的，岂可以开玩笑的吗？嫂子，你有所不知，我和凤妹自小儿一同长大，真像亲姊妹一样的知音，我们曾经有过这样一句话，愿将来同事一夫，永远在一起。现在凤妹尚未字人，而我已有了夫婿，那么照理，凤妹不是也该嫁给美臣吗？所以昨夜我和凤妹说起这事，她也默允了。不过凤妹没有一个长辈，一切婚事，总该你做嫂子的尽一部分责任了。"

芳容听了丽鹃这两句谎话，一时信以为真，还恍然有悟，不禁笑出声音来，说道：

"原来其中还有这么一回有趣的事情，那真是一件千古美谈的佳事，你们姊妹的要好，确实是真正的要好，不愧为今日之女英、娥皇了。你放心，一切婚事都由我做嫂子的料理，况且凤姑还是我小玉的干娘呢！但如今又要变成我小玉的叔婆母了。"

丽鹃听芳容这么咪咪地说，也忍不住笑了。这时，玉凤的粉脸上浮着玫瑰的色彩，一颗芳心除了喜悦的成分外，只觉甜蜜无比，垂了粉颊，也不免咪咪地笑。三人谈笑了一会儿，芳容便回房去和花得雨商量办理玉凤的喜事了。这里玉凤握了丽鹃的纤手，感激得几乎淌下泪来，叫道：

"姊姊，你这样地爱我，真不知叫我如何地报答你才好！"

丽鹃笑道：

"你何必再说报答的话？美臣若没有你救了性命，我还有今天嬉笑的日子了吗？所以我们今天夫妇的团圆，实在是妹妹赐给我们的恩典呢！"两人这样说着，也就愈加相亲相爱，十分地知己了。

过了几天，芳容已和花得雨商量定妥，准定在十五那天月圆时节，给美臣、玉凤成亲。这时，离开十五还有五天光景，大家忙着布置新房、准备用具等物品，不料德臣匆匆走来，向美臣说道：

"我的账款全已收足，预备今天下午回乡，你们打算怎么样？"

美臣于是把自己和玉凤的婚事向哥哥告诉，并叫他在这儿住过十五，大家一同回乡。花得雨和德臣已成了亲家，所以招待得特别客气，也劝他多住几天回去，德臣因情意难却，只好答应下来。从此以后，周家四个人也就耽搁在花家了。宋明仁还以为德臣回乡了，于是冷静了许多，时常到张三爷家中去赌博游玩了。这天正是十五了，花家张灯结彩，十分地热闹，德臣因为早晨没有事，到庄前一湾流水旁去散散步，不料却听两个路人在说道：

"真奇怪，宋明仁昨夜在张三爷家中赌钱我还碰见过他，谁知今天就死了，这时疫病真也太厉害了。"

德臣听了这话，由不得大吃一惊。未知究系患何病而死，且待下回再行分解。

第十回

淫毒妇谋毙亲丈夫

诸位，你道宋明仁果然是死于时疫病的吗？说起来这其中事情少不得有些蹊跷，待作书的慢慢地来报告给读者诸君知道吧！原来周德臣自从告别明仁后，宋明仁一个人愈加寂寞，所以每天夜里在张三爷家里赌钱游玩。因了这么地一来，倒成全了王秀英和巧香两个好淫的主婢，时常和宋福有幽叙的机会。

这天晚饭后，宋明仁拿了银两，匆匆地又欲到张三爷家里去。王秀英芳心暗暗欢喜，但表面上兀是显出薄怒娇嗔的神情，说道：

"每夜总要出去赌钱，那不是习惯成了自然吗？一个人身子也保重些，我从来也没有见你这样好赌的人。今夜就不要去了，伴我一夜也不要紧呀！"

宋明仁听她这样说，还一心以为秀英真心爱自己，遂挨近到她的身旁，把她抱住了吻个嘴，笑道：

"这几天我天天赢的，风头好的时候，是不可以间断的，否则就会冷下来。好妹妹，你嫌寂寞吗？反正有巧香给你做伴哩！

199

今夜无论如何要去的，明夜准定伴着你，好吗？"

王秀英原是假情假意的，听他这样说，那当然是求之不得的事情，还白了他一眼，又说道：

"那么你今夜到底回来吗？有几夜不回来，累我和巧香都一夜没好睡哩！"

宋明仁是着了赌迷，嘻嘻地笑了一会儿，说道：

"三爷家中差不多夜夜有人赌通宵的，我想今夜不回来了，你就叫巧香伴着一块儿睡吧！"

秀英听了这话，真个是乐得心花儿也朵朵地开起来，眉飞色舞地笑起来，但又觉得自己不应该显得这么高兴，她急中生智地把手向他肩上又恨恨地打了一下，说道：

"为什么要赌通宵？难道你明天不做人了吗？"

宋明仁笑道：

"现在这个年头儿做人，原不知道自己在哪一天死的，无论什么事情，要玩儿总要玩儿个痛快，赌钱也是这个样子。就是明天夜里，我跟奶奶玩儿的时候，总也不使你失望是了。"

秀英听了，红晕了娇容，却恨恨地啐他一口。宋明仁咯咯地一笑，他便急急地到张三爷家中吆五喝六地大赌去了。秀英待明仁走后，她乐得好像疯狂似的，拿了枕连连地亲嘴。这时，巧香走进房来，见了奶奶这个神情，忍不住扑哧一笑，说道：

"奶奶，你这是做什么啦？一个人在发神经病了吗？"

秀英这才放下枕，俏眼向她一瞟，笑着告诉道：

"巧香，今夜真是一个好机会，大爷赌通宵去，夜里不回来了呢！"

巧香听了，虽然也很欢喜，却故意把小嘴儿一噘，冷笑了一声，说道：

　　"大爷赌通宵去，这是奶奶的欢喜，与我有什么相干？告诉我也没有用呀！"

　　秀英听她这样说，倒是怔了一怔，笑骂道：

　　"这小妮子，今夜敢是吃了生米饭？难道你就没有得到好处的吗？"

　　巧香恨恨地逗过来一个娇嗔，说道：

　　"这些好处别提起了，今夜我再也不要享受了。每次吃奶奶剩下来的，还有些什么滋味呢？"

　　秀英听了这话，方知这妮子是怨恨我每次占了先，这就笑道：

　　"你这怪年轻的孩子，不料食量也是挺好的。你也不用怨恨我了，今夜就给你先得了头回，那你总快乐的了。"

　　巧香听奶奶这么地说，满心眼儿真感到了无限的甜蜜，但还故意逗她一句笑道：

　　"奶奶此刻说得好漂亮的，只怕见了宝贝，就像馋猫儿似的来不及了。"

　　秀英听了，啐她一口，笑骂道：

　　"那又不是饿了一生一世了，你这小鬼也说得真穷凶极恶的。"

　　说得巧香忍不住哧哧地笑起来了。秀英接着道：

　　"笑也别笑了，赶早的，快把宋福去喊来吧！"

　　巧香停止了笑，说道：

"你听听，还只有刚吃好夜饭，就要喊他了。回头若见了他，你真不知要性急得怎个模样儿呢！"

这里不说主婢通奸，却说宋明仁拿了银子，喜冲冲地走出了家门，手里提了一盏灯笼，一心一意地想着今晚定要赢一个痛快才休。谁知出门不远，只听得一声乌鸦怪叫，心想：这倒是一件怪事，深宵黑夜，怎会有乌鸦飞呢？莫非是同声异类，一时我两耳失聪，于是我误会了不祥的乌鸦吗？宋明仁是一个赌鬼，每个赌鬼，都有这么的迷信，万事都要取一个吉利，假如他逢了一件不祥瑞的事情，心里就和旁人不同，便要疑神疑鬼起来。

这晚，宋明仁黑夜听了乌鸦高叫不算，他走不到几步，一阵恍惚，心惊肉跳，尤其在眼神经上角跳得十分厉害，他忙伸手上去，按捺了好久，才定了心神，他自言自语：

"我今天莫非碰上了财神爷吗？竟有这许多吉兆！"

这也是赌鬼的反话，逢了不吉，他偏要说得吉利。宋明仁说得不久，将近到张三爷的家门，明亮的灯火不曾受到风吹晃动也会幽暗下来，宋明仁急忙祝告道：

"财神爷，你老人家今天跟上了我宋明仁，假使今天我赢得十万百万，我宋明仁生生世世不忘你的大德大恩。如果是我今天合该倒霉，请你这时马上显灵，给我一个暗示，我就立刻回去。"

何如这天兆却给他一个十分满意的答复。宋明仁嘴才一闭，灯光竟会异常的明亮。宋明仁一看，不觉大喜，哈哈地笑了起来，走近张三爷的家门，立刻敲门进去。张三爷一看到宋明仁面现喜色，便问他今天为什么这般欢喜，宋明仁笑道：

"今天我碰上了财神爷了！老三，今天我请你不要入局，免得输了钱损了朋友的义气。"

张三道：

"这是什么缘故呢？"

宋明仁笑道：

"我自有道理，因为我同你是老朋友，所以特地通知你的。"

张三哈哈大笑道：

"这是什么话？输赢大家都有一副牌，莫非你今天碰上了赌神爷，帮你一下忙，于是你十拿九稳地说出这些话？"

宋明仁道：

"那么今天有多少人入局？"

张三便指了一指，在东厅的角上，已经围了一大圈的人，吆五喝六，夹杂着骰子敲碗的声音，异常热闹。宋明仁看了一眼，便问张三道：

"什么？你为什么不赌呢？"

张三道：

"今天我真是赌运不好，暂时休手，再看风头。这时庄上很旺，一连吃了我五注，使我不敢下注了。"

宋明仁道：

"这哪里话呢？他愈旺愈要下注，赌钱的和上战场的都是一个门槛，万万地不能气馁，一气馁，就振不起精神。古人有一句话，一份精神一份财，这句你没有听到过吗？"

张三道：

"话是这样说，究竟是一股势，同爷娘好强，同骰子是不能相强的。那看你的吧！你上去试试，或是你气势很盛，得手也说不定的。"

宋明仁点了点头，便和张三走了过去，一看赌客，都是老友，于是招呼声，宋明仁便掏出十两银子，下了一注。庄上掷过三，庄家说了一句吉语："尖刀山，戳不碎。"第一个押客掷了一个二，便把押注吃了进去。第二个也掷了一个三，和庄家并点，也吃了进去。第三个轮到宋明仁，宋明仁全神贯注，俯身一掷，口里还喊了一声"老六"，只听骰子哗啦啦一声，双五一只六。宋明仁却大声狂笑，甩头向张三一看道：

"怎么？我的运气好不好？"

张三便笑贺他道：

"你真像上了战场，旗开得胜，马到成功。"

宋明仁于是一连几注竟然给他赢了好多钱，可是他贪心不足，他认为庄家一个人输给他这些钱，不够他的欲望，还有其他的人，最好也赢进他的袋中。等到庄家一下台，他马上接了上去，连本带利，足有六七百两银子，赢赢输输，一直到子时相近，宋明仁交上了厄运，只要掷不出，一掷出来，不是二，便是幺。这么一来，不上半个小时，竟输得一文不名。张三爷一看他的气势已馁，在他庄上也押了几注，倒赢了不少银子。宋明仁意欲开口向张三借些银子，可是不好意思倒这个霉，于是垂头丧气，点上灯笼，跨出张三家的门口，一路唉声叹气。原以为今天在娘子面上要了三百两银子，要赌一个通宵达旦，谁知会输得这么快，这时候才想起来那时两个预兆并不是吉祥，乃是告诉自己今天不可出手过大。误会了神佛，以致吃了这个大亏，假如我脑袋清醒，绝不会赌得这个样子。赌鬼就是这种脾气，上场的时

204

候，一心以为必胜，勇往下注，一到输得囊空如洗，便懊悔不迭，无怪宋明仁追悔预兆了。他行行走走，将近家门，一个眼花，忽而看见一段黑影从他身前过去，猛可吃了一惊，全身毛发都竖了起来，他连连地干咳了几下，拍了一拍额角，急急忙忙地走到门口，便提手在门环上敲了几下，却把房中这三个无耻奸夫淫妇都吃了一惊，尤其宋福这一吃惊，早已翻身落马。秀英也好生奇怪，暗想：明仁亲口对我说今夜不回来了，此刻时已三更多了，那到底是什么人呢？于是把巧香推醒，悄悄说道：

"巧香，你听，这是什么人敲房门呀？"

巧香睡眼惺忪，用手连连揉擦了两下，凝神细听，果然有人敲门。这一吃惊，芳心不免像小鹿般地乱撞起来，低低地道：

"莫非大爷输完了钱，所以回来了吗？"

宋福听了这话，急得满头大汗，遂撩过衣服，意欲下床而走，却被秀英一把拉住，白了他一眼，嗔道：

"你这怕死的小鬼，你此刻还想逃到什么地方去？事到如今，大家总该想个办法对付他才是呀！"

巧香情急智生，遂脱口说道：

"奶奶若欲永远享受快乐，何不把他结果了……岂非痛快？"

秀英听了这话，想起明仁老弱无能，和宋福相较，实有天壤之别，这就芳心一动，毒心油然而生，遂低低地道：

"那么用什么方法呢？"

巧香附了她耳朵，如此如此，这般这般地低说了一阵。秀英心中大喜，遂也向宋福低说了一阵。宋福胆怯，尚有委决不下的样子，但巧香这时早已向房门外问道：

"是什么人啦？半夜三更的来呼人好梦呢？"

只听明仁的口吻在外面说道：

"你们真睡死了！我敲了这么许多时候的门，还只有现在听到！"

巧香听明仁有生气的样子，知道一定是输了钱，遂也故作娇嗔道：

"大爷不是说今夜赌通宵吗？别人家自然是放心地睡了，怎么大爷又回来了呢？"

宋明仁很懊恼地道：

"今夜听奶奶的话不去赌就好了，真是交了死运，四百两银子输得精光哩！还不回来干吗？巧香，你在做什么？干吗还不来开门呀？"

巧香听了，一面急把宋福拉到门背后躲着，一面连连地说道：

"来了，来了！大爷，你真也性急，室中已没亮火，人家鞋子找不着哩！"说着话，方才走到房门边，将房门开了。

宋明仁跨进房中，见巧香云发蓬松，脸红如霞，暗想：一个女孩儿家，把头发睡得这样蓬乱，不知她和奶奶在玩儿什么把戏呢！想着，望了她一眼，不由得微微地一笑，问道：

"奶奶没有醒吗？"

巧香向床上一努嘴，说道：

"奶奶在生爷的气哩！"

宋明仁于是往里面走去，巧香轻轻咳了一声，这就见宋福拿了一条木棍子从门背后闪出，举起木棍，对准宋明仁的后脑，只听扑的一声，宋明仁只觉一阵子头晕目眩，眼前金星直冒，于是把身子不觉跌倒下去。巧香见大爷已经击昏，遂向床上的秀英叫道：

"奶奶，奶奶！快起来想法子，别安闲地躺着了。这是一时的昏厥，回头就要醒来的，若醒来了，那叫我们用什么话去回答？"

秀英听了，遂一骨碌起身跳下床来，只见明仁真已倒在地下，宋福拿了一条木棍子，却兀是呆若木鸡地站着发怔，身子好像还在瑟瑟地抖动着，遂说道：

"宋福，你是一个男子，总比我们女子有见识一些，你快想个妙计吧！把大爷怎么地结果好？"

宋福听奶奶真的要把大爷结果，他心里这一害怕，不禁两颊通红，汗如雨下，口吃着道：

"那……那……可不是玩儿的……我……我……实在想不出什么妙计呀！"

秀英见他这个样子，心中好不生气，狠狠地白了他一眼，骂道：

"你这臭王八就只会吃饭的，一些事情都不会做，真叫人着恼。巧香，我想这样吧！一不做，二不休，拿把剪刀，就这么一刀地结果是了。"

巧香听奶奶这么地说，急得连连地摇手，说道：

"这可使不得，使不得！奶奶，你也好糊涂的，万一给人发觉了痕迹，那你、我三人还有性命了吗？如今总要想一个万全之计才好哩！"

秀英听了这话，也深觉不错，遂忙问道：

"那么你可有万全之计吗？事不宜迟，愈快愈好。"

巧香沉思半晌，忽然哦哦两声，连说有了。秀英大喜，急问妙计何在。巧香凑过嘴去，附着她耳朵，低低地说了一会儿，笑道：

"这样岂不是一些痕迹都没有了吗？就是开棺验尸，也再验不出的了。我们只说他患急症而死，这一件天大的事情不是立刻化为乌有了吗？从此以后，奶奶可以随心所欲，要怎么样就怎么样，这是多么的快乐呢！"

秀英听了，连声称妙，乐得心花怒放，遂忙说道：

"那么我们快快动手，缓则生变矣！"

随了这两句话，他们把室中油灯吹熄，只听一阵手忙脚乱的声音，接着又听明仁惨叫一声哎哟，经过这声惨叫之后，室中便静寂得一丝声息都没有了。

第二天早晨，明仁的尸体已安安稳稳地躺在床上了。秀英伴在床边，却悲悲切切地哭泣着。这时，悦来糖食店里一班同事也都知晓，因为主人过世，所以停止营业。大家都来问询，到底患的什么病症，岂有这么的快吗？秀英一见众人，更哭得死去活来，悲恸欲绝，就一眼泪一把鼻涕地告诉道：

"他昨晚到张三爷家里去赌钱的时候，还是好好的，后来在三更时分回家，说输了四百两银子，心中很气愤。我劝他气也不用气，赌钱总有输赢的，若没有输的话，人家别的营生还高兴去做吗？只是以后千万少赌为是。他听了我的话，也不回答，倒头便睡。我以为他睡着了，倒也放心，不料今天早晨醒来一瞧他，

208

谁知他不晓得患了什么急症竟气绝多时了。众位想，这叫我不是太痛伤了吗？唉！明仁啊！明仁啊！你丢了我这么年轻一个苦命女子，你叫我怎么地活下去好呢？"

秀英边哭边叫，便要扑到明仁的尸体上去，巧香在旁边好容易地把她拉开了，秀英兀是撞撞颠颠地哭个不了。众人因明仁平日对待朋友尚称宽厚，又因秀英哭得伤心，所以大家也不免悲酸落泪。不多一会儿，把明仁尸体移到大厅，一面向朋友那儿去报丧。张三爷和一班赌友得此消息，无不目瞪口呆，称奇不已，于是纷纷前来吊祭，只见明仁遗容，宛然生前，众人议论不已，有的说是半夜回家，一定遇见了鬼，所以死了；有的说一定患了时疫，所以死了，不过究竟是为了什么缘故，结果还是没有人知道。

宋明仁无疾而死，这消息传扬出去，村中人没有一个不当作一件奇怪事情谈。不料却被周德臣听到了耳里，一时大为吃惊，站在那湾流水面前，不禁呆呆地出了一会儿神，暗自想道：明仁好好的竟会死了，这未免死得有些奇怪了。美臣告诉我，宋大嫂淫贱，所以弟弟愤然别去，莫非明仁的死是死在妇人的手中吗？想到这里，觉得其中必有缘故，我和明仁多年朋友，对于他的死，总得调查一个清楚才是，倘然含冤而死，我也得为他申雪，否则，怎么对得住多年的好友？不过今天是弟弟结婚好日子，我不便去进孝堂，待明后天再作道理吧！想定主意，遂依然回到花得雨家中。因为花得雨把玉凤当作亲妹子一样，所以花得雨也成了女方主婚人了，他的亲戚朋友，也无不到来道贺，所以格外地热闹。这天，直到晚上二更敲过，众宾方才欢然散去。美臣和玉风送入洞房，新婚之乐，如鱼得水，如水得鱼，个中滋味，自不必待下细述。

再说德臣吃毕酒筵，也自回房安息，不过为了明仁的死，一时里叫他再也睡不着了。他坐在书桌旁，望着那支闪烁的烛火，呆呆地只管思忖。此时已近三更，外面院子里风声颇响，使人听了，不寒而栗。就在这个当儿，突然一阵冷风从窗缝外透了进来，那烛火顿时暗淡下来，欲灭不灭，欲明不明，同时室中阴风惨惨，冷气森森。德臣只觉毛骨悚然，心惊肉跳，眼前突有一个黑影子，来回躲避。德臣仗着几分酒的胆量，遂向那黑影问道：

"你是何人？既到我处，必是故知，当不用躲避，就此相见何妨！"

那黑影听德臣这么地说，遂不再来回地闪躲，他在暗弱的烛火下慢慢地凝成一个人形来，向德臣说道：

"原来周大哥还不曾回乡，愚弟死得好苦呀！请大哥给我报仇！"

德臣急视之，赫然乃宋明仁也。这就猛可站起，急叫"老兄如何含冤而死"？不料宋明仁早又不见，室中烛火复明，阴风亦消。德臣如醉如痴，呆了半晌，忽然以手加额，说道：

"噫！宋明仁果然含冤而死矣！吾必代为雪恨！"说毕，便脱衣就寝。

到了次日，德臣欲把这事和美臣商量，但美臣新婚才第一天，当然不愿管此闲事，我做哥哥的似乎也不能太不识相的。德臣正在暗自纳闷，却见保官悄悄进房，他见父亲脸带愁容，遂问道：

"爸爸，何事烦恼？"

德臣见了保官，灵机一动，暗想：有了，保官年纪虽小，天大的事情他都能干的，我何不同他商量一下？于是遂把宋明仁昨天突然而死，并昨夜宋明仁阴魂出现的话向保官告诉了一遍，说道：

"为父的欲给他报仇雪冤，不知吾儿有何办法？"

小侠道：

"爸爸不知欲给他私下报仇，还是公开报仇？"

德臣道：

"私下怎么地报仇？公开又怎么地报仇？你倒说出来给我听听。"

小侠道：

"若私下报仇，只要孩子前去把那淫妇一剑结果也就是了。若公开报仇，那么得爸爸到官府前去击鼓鸣冤，说好友宋明仁死得奇怪，求父台大人验尸以明真相。我想宋先生若被淫妇害死，尸体上必有痕迹，那就冤枉大白了。"

德臣听保官说的见识卓绝，不由心中大喜，遂说道：

"我以为这事情非比别的，还是以公理报仇的方为痛快，也许叫她死而无冤。吾儿亦以为然否？"

小侠点头道：

"爸言正合儿意，那么事不宜迟，爸可往济南府前去鸣冤，孩儿随着同行是了。"

德臣大喜，当下父子悄悄地出了花家庄，赶到济南府。济南府知府王一清是个三考出身，平日为官清正，百姓称之为青天大人。这日在书房闲坐，突然听得外面鼓声不绝于耳，接着差役前来相报，谓有人击鼓喊冤，请大老爷升堂。王一清说声知道，便即穿上公服，匆匆出得白虎堂上。只听两旁皂班一阵吆喝，威风凛凛，他便踏步升座。只见下面跪着一个三十左右的男子，口口声声连喊冤枉，于是把惊堂在案上一拍，虎目一睁，大声喝道：

"下面跪的姓甚名谁？哪里人氏？有什么冤事，从实告诉，若有诬告等情，看板子侍候。"

两旁皂班听了，又是一阵吆喝，但周德臣并不惊惧，微抬头，朗声地说道：

"小民周德臣，广东中山县人氏。前月来此收账，耽搁花家庄悦来糖食店主人宋明仁的家里，盖小民与明仁颇为知己，所以相待甚厚。前日小民收账完毕，遂辞别回乡，因庄主花得雨和小民有亲，遂被他邀至家中，又耽搁数天。不料昨日忽得消息，谓宋明仁急症而逝，小民因明仁死得奇怪，故而甚为闷闷，当夜寝不成寐。谁知明仁阴魂出现，谓他死得好苦，并嘱小民报仇雪冤。小民因明仁乃生平知友，安能袖手旁观？所以冒死前来喊冤，万望青天大老爷明鉴是幸。"

王一清见德臣脸带厚道，不像是个刁猾之徒，遂又把惊堂一拍，喝道：

"你所说言语，均属事实否？"

德臣亦大声道：

"若有半句虚言，敢请死于堂上。"

王一清于是拔了一支传签，吩咐差头张明带领差役四人立刻把宋明仁家属拿来审问。不多一会儿，张明前来报道：

"明仁妻、婢拿到。"

王一清于是命德臣退下，一会儿，先将王秀英带上，跪在堂下。一清喝声抬起头来，秀英遂微抬粉脸，毫无惧色。一清见她虽然全身缟素，但眉目间显露风流意态，心中便有三分把握，于是把惊堂一拍，喝声用拶。皂班一听，虚张声势，回应了一声。不料秀英脸不改色，冷笑了一声，说道：

"请教大人，小民妇犯了何法，如何不问情由，便即用刑？大人乃地方上之父母官，该爱民如子才好，现在无辜屈打好人，岂非目无王法了吗？"

王一清被她说得哑口无言，暗想：贱人好厉害也。于是又喝道：

"本府如何无辜屈打好人？汝干得好事，尚敢嘴强耶？今吾问汝，汝夫宋明仁究系何疾而死？现在有人告你谋害而死，汝还能抵赖否？"

秀英听了这话，芳心倒是一跳，但表面上还竭力镇静了态度，冷笑了一声，说道：

"小妇人的丈夫宋明仁，因得时役症而死，这四邻尽皆知晓。不知大人听了何人诬告，冤小妇人谋害？小妇人思想起来，此报告之人，必欲夺明仁之家产耳！"说罢，口喊：明仁，你死了，累我受此不白之冤，吾心好痛啊！便放声大哭。

王一清听她这么说，又见她这个情景，心中也不免疑惑起来，于是吩咐拿下，把丫鬟巧香拿上。巧香年纪虽小，资格比秀英更老，跪在堂下，若无其事般地，毫不介意。王一清因为巧香生得娇小玲珑，不忍吓她，遂和颜悦色地问道：

"巧香，你主人究系何病死的？有人告发，是你主、婢两人谋害死的，这事可是真的？你若从实告诉，本府姑念你年轻不知，定然恕你无罪，否则，不但皮肉受苦，而且亦死无葬身之地矣！"

　　巧香听了，也低低地道：

　　"青天大人在上，小女子巧香上告大人详细情形，方知此告发之人实属罪该万死矣！主人宋明仁与主母王秀英平日感情弥笃，恩爱异常，此乃小女子所素知。这次主人因得急症而死，主母哭得死去活来，哀号之声闻者莫不酸鼻，这在悦来店一班同事也都详悉。以此情形而想，主人还是主母害死的吗？至于告小女子同谋，更属笑话之至。青天大人若还不相信，好在灵柩尚在家中，不曾入穴，青天大人可前去一验尸身，真相如何，自当水落石出了。"

　　王一清听她口齿伶俐，说话并不慌张，一时颇以为然。暗想：我受周德臣之骗矣！于是吩咐把巧香带下，再把德臣拿上。这就大喝一声，说道：

　　"好大胆的周德臣，欲谋人家寡妇之产业，竟敢在本府在前诬告良民，真是自取其死耳！"说毕，把惊堂一拍，喝打五十板子。

　　两旁皂班一声答应，便如狼如虎般地将德臣拖倒在地。德臣见此情形，分明受了贿赂，这就大喊冤枉。正在这时，王一清的案桌上突然飞来一支银镖，有张纸条射在桌上。王一清倒是大吃了一惊，只见上面写道：

且慢动刑，委屈好人，乃大人失察之过也。可同往
验尸，以明真相。

　　下面还有小字道：

管闲事人白

　　王一清瞧此字条，立刻吩咐且慢，于是皂班又把德臣拉起，
可怜德臣倒不免急出了一身冷汗，呆然地出神。王一清望着字
条，想了一会儿心事，觉得这件案子要明真相，实在还要那个管
闲事人出来才好。他既嘱我先去验尸，其中想来自有道理，于是
暗暗打定主意，一面向德臣说道：
　　"你所说的因无实据，所以难以定罪于人。本府意思，欲和
你们前去验尸，不知汝意如何？"
　　德臣叩头称谢，说道：
　　"若能如此，不但亡友幸甚，即小民也幸甚矣！"
　　王一清道：
　　"不过开棺验尸，并非儿戏之事，倘无痕迹可寻，则汝之罪
重矣！"
　　德臣因为明仁阴魂确实向自己显灵过，所以胆子颇大，点
头道：
　　"若真系因病而死，小民任凭处罚可耳！"
　　王一清于是吩咐下去，把王秀英主、婢两人一同带回花家
庄，开棺验尸，以明真相。差役答应。这儿王一清骑了白马，率

领百总、千总，一同往花家庄而来。这时，把整个的花家庄都轰动了，无不前来瞧看热闹。美臣听花得雨告诉之后，因为宋明仁和自己略有关系，所以和花得雨到悦来店也来探听事情，不料悦来店门口有兵士把守，外人一概不准入内。美臣道：

"这事不知何人告发的？"

花得雨道：

"这个倒不详细。"

谁知一语未了，旁边有看热闹的告诉道：

"是宋大爷的好朋友周德臣去告发的，刚才我见他们都进里面去了呢！"

美臣、花得雨一听这话，不禁面面相觑，都暗暗奇怪。就在这时候，一棒锣响，兵士把闲人赶开，大喊老爷出来了。美臣见一个官员，脸带怒容，慢步踱出，后面四名差役押着一个男子，正是哥哥德臣。美臣心中一急，意欲上前询问，却被得雨拉住了，说道：

"贤弟，切勿造次，我们且慢慢地再作道理。"说着，只见那个官员骑上马背，百总、千总押着德臣回城去了。

这时候，听有人都在奇怪道：

"周德臣真也糊涂，没有实据，如何可以诬告他人？如今尸也验过，一无痕迹，委屈自己倒犯了罪哩！"

美臣听了，好生烦闷，暗恨哥哥糊涂，为什么事先不来和我商量行事？花得雨知其意，遂一面劝慰，一面自回家去，不料到得家中，却见保官闷闷坐在书房出神。美臣遂急道：

"你爸爸如何知宋明仁冤屈而死，竟自个儿前去告发，你可

216

知其详细吗?"

小侠听问,遂把爸爸和自己商量,并一同进城告发,以及验尸等情向美臣告诉一遍,并又说道:

"这事情也真奇怪,我隐身在旁瞧着,见宋明仁尸体宛然生前,验了一个多时辰,自头至脚再也验不出一些痕迹来,这可不是怪吗?若说宋明仁果系急病而死,那么爸爸如何又会发现他的阴魂?所以叫人不明白极了。"

花得雨和美臣听了,无不称奇。美臣道:

"晚上待我到宋家再去探听一个明白,再作道理。那么你可曾向爸爸安慰几句?可怜哥哥为了一片热心,累自己受惊,他心中又不知该如何地焦急哩!"

小侠道:

"我在爸爸耳边说过了,叫他不用害怕,这事情侄儿若探不出一个头绪来,誓不为人!叔父,你可不必劳驾,晚上我自会去探听的。"

美臣不答,花得雨因他快然不乐,遂拉他饮酒解闷去。这里小侠自管暗暗盘算,不待天黑,就穿了夜行衣,飞身出了花家,向悦来店而来。到了悦来店门口,遂把身子隐去,悄悄而进,找到秀英的卧房,只见里面已亮了灯火。秀英和巧香对坐在灯下,大家默默地出神。过了好一会儿,秀英方才叹了一口气,说道:

"周大爷不是早已回广东去了吗?怎么还留在花家庄呢?我做梦也想不到这狗奴才会来告发我们的,这也是他活该倒霉,现在自己受罪,叫我心中好痛快呀!"

巧香听了,微微地一笑,俏眼逗了她一瞥得意的目光,低低地道：

"奶奶，怎么样？假使照你意思用剪刀的话，今天还有这么的太平吗？"

秀英笑道：

"所以我真佩服你，小鬼灵精似的有这么的好办法，头顶上敲一根钉子，因为有头发遮蔽，所以验上验下，再也验不出来了。"

巧香不待她说下去，急把手去扪她的嘴，埋怨她道：

"小心一些吧！干吗一定要嚷出来。"

秀英笑道：

"你也太小心了，房中又没有第三个人，还有鬼听见吗？"

小侠在旁边点了点头，暗想：这可是你们的死期到了。原来你们想了这么一个毒计，真也敬佩极了。正想时，忽见房外奔进一个醉汉，他直向秀英怀里扑来，口中笑叫道：

"好奶奶，今天你可受惊了，我也急得浑身是汗，幸而天保佑的，他们会一些都验不出，这不是叫人欢喜吗？"

秀英却伸手量了他一记耳光，笑骂道：

"宋福，你这浮尸真是个胆小鬼，若不是瞧在你下面这个东西上，恨起来也把你结果了。"

那汉子被打，反而把她抱住了浑身乱摸乱探，笑道：

"奶奶若把我结果，只怕你就找不到像我这么一个会努力进攻的人了。你自己心里明白，我在你肚子上的时候，只要奶奶心花开放，我就是死了也喜欢哩！"

小侠瞧此丑态，聆此秽语，恨不得就此把他们结果，但是心中记挂爸爸，所以急急走出宋家，直向济南府而来了。到了府台衙门，时已入夜。小侠凭他那双夜光眼，找到了王一清大人的书房，只见王大人秉烛观书，一会儿，忽废卷长叹，自言自语地说道：

"管闲事人，管闲事人，你真正多事矣！本县上你的当了，既无把握，为何嘱我前去验尸？到如今弄得事情难明真相。周德臣是好意是恶意？叫本县如何决断是好？"

小侠听他这么自语，忍不住暗自好笑，遂说道：

"大人不必忧愁，管闲事人现在得到证据来了。"

王一清冷不防在半空里听了这个回答，一时不禁离座而起，两手相拱，说道：

"哪位英雄降临敝舍？敢请前来相见。此案事关重大，若英雄存心助一臂之力者，切勿相戏耳！"

小侠听他这么说，于是把身子现出，拜倒在王大人面前，叩下头去，说道：

"顽童淘气成性，非敢有戏大人，还请恕罪是幸。"

王大人低头见是一个孩子，这就不胜骇异，慌忙把小侠扶起，执其小手，笑道：

"小英雄贵姓大名？对于此案之真相如何，不知尽悉吗？"

小侠道：

"咱乃周保官，周德臣者实小子爸爸也。此案谋杀亲夫属实，其中之奥妙，小子也均已探悉矣！"

王大人听了，哦了一声，不禁恍然大悟，遂命坐于侧，向他问道：

219

"那么究竟如何害死？为什么一无伤痕？岂非怪事？"

小侠遂把自己到宋家探听所得事实告诉一清，并且说道：

"杀宋明仁者乃秀英、巧香，及尚有一个名宋福男子三人合谋而害的。王大人明天可以在庄前旷场之外，当着无数村民，公开验尸，也好叫大家知道淫妇心思之毒，甚于蛇蝎矣！"

王大人点头称善，笑道：

"汝言正合吾意，古来淫妇、淫婢，均属胆大心细刁猾之辈，如秀英、巧香态度之镇静，言语之伶俐动听，吾几为之欺骗矣！"说着，吩咐下人把德臣释出带来。

不多一会儿，德臣徐步而入，见保官和王大人相对而坐，促膝谈心，一时不胜惊骇。王大人却含笑相迎，携德臣之手，笑道：

"若非令郎相告，几乎委屈先生了。"

德臣闻言，尚目瞪口呆，不知如何对答才好。经小侠详细相告，方始恍然，遂向王大人再三叩谢。王大人意欲留彼父子宿在衙门内，明天一同前去，德臣因恐美臣焦急，遂令小侠先回，以慰美臣之心。小侠到了花家，见美臣和花得雨尚在饮酒未散，送走上去笑道：

"叔父，岳父，快快先给我欢饮三杯，然后告诉你们好消息吧！"

美臣正在忧愁十分，听保官这么地说，又见他脸有喜色，知事已明白，不禁大喜，立刻满筛一大杯酒，交到保官手中。小侠一仰脖子，咕嘟嘟地一饮而干，伸过手去，笑道：

"叔父，再筛一杯吧！"

美臣见他稚气可爱，遂又给他满筛一杯。小侠又喝了下去，伸过杯子，还要美臣筛酒。花得雨笑道：

"这杯我给你筛了吧！"

小侠说声谢谢岳父，便又一饮而尽，遂把经过之事一五一十地向两人告诉。美臣听完，这才落下了一块大石，笑道：

"孺子可教，他日前途当不可限量也。"

花得雨也很得意地笑道：

"事情既已成功，我们当欢然畅饮。"

遂命仆人添杯，嘱小侠在旁陪饮，大家十分的快乐。到了次日，美臣、小侠、花得雨三人走出庄来，只见旷场上已围了一个人圈子。王大人坐在一个棚子下面，旁边有百总、千总相伴，再下是德臣和秀英、巧香、宋福四个人站立着，后面押了四名差役。这时，脚夫已把宋明仁尸体从棺材内扛到一张板铺上，王大人站起身子，向四围人山人海的一班村民说道：

"宋明仁突然暴卒，究竟是病抑是被害，至今还无头绪，今日最后一次验尸，决定谁是谁非。众位若有不满之处，不妨可以发表意见。"说罢，遂命验尸官验尸。

验尸官这时早已知道伤痕之所在，但故意验了一会儿，向王一清告诉，并无一些伤痕。王大人见秀英、巧香、宋福三人脸有喜色，而四周大众都在啧啧称奇，于是又道：

"你再仔细地验一验，算是最后之决定了。"

验尸官听了，点头允诺。这次他到宋明仁尸边，毫不费力地就给他头发解散，用钳子在头顶心一钳，只见钳出一根四五寸长的铁钉来。他走到王大人面前，把铁钉呈上，说道：

"原来伤痕在头顶心，用钉子敲入而谋害的。"

这时，秀英等三人脸如死灰，几乎昏厥倒地。四围看的，无不暗暗吐舌，大家高喊淫妇可杀，该碎尸万段，方为痛快！王大人喝命将三人拿下，带回审问。这儿周德臣挥泪向明仁说道：

"老哥魂而有知，当亦安慰九泉也。"

明仁后事，有个远房侄子来料理。不多几天，秀英等三人也到花家庄上来斩首示众，以警民心。

光阴匆匆，不觉已到冬的季节，德臣因离家已有四个多月，所以和美臣商量，预备回家。美臣很是赞成，兄弟两人遂向花得雨告别。花得雨苦留不住，也只好送了五百两银子作为川资之用。这里丽鹃、玉凤、素琴也向花大奶奶芳容告别。小侠和小玉絮絮地似乎也在话别，被玉凤一笑，小玉难为情，倒反而躲跑了。小侠又向花得雨夫妇叩别，两人携了他手，若有依恋之情，嘱他有空便来玩儿，小侠点头答应。大家正在话别，仆人来催，马匹已备，于是美臣等一行六人和花得雨夫妇及小玉、诸姨奶奶匆匆分别骑马而去矣！

且说德臣等在路上无事，平安到达故乡。德臣妻子王氏突见二叔娶了两妻一妾和夫婿同回，而且连自己爱儿都回来了，本来是望眼欲穿，此刻心中这一快乐，笑得嘴也合不拢来了，一面和美臣、丽鹃、玉凤、素琴招呼，一面又得和爱儿亲热。这时，真的热闹非常，德臣又吩咐仆妇杀鸡设酒，共叙天伦之乐，并且布置美臣三间卧房。后来因房屋欠多，丽鹃说两间也够，难道姊妹们不好合伙睡吗？这句话说得大家都又赧赧然好笑起来了。

如此过了几天，美臣想起白玉杯之事，遂欲到花如玉家中去一次。丽鹃和如玉、凤姑、玉蓝等原都认识，本欲同去走走，因为有孕在身，就此作罢了。玉凤一则陌生怕羞，一则欲和丽鹃做伴，所以也不愿去，只有小侠和美臣一同到广东番禺县兴隆街的花如玉家中。如玉和美臣久别重逢，自然亲热异常，一面拉了小侠，也啧啧称羡。美臣于是把白玉杯交出，递给如玉，嘱他快去归还两广总督大人，呈上北京，以清手续。如玉听了，称谢不已。不多一会儿，向凤姑、何玉蓝各抱一孩而出，原来都已养下多月了，彼此相见行礼。美臣又问项银瓶和潘莲容为何不见，凤姑笑道：

"瓶妹做产在床，莲妹亦有数月身孕矣！"

美臣听了，好不欢喜，一面又告诉自己情况，如玉等也各称贺，于是摆席款待，大家欢然畅饮。美臣、小侠在如玉家中玩儿了数月方才回家。那时已春的季节，丽鹃将要分娩，美臣自然万分欢喜，待丽鹃养下一个男孩之后，玉凤、素琴也各怀身孕。从此以后，美臣不再流浪江湖，在家享受天伦之乐。

这日，潘莲贞忽然到来，谓祖师有命，小侠还得上山去修炼几年，以求深造。小侠心中大喜，当下拜别父母、叔父母等，跟随寄娘莲贞上山，从此小侠又在山上安静地一住六七年，学得一身惊天动地的本领，下山干了不少轰轰烈烈的事情。因此，江湖上对于"小侠万人敌"这五个字差不多没人不晓得的了。未知后事如何，且待下回再行分解。

第十一回

景物依稀　追贼上浮碧巧遇丈母娘

　　一带密密的森林矗立在天半之际，瞧那树干子大可数人合抱，浓荫成了天然的凉棚，可以遮盖了整个的天空。两旁怪石突兀，奇峰对峙，一朵一朵的白云好像暮烟四起，弥漫在森林之间。这是什么地方？原来是智了师太修道的武当山上。这时有一个年约十五六的少年，生得明眸皓齿，唇红脸白，一表人才，非常清秀可爱。他走在山上，因为白云在他脚底飘浮，所以他也仿佛踏云而走，反背了双手，游览着山上奇异的风景。树上那些盘绕的大蟒蛇、独立的仙鹤见了他都好如含笑点头，表示招呼的意思。怪石堆里，乱草丛中也有站着几只猛虎和梅花鹿，它们见了那少年，都摇头摆尾地上来，仿佛在请安的神气。那少年把手抚摸着虎头，微微地一笑，猛虎似乎已经明白他的意思，把身子蹲了下来，于是少年就坐在虎背上休息了一会儿。正在这个当儿，忽然见走来一个童子，向他说道：

　　"师兄好逍遥自在的，你娘在喊你哩！"

　　诸位你道这少年是谁？原来就是小侠周保官。他自从那年被潘莲贞携带上山，一住又是七年，所以已由童年而变成少年时代，出落得分外地标致了。当时他听了童子的话后，遂站起身子，匆匆奔回洞中，只见寄娘坐在蒲团上打坐，她似乎知道自己进来，遂微睁明眸向前来瞧。小侠慌忙拜倒在地，口叫："母亲，不知唤孩儿到来有什么事情吗？"

潘莲贞道：

"你在山上，转眼之间，又是七年，不知你也记挂你的爸妈和未婚妻小玉吗？"

小侠微红了颊，微笑道：

"莫非母亲欲叫我下山探亲去吗？"

潘莲贞听他回答得怪刁猾的，笑道：

"你的意思如何？"

小侠道：

"孩儿没有什么意思，任凭母亲做主是了。"

潘莲贞见他再三不肯表示意见，可知这孩子真是个聪敏的人，遂说道：

"祖师刚才前去云游，老人家嘱咐我，说你可以下山走走了。千万要锄暴扶弱，不能助纣为虐。"

小侠听了，大喜，叩头受训，说道：

"母亲金玉良言，孩儿已铭心版，绝不有负老人家一片教养之心血也。"

莲贞笑道：

"如是吾心甚慰，汝即刻便可以动身矣！"

小侠听了，却跪着没有起来，望着莲贞出神。莲贞瞧此情形，好生奇怪，遂问道：

"孩儿如何不走？尚有话跟娘说否？"

小侠道：

"虽有千言万语，一时也不能尽吐，但娘嘱孩儿即刻便走，孩儿实有依恋之情。想我六岁时即随娘上山，其后又跟娘七年，是刚随娘共九年，而随亲母仅六年。回忆九年之中，娘待孩儿之情，犹若骨血。今孩儿一旦远离，怎叫忍心即刻便走呢？"说到这里，眼皮也红起来了。

潘莲贞万不料他会说出这一片话来，一时回首前尘，想起过去事迹，不胜悲酸，忍不住凄然泪下。小侠见莲贞淌泪，遂倒向她的怀内，口叫"母亲勿悲，孩儿绝不有忘母亲教养之恩也"。莲贞抚其脸颊，破涕为笑，说道：

"吾有汝子，终身无遗恨矣！孩儿勿作恋恋之态，他日当有重行相见之时也。"

母子亲热良久，小侠方始含泪拜别，动身下山了。一路上昼行夜宿，这日到了山东济南府，想起了自己的小玉，他的脑海里便浮上了一个玲珑娇小的身子，苹果样的小脸儿，秋波般的眼睛，樱桃似的小嘴儿，真是怪令人可爱的。如今一别七年，她一定也长得亭亭玉立、格外妩媚可爱了吧！想到这里，芳心里不禁荡漾了一下，于是连夜地直赶到花家庄上来了。到了花家庄的时候，天已入夜，找到了龙门街旁的那座花园门口，伸手敲了两下。良久，方才有个门役前来开门，见了小侠，便问道：

"请问客官找的是哪一家？"

小侠因为也不认识那门役，所以欠了身子，十分客气地

说道：

"我是找花得雨大爷的，你说周保官来见，他就知道了。"

门役听了这话，不料却摇了摇头，回答道：

"客官，你找错人家了，这儿可不是姓花的呀！"

小侠听他这么地说，倒不禁愕住了一会儿，抬头望望四周，虽然七年不见，但依稀地总还认得出来，遂忙又问道：

"那么这儿不是有一位名叫小玉的小姐吗？你是不是新被雇用的，所以不知道了？因为我认识这儿确实是姓花的家里呀！"

那门役听了，倒好笑起来了，说道：

"我虽然是新到这里做仆人还不到半年，但总也不至于连主人家姓什么都还不清楚呀！你说有位小姐倒是有的，只不过她并非叫小玉，原是名叫小红的。"

小侠听了，将信将疑，真弄得不胜奇怪，遂怔怔地道：

"请问这儿主人是姓什么的呢？"

门役道：

"姓杨的，是木易杨，我想你弄错了，我绝不会骗你的。"

小侠道：

"我也知道你不会骗我，不过我也没有骗你。最好请你通报一声，给我跟你主人说一句话。"

门役道：

"那么你请等一会儿，我进去通报主人吧！"说着，身子便向里面进去了。

约莫顿饭时分，门役匆匆出来，说主人有请，遂领小侠进内，小侠见花园内景物并没有更变，如何主人竟换成姓杨的了呢？觉得其中必有缘故，莫非花得雨遭受意外惨变了吗？想到这里，眼跳心惊，全身便觉得怪不自在起来了。就在这时，已经步到客厅，只见里面灯火通明，有个白发白髯的老者迎在那儿。小侠上前深深行了一个礼，说道：

"晚辈周保官来得甚为孟浪，还请老丈海涵是幸。"

那老者一面还礼，一面让座，说道：

"小英雄不要客气，今日降临草舍，不知有何高见？"

小侠道：

"杨老丈大号还未请教，晚辈前来有一事相问，敢请详细告我为感。"

老者道：

"贱名南子，小英雄何事相问？老朽知道的没有不尽情相告。"

小侠道：

"七年前晚辈曾来此小住数月，那时主人乃花得雨，今日彼将该屋出让与老丈，未悉彼等前往何处？老丈亦知之否？"

杨南子听了这话，哦了一声，说道：

"该屋之前主人果系叫花得雨的，然而出让给老夫的时候，所接洽的人均属女流之辈，叩问花得雨其人何在，彼等谓已死矣！"

小侠听到这里，不禁失声哎哟地叫起来，说道：

"他竟死矣！但内眷把屋卖去后，到什么地方去了，老丈可曾知道详细吗？"

杨南子见他大有伤感之意，遂说道：

"这个倒未知其详，小英雄和花得雨如何关系？为何七年不来了？"

小侠不便告诉乃是岳婿之关系，所以只说是亲戚。这时，仆人开上晚饭，小侠便欲起身告别。杨南子道：

"时已不早，小英雄若不嫌草舍简陋，顺便晚饭如何？"

小侠因为时候已经入夜，本来也要找个宿店，今见老丈留饭，岂有不喜欢之理？遂微笑道：

"老丈说哪儿话来？你也太客气了。但冒昧得很，自觉羞惭哩！"

杨南子笑道：

"小英雄何必客气？老朽虽然行年九十有六，生平最爱结交朋友，今见小英雄一表人才，故而甚为敬爱。"

小侠听了，不胜惊讶，啧啧赞道：

"老丈年近百岁，尚精神饱满，真神仙中人也。"

杨南子闻言，呵呵大笑，遂携小侠之手，一同入席。小侠道：

"老丈府上尚有何人？"

杨南子道：

"只有一妻一女，妻年五十有五，女名小红，还只有十五岁。老夫八十一岁得此爱女，犹若掌上明珠哩！"

小侠听了大奇，盖八十老人，尚能得女，世所罕有矣！遂问道：

"老丈几岁结婚的？"

杨南子听了，叹了一口气，说道：

229

"老夫二十岁结婚至今，已娶妻子共十二人。此妻乃吾七十九岁时所娶，到现在亦十有八年矣！"

小侠听了，暗暗称奇。一会儿，仆人端上菜，皆大海碗，内盛猪蹄、羊肉，甚为精美。杨南子举杯相敬，连请用菜，小侠一面称谢，一面饮酒食肉，两人且谈且饮，相形甚欢。杨南子道：

"老夫虽已百岁，每日食肉尚需十斤、饭二斗，小英雄正当年龄，该比老夫多饮多喝才是。"

小侠忙道：

"老丈虽老而不老，真令人敬佩之至。"

正言间，忽然有个雏鬟匆匆地奔入，惊慌地报告道：

"老爷不好了，我们小姐突然被一个大汉所劫矣！"

杨南子一听这话，脸儿失色，急道：

"这……便如何是好？岂非挖去老夫一块心头之肉耶？"说罢，泪如雨下。

小侠见他这么伤心，因感其相待殷勤之情，遂拔剑在手，说道：

"老丈切勿伤悲，待晚辈前去追回是了。"说毕，遂用土遁之法，人早已不知去向矣！

话说小侠出了花家庄，用他的夜光眼向前望去，只见月光依稀之下，有一黑影，背负一物，飞行甚速。知劫杨小红之贼无疑，遂运足功夫，紧追其后，不料这贼神行如飞，转眼之间，早已不知去向了。小侠不管一切，兀是向前追赶，回眸四顾，只见已到一山，此山便是浮碧山了。因为山峰奇险，道路狭窄，心想山上必有盗匪盘踞其上，杨小红恐怕已被劫上山去了，于是他便纵身飞步上山。到了半山之上，迎面见树林丛中显露红墙头一角。再奔上几步，赫然一寺院也。小侠步至山门，上有横匾一块，书写"浮碧道院"四个大金字，四周围墙，高可二丈余，气象颇为巍峨。心中这就暗想：咱在云南光陆寺投宿的时候，险被贼秃所害，可见寺院、道院都非善良之辈，莫非劫小红者，亦院中之僧道吗？我且进内探听一下，再作道理。

想定主意，便即跃身跳上围墙，轻轻地落下地来。蹑脚步至大殿上，见里面塑着太上老君的金身，两旁点着琉璃灯，闪闪烁烁的光芒，显得十分暗淡，因为寂静的缘故，所以仿佛鬼出现一样的悲凉。小侠待了一会儿，意欲等个小道来问仔细，不料却没见小道的影子，于是他大胆步进旁边的禅房。谁知刚一脚跨进，就踏着了机关，小侠只觉脚落在半空一样，意欲缩回，可是已经来不及，身子竟直跌下去了。还未落下地上的时候，小侠身子感到一阵炎热的焦灼，直逼了过来，知道下面烧着一只血红的铜炉子，慌忙用出橡皮功来，把自己身子弹到左边的地下去。谁知还只站定，前面墙上开了一个小洞，里面射出来十五把飞刀。小侠舞动宝剑，只听叮叮当当地一阵子响亮，那十五把飞刀早已纷纷地落下地去了。小侠见院中机关奇多，而且陷人至死，可见院中道士绝非好人，益信小红乃道士所劫，遂挨近那个小洞望了望。里面是条隧道，两旁有房屋多间，窗内亦有灯光射出，遂飞身作个"黄莺穿梭"之势，到了那条隧道里，先挨近第一间房子的窗边，忽然听得有女子的声音娇斥道：

"好一个狼心狗肺的东西，汝胆敢侮辱姑娘耶？姑娘宁死不从汝贼，要杀尽杀可耳！"

小侠听了，心中一跳，遂凑眼去瞧，只见一个大汉，年三十六七，生得面目狰狞，十分可怕。他站在床前，把床上一个少女已脱去了衣服，正在拉她小裤的时候，那姑娘柳眉倒竖，凤目圆睁，抵死不肯依从。小侠见那姑娘弱不禁风，想不到在一个可怕的恶魔面前竟有这么的胆量，心里暗暗地敬佩，这就拔剑在手，破窗而入，口中大声骂道：

　　"无耻的王八，胆敢在清静之地而侮辱人家年轻之姑娘耶？"

　　说时，早已一个箭步跳到那大汉的背后，挥剑就斩。那大汉正在做软做硬欲想在姑娘身上享受甜蜜的滋味，不料冷不防之间，背后有道寒气直逼，知事不妙，遂急放下那个姑娘的三寸金莲，将身子纵过一旁。说时迟，那时快，小侠就地一滚，剑峰早已向他下三路斫去。那大汉任他有天大的本领，再也不能躲避，右腿上竟受了一剑，这一疼痛，不禁大叫一声，身子跌倒地去。小侠赶上一步，方欲向他一剑结果，万不料地下又透露了一方空洞，小侠的身子便再度跌下去了。你道这是怎么的一回事？原来那大汉受伤倒地，齐巧手掉到那个机关的钮子上，因此一掀之后，小侠又掉到水牢里去了。这里大汉站起身子，只觉腿上疼痛若割，不禁恨恨地骂道：

　　"何方来的野小子，竟敢撞破咱老子的好事？如今这一跌下去，看你还活得成功吗？"

　　说着，又指了指床上的姑娘，又爱又怨地道：

　　"为了你，害得老子好痛苦也！本来把你一剑结果，以消我心头之后恨，无奈你这张脸蛋儿实在生得太美丽了，咱有些舍不得下此毒手。现在姑且给你一个悔悟的机会，待明天伤好了，再来跟你同享快乐吧!"说着,又叫一个老妈子来,嘱她好生看守着她,别叫她寻了短见。

老妈子含笑答应,那大汉拐着脚就走到丹房里治伤去了。

再说小侠落下水牢之后,他的两臂立刻有一样笨重的东西把他抓住了,小侠回眸四顾,原来壁上伸出两只铁手,使他臂失却了自由。待欲挣扎,但哪里还能动一动?一时心中好不焦急,不料这时,四周墙脚下又冒出无数的水来,一刹那之间,早已淹到小侠的腰肢上来。小侠见那水的颜色,黑得像墨一般,而且奇臭难闻,令人作呕,正在无可如何之间,忽然那边铁栅开处,飞也似的蹿出两条穿山甲,开了血盆样的大口,直向小侠的身旁游来。小侠瞧了,不慌不忙,骂声"该死的孽畜",遂把口一张,顿时飞射出一道剑光。只见那两条穿山甲的头早已和身子分离,血花飞溅,四脚都向天的了。小侠笑了一笑,谁知这时,突然听得有女子的声音向他娇滴滴地说道:

"喂!你姓甚名谁,如何被关在水牢里的呀?"

小侠听了这声音,向四下望了一眼,却不见有一个人,心中大奇,遂也问道:

"是哪位姑娘?在什么地方说话?为何不见人的呀?"

听那女子咻咻地一笑,说道:

"你且抬起头来望望,我可在这儿哩!"

小侠慌忙抬头望去,才见上面天花板上有一方小洞,露出一个女子的脸,面目姣好,倒也生得妩媚可爱,于是忙道:

"在下姓周名保官,因为知道这道院乃是个罪恶之地,故而前来一探,不料误踏机关,以致落在水牢里了。请教姑娘贵姓大名？若能设法救我出险，此恩此德，没齿不忘矣！"

那女子笑道：

"奴家姓吴名月姑，周爷要我救你，原也不难，只不过要有个小小的条件，不知周爷能答应我吗？"

小侠忙道：

"只要在下能够办得到的事情，不要说一件，就是一百件，也能够答应你的。"

吴月姑笑道：

"既然这么地说，那也不是一件难事。奴家因为立志欲嫁个如意郎君，不料却找不到好的人才，今见周爷年少英雄，心头甚为倾爱，意欲把终身相许，未知周爷能允许否？"

小侠听了，不免暗暗地沉思了一会儿，心想：这女子的脸皮倒也怪厚的，向一个年轻的男子会说出这些话来，那不是失却一个姑娘的身份了吗？照此看来，这女子必是个淫娃，绝非一个贤淑的女子。吴月姑见他不作答，遂催着问道：

"周爷，你干吗不说话？难道嫌奴家容貌丑陋，所以竟不答应我吗？"

小侠道：

"这倒并不是，我且问姑娘，你是院中的人，抑是外来的英雄呀？"

吴月姑道：

"院中的怎么样，外来的怎么样？"

小侠道：

"假使外来的，那么我们便可以把院中恶道杀尽，倘若你也是和恶道一气的，你把我放了，那不是反累了你吗?"

吴月姑道:

"我不骗你，我确实和院中主人天天道人是个师兄妹，不过咱恨师兄做事可恶，所以平日感情不好，只要周爷答应爱我，我可以助你一同杀死天天道人的。"

小侠听了，暗想:原来浮碧道院的主持人就是天天道人，此贼作恶多端，不知屠杀了多少的生灵，今日非把他结果不可了。但是我已有未婚妻的人了，况且瞧月姑的年纪，至少在二十以上，这和我如何能成一个配偶? 所以说道:

"吴姑娘，承蒙你这样爱我，我心里自然万分感激，但我自小已有未婚妻了，怎么可以再答应你呢? 所以别的都可以答应你，唯有娶你做妻子这件事叫我实在难以答应。"

吴月姑听了，凝眸想了一会儿，说道:

"周爷既然已有了未婚妻，那么咱也不敢一定要强嫁你。不过咱是爱你的，希望给周爷做一个爱人，那你总可以答应的了。"

小侠听了这话，方知她实在是个淫妇，遂正色道:

"小爷不是好色之徒，岂肯犯二色耶? 况苟且之爱，为天下英雄所耻，小爷宁死不从。"

吴月姑听了，好生恼怒，不觉冷笑了一声，娇斥道:

"好一个不识抬举的狗奴，你真的不怕死吗? 瞧老娘的手段吧!"

小侠听她说完之后，只见那水更向上涨，慢慢地已淹到小侠的嘴边来了，若再涨上来，差不多小侠的头也被淹没了。小侠闻到这水的臭味，几乎欲透不过气来，心中的难受，觉得还是死了的好。这时，又听月姑说道：

"周爷，我再给你一会儿的时间考虑，你要活命，就快快地答应我。你若要死的，那么咱就老实不客气地把水直淹到你的头顶上来了。"

小侠心中暗想：我这人也呆笨得可怜，事到万急，为什么一些没有随机应变？难道不能将计就计地哄她一哄吗？想定主意，遂抬头望着她说道：

"多蒙如此痴心相爱，我也只好答应你的了。"

吴月姑听他答应了，不由芳心大喜，遂把机关收住，只见那水像潮一般地退尽了。霎时之间，地上水已退尽，只有两条已死的穿山甲僵卧地上。吴月姑向上面一个翻身，早已跳到水牢里来，向小侠盈盈地一笑，说道：

"周爷，你不是已经答应我了吗？大丈夫一言为定，想来你不会反悔的吧！"

小侠见她身材娇小，体态轻盈，年二十三四，风流意态，令人魂销，虽然很是可爱，但他却无动于衷，正色地说道：

"吴姑娘，你在说什么话呀？咱何尝答应过你什么事情啦？"

吴月姑娘听了他这些话，气得柳眉倒竖，杏眼圆睁，拔剑在手，向他一扬，恨恨地骂道：

"你这小子，言而无信，胆敢相戏姑娘耶？"

小侠见了，脸无惧色，笑道：

"姑娘何必发怒？我乃故意和你开玩笑耳！"

吴月姑这才回嗔作喜，收起剑，走到小侠的身旁，两手捧了他的脸，对准他的嘴唇，接了一个甜蜜的长吻。小侠被她这么一来，真是敢怒而不敢言，遂忙说道：

"姑娘，你也太性急了，快些放了我的手，我手麻木得厉害呢！"

吴月姑听了，并不说话，却把自己的小舌尖放在小侠嘴中游行着。小侠到底是已经到成年时期了，如何经得月姑这么妖形怪状地撩拨？因此他全身起了异样的变化，也不禁为之情动起来。月姑伸手去一握小侠的家伙，已是昂然而挺，她芳心乐得欢喜万分，遂把机关放下，小侠的两臂也就恢复了自由。小侠既恢复了自由之后，他的脑部立刻又清楚起来，暗想：如此可恶的淫妇，真害人非浅也，留她何用？于是冷不防飞起一腿，向吴月姑的下部踢去。吴月姑还以为他情动性动，必定可以和自己胡调去了，谁知小侠这人，倒真像个铁石心肠般地又会和自己翻脸无情，因为没有防备，所以身子竟被踢倒在地。小侠见了，心中大喜，抢步上前，正欲把她结果性命，不料突然间一阵头昏目眩，他自己的身子竟然跌倒地下去了。

诸位，你道这是为什么？原来吴月姑翻身跌倒的时候，她伸手在腰间取出一方迷魂帕，原是她最后的一件法宝，所以就把小侠迷倒了。月姑翻身跳起，心头真有说不出的愤怒，拾起地上宝剑，举手欲斫，她俏眼又瞥见到小侠的脸，白里透红，真是俊美万分，一时把手中的剑懒懒地又放了下来，不禁深深地叹了一口气，说道：

"冤家，你叫我怎么能够杀得下手呢？"

于是她把小侠身子抱起，飞身跳出水牢，到她自己的卧房里去了。在卧房里，月姑把小侠放到床上，给他衣裤完全地剥尽，只见小侠全身肥白，肌肉结实。月姑芳心怦然一动，她的粉脸立刻像朵桃花似的娇红起来，于是很快地把自己衣服也都脱去，跳到床上，抱住了小侠。齐巧小侠这时醒来了，他一见这么情景，真是怒不可遏，遂愤然地把她掀落床去，自己纵身跃起。月姑也一骨碌翻身跳起，两人赤条条地在室中一来一往交战起来。小侠见她身上像一只绵羊似的，胸部乳峰高耸，还不住地颤动，把个小侠瞧得心似小鹿般地乱撞，他几乎有些不能自持起来。因为心无二用的缘故，所以小侠竟被月姑一拳击倒。就在这时，月姑的身子也直扑了下去，齐巧和小侠成个嘴对嘴，于是趁势把小侠狂吮了一阵。小侠被她吮得全身软绵，竟没有了挣扎的余地了，这就口中大骂道：

"淫妇如此不知廉耻，真杀不可赦矣！"

月姑向他狠命地一压，只觉下面已大半地进去了，不免乐得狂动，笑道：

"周爷真是呆虫，如此美味之物，汝竟不欲一尝耶？汝且别动，姑娘孝敬你，准叫爷快乐是了。"

就在这个当儿，忽然哧的一声响亮，小侠只见血花飞溅，沾了自己一脸孔，再瞧月姑的身首已是分离的了，一时倒大吃了一惊，立刻推开尸体，跃身跳起。只见窗外飞进一个少女，娇斥道：

"淫妇丢尽女子之脸甚矣！若不杀之，怎消姑娘心头之恨？"

小侠见那少女，身穿月白绣红花的袄，一条葱绿的裤子，下面露出两只血红了鞋的尖儿，亭亭玉立，真是仙子凌波，遂向她深深一揖，说道：

238

"多谢姑娘相救之恩，实令人不胜感谢了。"

谁知那少女睹此情景，身子便别了转去，红晕满颊，显出无限娇羞的神气。小侠起初倒是一怔，及至瞧到自己身上还是一丝不挂，这就猛可地理会了，忍不住也微红了两颊，慌忙走到床上，把衣裤匆匆穿上，说道：

"姑娘贵姓大名？不知如何知道淫妇在此相欺，故而前来相救耶？"

那少女这才回过身子，和他还了一个礼，说道：

"咱乃万雪姣是也，因为见小英雄坐怀不乱，心中敬服，所以特地相救的。"

小侠道：

"那么咱们一块儿杀将出去，把院中杀个干净，岂非痛快？"

万雪姣道：

"且慢，这儿机关众多，且天天道人邪术厉害，英雄恐非他的对手，所以这是千万使不得的。"

小侠道：

"那么依姑娘之意思将如何？"

万雪姣道：

"待姑娘送你出院，英雄还是勿管闲事为妙也。"

小侠听了这话，好生不悦，暗想：莫非这姑娘也是院中之人吗？遂道：

"万姑娘，我问你，你叫我不要管此闲事，那么你到此这儿是做什么来的呀？"

万雪姣道：

"不瞒英雄说，姑娘实天天道人之徒儿也。此女子吴月姑，乃天天道人之师妹，平日好色如命，吾素恨其不知羞耻，故而杀之。"

小侠听了这话，心头倒是别别地一跳，遂沉吟了半晌，说道：

"天天道人无恶不作，罪孽深重，姑娘何以拜他为师？岂非明珠暗投耶？吾闻良禽择木而栖，贤臣择主而事，今姑娘置身于此罪恶之地，这不是有委屈姑娘之身耶？吾劝姑娘终身幸福计，该助吾一臂之力，同灭恶道，以重睹光明为幸，未知姑娘意下如何？"

万雪姣听了，微微地点了点头，秋波脉脉含情地瞟了他一眼，表示感激他的意思，说道：

"英雄金玉良言虽然甚善，姑娘亦早思及，但其中自有不得已之苦衷在耳！"

小侠听她这么地说，甚为奇怪，遂说道：

"姑娘有何苦衷，亦能相告一二否？"

万雪姣叹了一口气，说道：

"姑娘是被人家抛弃野外的一个婴孩，被天天道人抱归来此，他用猛虎将我哺乳养育成人，并且教我种种的本领。虽然他的行为可恶，原是杀不可赦，但他实在是我一个大恩人，而且对我说的话也很听从，姑娘若就此背他，大不义也。英雄听了，此不是说不出的苦衷吗？"

小侠听了，方知那姑娘是天天道人自小儿抚养成人的，她不忍背他，这也是她的一片仁义之心，倒不能怪她，遂道：

"虽然姑娘是他抚养长大的，不过他对你的好，你不过是受到一些私意，你应该为大众着想，觉得他对大众的害处是到何种程度。为正义而感动的，从前也有大义灭亲之举。现在天天道人也不是姑娘的生身父母，又何必不忍背他呢？若照此下去，姑娘必受害匪浅也。盖天天道人罪大恶极，江湖上一班英雄无不欲杀之以消心头之恨。他日众英雄一到，岂非玉石俱焚矣？吾今忠言奉告，还请姑娘三思才好。"

万雪姣听他这么地说，遂向他盈盈福了一个万福，说道：

"聆君一席话，胜读十年书，使姑娘顿开茅塞，不胜感激之至。但咱有一个干娘，也在这儿住着，我若背了天天道人，他必把干娘杀死，故而我得先把干娘携之下山，再来向天天道人算账如何？"

小侠听她觉悟，不禁大喜，遂点头说道：

"如此甚好，亦姑娘之一片孝意也。"说着，遂和万雪姣一同出了房间，转了几个弯，到一间禅房。

只见里面坐着一个妇人，年三十四五，虽然徐娘半老，却是风韵犹存。她盘坐于蒲团之上，手敲着木鱼，喃喃地念着经。万雪姣走到她的身旁，低低地叫道：

"妈妈，你且息息，孩子有事情相商。"

那妇人听了这话，便回过头来，向她问道：

"吾儿有何事相商？"

万雪姣尚未回答，小侠忽然瞥见那妇人的面目，觉得好生面善，及至仔细一望，这就哎哟一声叫了起来，猛可走到她的身旁叫道：

"你……你……不是小玉的母亲吗?"

诸位你道那个妇人果系花得雨的妻子芳容奶奶吗？且待下回再行分解吧！

第十二回

似曾相识　诛恶逢爱卿小玉报大仇

　　话说唐芳容大奶奶如何会在浮碧山上修行了呢？这其中当然有个缘故，待作书的来详详细细地报告一下给阅者诸君知道吧！自从周美臣、周德臣弟兄俩带领丽鹃、玉凤、素琴、小侠四人回广东去之后，花得雨和芳容、小玉自然冷清了不少。那时，芳容便向花得雨劝道：

　　"大爷，你本来雄心勃勃，想造反做皇帝，所以家中养了三名教师，还有一个玉凤师妹，如今教师全已死了，而玉凤亦已嫁人走了，你的妄念，从此也可以打消了。就是八个姨奶奶吧，老三、老四都已没了，尚有六个姨奶，实在也已经太多，因为大爷一个人精力到底有限的，但是既已娶了进门，总不能无缘无故地再把她们甩出去。不过我有一句话要关照大爷，从此以后，千万别再去看中人家的姑娘了，还有一层，家中的庄丁太多了，被外界知道，也不大好听，所以给他们一些银两，嘱他们回家做买卖的做买卖，耕种的耕种，岂不是好？就是你自己吧，也该好好休养一下，安闲地享个清福了。"

花得雨听了，点头称是，说道：

"奶奶的话，我全已听从。自和美臣认识至今，几个月来，我的脾气不是已完全改好许多了吗？"

芳容笑道：

"这是你被周爷感化的，圣人所谓近朱者赤，近墨者黑，其信然矣！只怕你往后又交结了几个无赖朋友，则你故态复萌，叫我担心。"

花得雨摇头笑道：

"这是绝不会的了，奶奶尽可放心。"

于是他把家中原有五百庄丁，每人百两银子，尽皆散去。从此他每月在芳容那儿宿十夜，其余日子，在六个姨奶房中挨次轮流。芳容在十夜之中，花得雨行房事也只不过一次，但六个姨奶的心中都甚妒忌，说只知自己吃饱，却不顾别人家饥饿，所以免不得偷鸡偷狗，也只有瞒着一个呆爷罢了。

这天，雨落得很大，花得雨正在书房闲坐，忽然门役报告，有辛地虎拜见。花得雨知道是天天道人的徒儿，遂命进内相见，彼此握手问好，辛地虎道：

"咱刚从云南回来，不料经过府上门口，天就落大雨，故而前来躲避一下。"

花得雨道：

"原来你是到云南去过了，怪不得这几个月来就不见你来游玩，不知老弟上云南是做什么去的？"

辛地虎道：

"师父要炼一颗丹丸，吃了可以长生不老的，然而缺少几样药品，所以叫我到云南去采办的。"

说到这里，又放低了喉咙，笑道：

"上次我送来给你的人生永久丸，不知老兄可曾尝试过吗？"

花得雨听了这话，猛可想起小桃脱阴而死的事情，不禁摇了摇头，说道：

"这丸药太厉害，一个丫鬟竟脱阴而死了，所以咱试过一次之后，虽然尚有数颗留着，却不敢再用了。"

辛地虎笑道：

"此丸一服后，可以使女子心花怒放，但男子得阴精之补养，自可以延年益寿的。老兄可以拿几个面目丑陋的丫鬟作为试验品，即使再有脱阴之事发生，也不足以可惜的了。"

花得雨道：

"话虽这么地说，但为了自己增加寿命，使一个姑娘陷至死地，这到底太不忍心一些了吧！"

辛地虎笑道：

"老兄真仁慈之至，令人敬佩。"

花得雨于是命人摆席，和辛地虎欢然畅饮。直到晚餐完毕，那雨还没有停止。花得雨道：

"老弟就在舍间暂住一宵，明天回寺也不为迟。"

辛地虎拱手称谢，于是就睡在花得雨的书房里了，因为酒喝得颇多，所以倒头便即入梦。这一觉醒来，时正三更，辛地虎听雨声已止，窗外透露进来一片月色，倒是挺清辉的，于是起床推开窗户，抬头见碧天如洗，万里无云，只有皓魄一轮，光圆无比。这就暗想：凄风苦雨之后，竟有这么一片清辉的月光，真叫

245

人意料不到。因为睡畅之后，精神颇畅快，遂飞身跳到花园里去，在月光之下，慢慢地踱了一会儿步。前面是一个荷花池，天气已到冬的季节，故而池中颇为肃杀，没有红花绿叶，只有一池清水在月光下荡漾，仿佛倒翻了一池塘的水银。辛地虎望着池水，不免出了一会儿神，忽然一阵夜风吹来，有女子咻咻的笑声触入耳鼓。一时颇为奇怪，遂回眸四顾，只见靠西葡萄棚过去，有平屋三间，窗内有灯光射出，凝神细聆一会儿，觉笑声正从屋内播送而出，于是他淫心一动，再也忍熬不住地走了过去，站在窗口旁边，凑眼偷窥。不料经此一窥，使他心别别似小鹿一样地乱跳，全身一阵子热燥，暗想：这两个女子是谁？真也可怜得很，有此良田，竟无耕夫前去开垦也。你道他瞧见的是幕怎么的情形？原来这是六姨奶的卧房，因为花得雨这几天正睡在大奶奶的房中，所以她约了九姨奶和她做伴同睡。两人躺在床上，紧紧地抱在一起，六姨奶笑道：

"我可不是大爷，你抱得我这么紧干吗？"

九姨奶听了，忍不住咻咻地一笑，忽然又满面娇嗔，冷笑了一声，说道：

"芳容这只老狐狸最不要脸孔，你瞧她在我们面前是多么的正经，还叫我们要爱惜大爷的身子。她自己伴了大爷连睡十天，天天玩儿，夜夜玩儿，难道倒可以了吗？自己吃得饱，人家饿得饥。唉！这人会有好死吗？我巴不得她早日死了，那么我们六个姊妹就和大爷夜夜睡在一张床上，岂非是好？"

六姨奶听到后面这句话，不禁扑哧一声笑了，说道：

"七个人睡一张床，那张床也没有这样大的呀！"

九姨奶道：

"不是可以定制的吗？"

六姨奶道：

"这么一来，你们不是人，倒像猪猡哩！"

九姨奶听她占自己便宜，遂伸手捏住了她的乳头，笑骂道：

"我们是猪猡，你难道就不是了吗？"

六姨奶怕痒，一面咻咻地笑，一面只好连连地告饶，说道：

"好妹妹，你别胡闹了，人家肉痒哩！"

九姨奶却把小嘴儿一噘，哎哟了一声，说道：

"我摸摸你，你就装腔作势了。假使是大爷的话，我想你欢迎也来不及哩！"

六姨奶啐她一口，嗔道：

"谁告诉你的？我想这是你的不打自招，大爷一摸了你这个，你就乐得心花怒放了，是不是？"说着，把手也按到她的胸前去。

九姨奶没有拒绝她，反把小嘴儿吻到她的唇上去，发狂似的吮了一阵。六姨奶被她这么一来，全身也起了异样的变化，笑道：

"这妮子发疯了，那算什么意思？"

九姨奶道：

"我忍受了八九天，实在熬不住了，等大爷挨到我的房中，不是还得半个多月的日子吗？这叫我如何活得下去？六姊姊，你为什么身上不多生一根东西呢？否则，你也好给我大爷做个替身。"

两人说着说着，便颠鸾倒凤起来，这一幕颠簸的情形，齐巧被窗外的辛地虎偷窥了，你想，如何不要叫他欲火高燃起来呢？当时辛地虎再也按捺不住，也不管她们是花得雨的什么人，就立刻破窗跳了进来，直奔到床边，将六姨奶搡进床里，奋勇就战。六姨奶、九姨奶两人冷不防瞧此情景，起初是非常地害怕，直到后来，九姨奶不但不怕，而且爱极欲狂，暗想：这是什么天上掉下来的一个好宝贝，竟比大爷更厉害得多了？因为九姨奶过分地欢喜，心花怒放，不免一泻如注，早已软化在床上。辛地虎因为旁边尚有一个女子，于是把六姨奶扑倒直干。这一场交战，真所谓将遇良材，声震屋宇，差不多有一个时辰，两人才心满意足。九姨奶先问道：

"这位大爷贵姓大名？如何到此的？"

辛地虎向她们告诉了，一面又问两人是谁，方知是花得雨的爱妾，这就大吃了一惊，暗想：糟了，若被花得雨知道，这还当了得吗？于是他便起身下床，意欲越窗而走，谁知却被九姨奶一把抓住，急问道：

"辛爷，你这时到什么地方去呀？"

辛地虎被抓，只得又在床上坐下了，回眸向她们望了一眼，说道：

"两位有所不知，花得雨乃盖世英雄，他若知我戏她爱妾，岂肯饶我？"

九姨奶因为已知道他的功夫，自己也尝到了滋味，这样一个宝贝，何处去觅？所以岂肯轻易地放过？遂冷笑了一声，故意激他说道：

"我以为辛爷是个顶天立地的英雄，谁知竟胆小如鼠耳！"

辛地虎听了这话，不觉满面羞惭，说道：

"并非咱胆小如鼠，因为咱和花爷乃是好友，朋友之爱妾，岂可相戏耶？"

六姨奶道：

"辛爷既如此明白，你也不该跳进咱们的房中来了。你若怕花得雨撞见知悉，那么咱们亦岂不会向彼告诉吗？"

辛地虎被她这么一说，倒是愕住了一会儿。九姨奶嫣然地一笑，接着又道：

"辛爷切勿害怕，我告诉你吧！花爷共有一妻六妾，平日每月在大奶奶房中宿十夜，共余二十日我们六人分派，每人不到四夜。你想，咱们如何受得了？所以咱们对于辛爷这么一个人是非常的需要，假使你不嫌我们丑陋的话，你只管夜夜来好了，我们是欢迎之至。若说恐怕被花爷知道，这是绝不会的。只要我们不泄露消息，还有谁知道这些事情呢？"

辛地虎听了这话，方知花得雨一个人拥了七个美人，这就无怪他应酬不过来了，遂笑道：

"既承两位这么地抬爱，咱岂有不乐从的道理？但花爷既然这么疼爱他的妻子，何必还娶了这许多美妾，叫你们独守空房，这也太岂有此理了。"

九姨奶道：

"你不知道，大奶奶虽然年已二十八岁，但风流意态，不减少年，她一定有种特别的功夫，使男子会死心踏地地拜倒在她石榴裙下哩！"

在九姨奶这么地说，原是恨芳容的意思，不料辛地虎听了，却信以为真，因此他便存了一个心，预备将来也能把芳容搭上了手才甘心哩！从此以后，辛地虎就时常在黑夜里出入花得雨的家中，和六姨奶、九姨奶寻欢作乐，十分得意。

这天合该有事，花得雨因为睡不熟，同时又因为八姨奶月事在身，所以他便走到九姨奶房中来。谁知敲了许多时候的门，却不听九姨奶的答应，暗想：这妮子真睡死了，于是也不再敲下去，自管走到花园里来踱步。当他走到六姨奶卧房边的时候，却听里面有男女嬉笑之声，心中这就大疑，遂步近窗边去一瞧。这一瞧望，真是不瞧犹可，把个花得雨气得怪叫如雷。这时房内的辛地虎和六姨奶、九姨奶正在甜蜜地工作着，突然听有人在窗外大叫了一声，辛地虎是个机警的人，他就知事不好，暗想：事到如今，总得先落手为强了，于是他翻身落马，运足内功，吐出一道剑光，直向窗外射去。花得雨因为辛地虎戏她两个爱妾，气得火星直冒，立刻破窗而入，但是花得雨真正倒霉，他如何想得到辛地虎就会吐出剑光来杀他？所以在他跳进房去的时候，齐巧剑光疾飞而来，这一下子，任你有天大的本领也是躲避不及。花得雨只觉一道凉气直冲脑袋，不禁哎哟了一声，不料"哟"字还未喊出，血花飞溅之处，花得雨早已身首分离，尸身直跌进房中来了。可怜花得雨因不肯听从芳容之劝告将众姨奶遣散，以致今日有杀身之祸。不过以因果论，过去几年中被花得雨杀害之人也是无数，所以结果，他自己也死于非命。可见作恶之人，绝无好下场。这且不提。

再说六姨奶、九姨奶见花得雨尸身向房中直跌进来，仔细一望，竟已没有了头，心中这一吃惊，不禁竭声地大叫起来。辛地虎却把她们嘴儿扣住了，说道：

"你们不要大喊，喊了有什么用？"

六姨奶心中一酸，落下泪来，说道：

"你怎么把花爷杀死了？那你也太辣手了。"

辛地虎笑道：

"我非愿意杀他，无奈他不死，你我三人恐怕均要死于他的手中了。"

九姨奶这才恍然，推了推六姨奶的身子，说道：

"六姊，辛爷之言甚然，我们不伤他，他必伤我们，为我们生命计，岂能放过于他？只要有辛爷每夜做伴，花爷虽死又何妨耶？"

不料九姨奶话还未完，突然窗外飞射进来三支银镖，一支正中九姨奶的咽喉，她娇声地哎哟了一声，一缕风流冤魂也早已追随花得雨去了，一支银镖却中在六姨奶的胸部，把她痛得昏倒床上，还有一支竟中在辛地虎的臂膀，鲜血也立刻冒了出来。这时，就见一个女孩子跳进房中，手执宝剑，直奔床边，口中还大骂道：

"爸爸待汝等不薄，淫娃胆敢私通汉子，伤害爸爸之性命耶？"

原来这女孩儿不是别人，却是花得雨的女儿小玉。小玉这晚躺在床上，忽然想起保官、玉凤等人，不知已经到什么地方去了，所以翻来覆去，再也不能合眼了，于是她悄悄起身，跨过芳容的身子，跳下床来。在壁上取过长剑，披上了衣服，到花园里舞剑玩儿去了。舞了一会儿之后，她忽然瞥见爸爸一个人也在踱步，心里一欢喜，遂悄悄地走过来，意欲和爸爸开个玩笑，谁知爸爸却直向六姨奶房中奔去，而且还怪叫了一声，接着爸爸的头竟滚了下来。小玉心中这一吃惊，真是非同小可，立刻追到窗边，忽然听得九姨奶这几句毫无心肝的话，方知爸爸是被奸夫、淫妇谋害了，于是在袋中摸出三支银镖，向他们脑袋直放了过去，同时把身子也跳进房中，仗剑向辛地虎头顶直劈了过去。辛地虎见是个女孩子，哪里放在心上？遂把身子跃过一旁，不料小玉这一剑斫下去，正中六姨奶的手臂，慌忙抽回宝剑，再向辛地虎挥来。谁知却被辛地虎飞起一腿，把小玉的身子像球儿似的直抛出窗外去了。辛地虎尚不肯饶过于她，追出窗外来瞧，四处找寻了一会儿，却不见了小玉的人影子，一时暗暗奇怪，因为他知道房中六姨奶、九姨奶都已死去，所以不再进房，便飞身出了花家，直奔回到浮碧道院中去了。

且说芳容一觉醒来，忽然不见了床上的小玉，一时倒猛吃了一惊，遂即披起衣服，连叫了两声小玉。但小玉不曾答应，却把睡在下榻的碧秋喊醒了，她揉擦了一下眼皮，也翻身坐起，问道：

"奶奶，你喊小姐做什么？"

芳容道：

"你快亮了灯火，床上的小玉不见了呢！"

碧秋听了这话，急得芳心乱跳，慌忙亮了油灯，走到床边，问道：

"好好的怎么小姐就不见了？莫非她睡不着到院子里玩儿去了吗？"

芳容虽然也这么地猜，不过她怕被歹徒所劫了，所以和碧秋一同到外面，传命众仆人、仆妇起来，到园中四处找寻。她自己和碧秋也匆匆地往花园里来，口中还连声地叫着小玉。在经过六姨奶房屋的前面，碧秋的脚突然在地上踢着了一样东西，低头往下一瞧，虽在月光依稀之下，总也瞧清楚那是一个人头，而且还是大爷的头，芳心这一吃惊，真是非同小可，不觉掩着脸，竭声地大叫起来。经碧秋这一声大叫，把四周找寻的仆妇人等都奔了拢来瞧究竟。芳容也脸无人色地问碧秋做什么，碧秋指着地上那颗人头哭起来，说道：

　　"奶奶，你……瞧这地上不是我家大爷的人头吗？"

　　芳容一听这话，也连忙定睛望去，这一望真是痛断肝肠，大叫一声"天哪"，她的身子便向后跌倒下去了。碧秋见奶奶昏厥，急得连忙又抱住了，哭喊不停。过了好一会儿，才见芳容哇的一声哭出来，乱撞乱颠地叫道：

　　"天呀！这……这是怎么的一回事呢……怎么你会被人家暗杀了？"

　　碧秋见奶奶仿佛欲发疯的样子，遂把她抱住了，哭着劝道：

　　"奶奶，你且不要伤心，事情到底也要调查个明白，大爷的尸身在哪里？今夜大爷不是睡在八姨奶房中吗？你们快把八姨奶去喊了来问话。"

　　仆妇们不敢怠慢，遂匆匆地去了。这里芳容停止了哭泣，正欲命人去找大爷的尸身，碧秋忽又瞥见六姨奶的窗户开着，过去一瞧，不觉面红耳赤，向芳容连连招手，叫道：

　　"奶奶，你快来看吧！这是怎么的一回事情呢？奇怪奇怪！"

芳容一听，连忙奔了过去瞧。只见床上躺着六姨奶和九姨奶两个人，却是全身精赤，一丝不挂，但两人满身血渍，都已受伤甚重的样子。再瞧窗口旁边，倒着一个无头的尸身，正是花得雨。芳容心中这就明白了几分，但是又觉得非常的奇怪，不免又气又急，立刻绕了圈子奔到六姨奶的房中来。走到床边，指了六姨奶问道：

　　"你们……谋害了大爷了吗？快说，快说，这究竟是怎么的一回事？"

　　其实这时九姨奶早已气绝多时，六姨奶因为伤非要害，所以也只不过留有了一口气。今见大奶奶哭得泪人似的向自己这么急急地追问，一时良心发现，也不免泪如泉涌般地滚了下来。只说得一句大爷是被辛地虎杀死的，她的双眼一闭，也完了这一口气。芳容细瞧两人，原来都已气绝。这时，二姨奶、五姨奶、七姨奶、八姨奶和碧秋等也都拥入房内，一见这个情形，均各吃惊不小。芳容先向八姨奶问道：

　　"大爷今夜原宿在你的房中，如何你就不管住他呀？"

　　八姨奶急得双泪交流，觉得事到此地步，也顾不得羞涩，遂从实告诉道：

　　"大奶奶，这两天我的身上齐巧来了月水，大爷嫌寂寞，说今夜睡到九姨奶房中去。不瞒大奶奶说，我平素原爱清静，所以出家修行，这次被大爷强占为妾，原也是无可奈何的事情，所以大爷要睡到九姨奶房中去，我也没有阻止他，就随他去了。至于以后大爷如何会在六姨奶房中遇了害，这个我委实没有知道呀！"

　　芳容听了这话，凝眸含颦地沉思了一会儿，暗想：六姨奶告

254

诉大爷是辛地虎所杀的，那么照此猜想，六姨奶、九姨奶这两个淫妇一定私通辛地虎，今夜大爷去找九姨奶不着，所以又来至六姨奶房中，以致撞见奸情，遂把两个淫妇杀死，而他自己也被辛地虎杀了。不过这感到奇怪的，大爷是个身怀绝技的英雄，既把淫妇杀死，如何自己反被辛地虎所伤害呢？那不是可疑吗？若说大爷和六姨奶、九姨奶寻欢，辛地虎前来闹事的，那么大爷身上衣服为何穿得整整齐齐的？可见前者猜测是对，后者是错的，一时不禁望着六姨奶、九姨奶尸身恨恨地骂道：

"淫妇死有余辜，你们竟谋害了大爷。"

骂到这里，忽又想花得雨今日惨遭杀身之祸，总也是他过去作恶的下场，不过为自己今后的身世着想，真是不胜惨痛，因此不觉捶胸大哭。二姨奶、五姨奶等见了，自然也陪着痛哭。一时之间，哀号之声震动屋宇，令人闻之辛酸，真是惨绝人寰。碧秋见奶奶们大哭不绝，一时也落泪不已，但她突然又想到了一件事，觉得我们真也急糊涂了，于是忙又拉了拉芳容的身子，叫道：

"奶奶，人死不能复生，哭也无益，倒是我们这位小玉小姐不是依然没有下落吗？她到什么地方去了呢？奶奶不是该设法把她找着了是正经吗？"

碧秋这两句话才算把芳容提醒了，这就停止了哭泣，却又急得顿脚不已，大声叫道：

"老天呀！你也太残忍了，在这一刹那间，难道你要把我弄得家破人亡了吗？"

说到这里，又向众仆妇大骂道：

"你们这班只会吃饭的死人，你快把我的小玉去找回来，若找不回来，你们一个也都不用回来了。"说毕，又呜呜咽咽地痛哭不已。

众仆人知道奶奶是慈爱的，她今日所以这样不讲理地愤怒着，这是因为她刺激受得太深刻的缘故，所以心里不但不怨恨，反而暗暗地代为伤心并可怜她，于是连声地答应了一个"是"字，大家分头找去了。这里碧秋拉着芳容的身子，说道：

"奶奶，事到如此，也没有什么办法了，奶奶自己身子保重要紧，大爷的后事就给姨奶们料理去吧！你且回房去息息。"

众姨奶一面哭，一面也劝芳容去休息。芳容遂和碧秋回到房中，躺到床上，忍不住又号啕大哭，一会儿哭大爷啊，你不听我的忠告，以致今日到此下场，叫人是多么地痛心。一会儿又哭小玉我的儿啊，你又到什么地方去了，难道是被强徒劫去了吗？碧秋听她哭得伤心十分，因此也淌泪不已。这样直到东方发白，仆人等站在房门口，都欲回话又不敢回话的样子，悄悄地唤碧秋出外。碧秋问道：

"什么事情？"

仆人等道：

"我们整个的村庄都找遍了，实在没有小姐的影子。生恐奶奶心中伤悲，所以不敢进来告诉。"

碧秋道：

"我知道了，你们到外面料理大爷的后事去吧！"

众仆人点头称谢，遂匆匆自去。碧秋悄悄地回进房中，向芳容说道：

"奶奶，我瞧小姐一定是被辛地虎捉去了，否则，她又到哪儿去了呢？因为他们各处都找遍了，实在没有小姐的影子呢！"

芳容听了这话，又呜咽地痛哭不止，说道：

"大爷被杀，小玉被劫，这不是硬生生挖去了我心头的肉吗？天哪！这叫我做人还有什么趣味呢？倒不如死了干净吗？"

碧秋含泪劝道：

"奶奶，你别这样的消极吧！我想小姐虽然被劫，她一定是会得到救星的。否则，我们着人立刻赶到广东中山县的周家村去报告周大爷并周小姑爷，小姑爷年纪虽小，本领可大，他一听这个消息，必定立刻赶来，那时奶奶不是可以嘱小姑爷上浮碧山去报仇吗？"

芳容听她这么说，倒也觉得很有道理。正在这时，二姨奶进来向芳容告诉道：

"奶奶，大爷的寿衣寿材原早已备好的，现在把他移尸大厅，叫成衣匠把大爷的头缝了上去，并且好好化妆过，所以倒还瞧不出什么破绽。奶奶此刻要不去瞧瞧吧！"

芳容听了，一面哭泣，一面跟着到大厅上来。只见大厅上已围了素帏，点着香烛，供着糕饼，桌旁有八个师太，一面手折锡箔，一面口念佛经。八姨奶也一面念经，一面垂泪哭泣。芳容瞧此情景，已经辛酸，待一进素帏之后，只见花得雨开了双眼，躺在床上，身上用绣花被盖着，脸宛若生前，一时心碎肠断，奔了上去，抚尸大哭。幸而后面的碧秋把她拉住了，她才不能过分地撞颠。这时各姨奶进来，也跟着大哭，这一哭，真是仿佛巫峡啼猿，惨绝人寰。好容易碧秋等把芳容劝住了，仆妇又拧上手巾，给大家拭泪。二姨奶道：

"奶奶，还有六姨奶和九姨奶的后事怎样料理？我不敢做主，所以向奶奶请一个示。"

芳容听了，满面娇怒，恨恨地道：

"你们知道大爷是谁杀死的？就是这两个不要脸的淫妇杀死的呀！她们一定和辛地虎私通了，被你们的大爷撞见了，因此和辛地虎翻脸争斗，你们大爷也许是一不小心，所以竟被辛地虎杀死了。思想起来，这两个淫妇虽然把她们碎尸万段，也难消我心头之恨。如今她们也不知是怎么样死的，死也罢了，还给她们用什么棺材，把她们抛到野外喂狗吃去是了。"

二姨奶知道她是愤怒到了极顶的意思，遂也不再作声，直待芳容怒气稍平的时候，方低低地说道：

"奶奶是个慈悲的人，虽然两个淫妇死有余辜，然而死已死了，我们也可怜她们一些，若把她们尸身抛在野外，被外界知道，究竟不大好听，所以依我之见，把她们草草入殓，也就罢了。"

芳容叹道：

"这些事也由你去吧！我也管不得这许多的了。"说毕，又呜咽啜泣起来。于是大家也凄然落泪，抽噎不停。

待花得雨入殓完毕，时已黄昏，大家因一夜一日没有休息，此刻哭也无泪了，人也倦了，因此吩咐几个壮年仆人守在灵柩旁边，她们都去休息。到了次日，照芳容意思，把六姨奶、九姨奶棺材都去后山安葬，花得雨在家停柩四十九天，待终七之期，再择地安葬。在这七七四十九天之内，用高僧二十四名，给花得雨超度亡魂，早升天国。

光阴匆匆，不觉已到二七之期。这晚，芳容哭哭啼啼地在花得雨灵前痛伤了一会儿之后，碧秋劝她回房息息。芳容叹道：

"人死了，在活的人给他计算着，日子真快，一忽儿又过去半个月了。但我的小玉，真难道杳无信息了吗？唉！我唐芳容生前作过了什么孽，所以今生才会这么的命苦啊！"说毕，不禁又泪如雨下。

碧秋安慰她道：

"凡事都有一个定数，小姐若有命的，也许她早已遇了救星哩！所以奶奶千万不用悲伤，可怜你这半个月来的日子，真也瘦得厉害呢！此刻奶奶想也饿了，我给我把煮热的燕窝粥去盛一碗来吧！"

芳容却手托香腮，默不作答。碧秋遂悄悄地到厨房里去了，待碧秋盛了燕窝粥回房，忽然瞥见一个黑影子，背上负了奶奶，向窗口飞了出去。碧秋知奶奶被歹徒所劫，凭了她一股忠义之气，遂拔出壁上挂的宝剑，向窗外直追，口中犹娇声斥道：

"好大胆的狗蛋，胆敢劫吾奶奶耶？"

原来碧秋平日跟随小玉身后，也学会了几路拳术和剑法，所以她提剑向窗外飞纵出去。不料她才到窗口旁，外面半空中便飞射来一支银镖，向碧秋脑袋直射。碧秋待要躲避，但哪里还来得及？这就哎哟了一声，仰天跌倒地去。齐巧二姨奶有事情来和芳容商量，突见碧秋脸上中了一镖，鲜血直冒，倒在地上，于是急忙奔到她的身旁，问这是怎么的一回事，奶奶到哪儿去了？碧秋可怜已口不能言，向窗外指了指，最后蹦出三个字来道：

"劫去了……"说罢,一缕忠勇之英魂竟然脱离了这个黑暗的世界。

二姨奶见碧秋已死,奶奶被劫,这就大惊失色,向房外直逃了出去,对八姨奶等大叫道:

"哎哟!不好了……奶奶被强盗劫去了,碧秋也中镖死了。"

八姨奶正在念佛,听了这个消息,失惊道:

"二姊姊,你这是什么话?大奶奶被强盗劫到哪儿去了?"

二姨奶道:

"我如何的知道?你们快跟我到奶奶房中去瞧个仔细吧!"

七姨奶、八姨奶胆小,吩咐众仆妇一同去,于是大家到了芳容的卧房,只见窗户大开,碧秋倒在血泊之中,竟然已死去多时矣!八姨奶心中悲伤,不禁失声痛哭。二姨奶也为之泪湿衣襟,不料五姨奶、七姨奶却脸有喜色,把八姨奶劝住道:

"八妹,你还伤心哭什么?我们从前也受了大奶奶多少的闲气,今日为盗所劫,也是眼前报应,叫人痛快哩!"

八姨奶听了,心中颇不以为然,但生恐伤了彼此的和气,也只好说道:

"不过碧秋死得很伤心,我的意思,把她葬在大爷的旁边,以表她的尽忠。"

二姨奶点头称是,但七姨奶、五姨奶却反对道:

"这是什么话?六姨奶、九姨奶死了,大奶奶待她们这么的刻薄,她不过是一个丫鬟罢了,算得了什么?"

八姨奶听了,冷笑了一声,说道:

"六姊、九妹的死,是多么的可耻,况且大爷又为她们而死,这也怨不了大奶奶痛恨的。现在碧秋为主尽忠，这是多么难得，如何便说算得了什么呢？"

七姨奶啐她一口，骂道：

"放屁！什么可耻不可耻？你难道不偷汉子的？"

八姨奶气得浑身发抖，说道：

"我当然是从没有偷过汉子的，谁像你们……"

谁知老七、老五听了，便欲赶上来打老八。老二连忙拦住了，说道：

"奶奶被劫，我就是一家之主了，对于这些事情，我自会料理，你们都不许吵闹的。"

五姨奶、七姨奶听了，也只好含恨走开。这里八姨奶对二姨奶道：

"二姊的意思怎样？"

二姨奶道：

"你说得很对，不过她们两人有些生异心了，我们早晚总要分手的。其实大爷待我们也不薄，如今大爷死了，奶奶又被劫，我们也该为大爷守一辈子，因为我在过去，也确实很对不住大爷。现在我觉悟了，你瞧好淫贪色的，哪一个有好的下场呢？"

八姨奶道：

"可不是？所以我打定主意，还是继续念佛修行了。"

两人一面说，一面吩咐把碧秋的尸体也移到大厅备棺入殓。从此以后，五姨奶、七姨奶便肆无忌惮，竟然勾引念佛的和尚晚上宿在她们的房中，差不多二十四个和尚，没有一个不给她们搭上了手。二姨奶、八姨奶瞧此情形，实在忍熬不住，所以免不得劝谏了一回，不料彼此却又大闹了一场。

光阴匆匆，不觉已过终七之期。二姨奶做主，把碧秋葬在花得雨大坟的旁边，如此没有过了几天，五姨奶、七姨奶便想出法子，欲把住宅卖去，四人分了遗产，各自走开。二姨奶、八姨奶起初不肯答应，后来经过几场吵闹，也只好答应了她们。齐巧杨南子要座带花园的住宅，所以就买了下来。当时五姨奶、七姨奶和二姨奶、八姨奶分了家产，大家各奔前程。二姨奶和八姨奶就此在附近静土庵里落发为尼，以修来生。五姨奶、七姨奶却各结识了一个小白脸，整整快乐了一年多的日子，后来金钱用尽，被这两个无赖少年卖入窑子里去做妓女，听说后来患了一身恶疾，至于以后的结果如何，却也不得而知的了。这且表过不提。

我们要说到这个劫芳容的贼子到底是谁？原来就是辛地虎哩！辛地虎自从那夜把花得雨结果性命逃上浮碧道院去之后，就和他的师姑吴月姑欢乐了半个多月的日子。原来吴月姑虽然是天天道人的师妹，论年龄却还只有十七岁，辛地虎那时倒已二十七八的年纪了，他在一个夜里，把月姑弄上了手。月姑原已含苞待放，成熟多时，今见辛地虎身强力壮，万分欢喜，所以你贪我爱玩儿了许多日子。大凡一个人总是喜新嫌旧的，日子一久，便会厌了起来。因此辛地虎、吴月姑在有一个时期内，大家各自下山寻野食吃。这晚，辛地虎回院，又和月姑重温旧梦，直到半月之后，各人又厌了起来。辛地虎忽然想起九姨奶说的，花得雨的大奶奶芳容有特别的功夫，能够使男子称心满意的，一时他心里奇痒难抓，遂连夜赶下山来。到了花得雨家中，找到了花得雨的上房，齐巧芳容一个人在对灯垂泪，于是他破窗而入，仗剑飞奔芳

262

容。芳容原是个弱不禁风的女子，一时哪里还有挣扎的余地？同时又气又急，几乎也已昏厥过去。不料这时碧秋正巧端了燕窝粥进房，于是仗剑追出，辛地虎知事不好，一不做，二不休，遂放了一支银镖，就把碧秋一下子伤了命。

话说辛地虎抱了芳容回到浮碧道院，匆匆奔入自己的卧房，将芳容放在床上。芳容这才悠悠地醒转，从床上坐起，向辛地虎戟指骂道：

"你这无情无义、出卖朋友的贼子，我家大爷待你不薄，你竟戏弄朋友爱妾，而且还把朋友害死，又将我小玉孩子劫走，今日又来劫吾至此，意欲何为？"

辛地虎却笑嘻嘻地说道：

"我知大奶奶有特别的功夫，能使男子死心塌地地拜服于石榴裙下，今日劫你来此，正欲请教奶奶的功夫哩！"说着话，身子便挨近过来。

芳容又气又急，又愤又羞，遂不管一切地把头向他胸口撞来，同时抱了他脖子，把嘴在他颊上就是这么狠狠的一口，痛得辛地虎叫声"我的娘，你快放嘴吧，有话不是可以商量的吗"？正在这个当儿，忽然门外推进一个七八岁的女孩子来，瞧了这个情形，却是味味地笑弯了腰肢，叫道：

"师兄，你今日也尝到甜蜜的滋味了！"

这时，辛地虎痛到极顶，遂把芳容狠命地推开，芳容这就仰天跌倒，幸亏被那女孩儿伸手扶起。辛地虎一摸颊上，却是沾了一手的血水，知道是被芳容咬的，一时恨从心头起，恶向胆边生，就抢步上前，举手向芳容脑袋直劈，意欲一拳结果于她。不料却被那女孩儿小手向他轻轻一格，把辛地虎的手就回了出去。她娇嗔着道：

"师兄，你无理殊甚！岂可无故伤人之性命耶？"

辛地虎知师妹十分厉害，且师父又爱若珍宝，所以不敢和她计较，遂愤愤自管走了。芳容见辛地虎走后，遂向那女孩儿盈盈跪倒，说道：

"小姐贵姓芳名，多蒙救我性命，真是再生之恩，令人没齿难忘矣！"

那女孩儿笑道：

"咱姓万名雪姣，大娘别客气，快些起来，师兄好色如命，莫非他把大娘从山下劫上来的吗？"

芳容被她扶起来的时候，见雪姣的小脸儿酷肖小玉，这就心中悲酸万分，不禁呜咽而哭了。万雪姣见芳容美丽异常，令人可亲，遂把她拉到床边坐下，望着她海棠着雨般的粉脸，问道：

"大娘贵姓大名？何事伤心殊甚？"

芳容亲热地握着她手，方拭泪说道：

"我姓唐名芳容，夫家姓花，丈夫花得雨和你师父、师兄都很熟悉的。我丈夫曾娶有几个小星，不料被你师兄所占，事被我丈夫所悉，谁知你师兄反将我丈夫杀死，并且将我唯一的女儿小玉也劫上山来。我正悲愤欲绝，不料你师兄又起歹心，把我也劫了上山，意图非礼，若不是万姑娘相救，我也几乎遭彼之毒手矣！"

万雪姣听了这话，不禁蛾眉倒竖，凤目圆睁，娇斥道：

"师兄丧心病狂，可杀之至！原来你就是花得雨的夫人，那年花大爷也曾上山来玩儿过，和我师父甚为相得。谁知师兄竟起此毒心，殊令人痛恨极也。大娘的女儿小玉今年不知几岁，我却未曾见师兄劫彼上山来过呀？"

芳容道：

"小玉今年六岁，因万姑娘的脸酷肖小玉，所以我心中悲痛，不禁哭泣起来了。"

万雪姣听她说完，又欲盈盈泪下，且瞧她握了自己手，若有无限亲热之意，一时情不自禁地说道：

"花大娘，你女儿若果系被师兄所劫，我一定可以叫他放还你的。想我也是没爹没娘的孩子，若我果然酷肖你女儿的话，就请收我做个干女儿，不知大娘也能答应吗？"

芳容因为要她帮助的地方很多，且她真的和小玉一样令人可爱，今听她情愿做自己的干女儿，这真是一件求之不得的事情，所以忙微笑道：

"承蒙姑娘如此抬爱，岂有不喜欢的道理？但只是委屈你一些了。"

万雪姣也不禁大喜，笑道：

"花大娘，你说哪儿话来？那么我在这儿就此拜见干娘了。"

她一面说，一面向芳容跪了下去，却恭恭敬敬地拜了四拜，把个芳容喜欢得慌忙扶起，连说"孩子起来，罢了，罢了"，于是万雪姣把芳容拉着，向她低低地说了一阵。芳容点头称好，一时暗暗感激，遂跟着雪姣一同步到天天道人的丹房里去了。这时，天天道人正在炼他的长寿不死丸，见雪姣伴了这样妖媚风流的一个妇人进来，心里倒是一动，两只眼睛只管在芳容的脸上打滚。雪姣遂上前叫声师父，说道：

"我给你介绍，这位就是花得雨大爷的大娘，如今是做了我的干娘了。"

天天道人听了这话，连忙把邪念打消，站起行礼。你道为什么？原来他虽然荒淫无度，却有一个规矩，就是自己亲友的女人，任你长得如何美丽，他不起淫心的。所以吴月姑虽然生得十分妖艳，天天道人却没有去看中她。当时芳容见了天天道人这一副骇人的鬼脸，倒是暗暗吃惊，吓得把身子倒退了两步。天天道人笑道：

"花大娘，今日降临敝院，不知有什么贵干吗？"

芳容还没有回答，万雪姣却冷笑了一声，说道：

"师父，师兄做的好事，杀了人家的丈夫，还占了人家的爱妾，又把人家女儿、妻子劫来，这是如何的心肠呀？"

天天道人被她这么一问，倒是弄得丈二和尚摸不着头脑，呆了一会儿，忙问道：

"什么？难道辛地虎把花大爷杀死了吗？"

万雪姣道：

"可不是？"

于是把芳容告诉的一五一十又转告诉给天天道人听，并且又道：

"师父，你得快把师兄喊来，叫他将小玉交出，还该向花大娘叩头赔罪才是。"

天天道人听了，点头称是，一面向芳容安慰，一面吩咐道童把辛地虎叫来。辛地虎到了丹房内，瞧此情形，心里就明白又是师妹向自己捣蛋，因此红了两颊，硬着头皮，只好走了上去，叫道：

"师父，有什么吩咐吗?"

天天道人把铜铃似的眼睛一睁，大喝道：

"好小子! 你做的好事，还在装什么正经? 快跪下来，把所做之事从实告诉!"

辛地虎吓得满头大汗，连忙跪地，倒身下拜，说道：

"小徒罪该万死，实在懊悔也来不及了，千万求老人家饶我吧!"

天天道人道：

"饶你也不难，你快把大娘的女儿小玉交出，否则，便治你死罪。"

辛地虎哟了一声道：

"师父，小徒实在没有抢劫她的女儿呀! 叫小徒又如何地交得出来呢?"

万雪姣插嘴道：

"师兄既没有抢劫上山，如何人家好好的就会不见了呢? 莫非你起个狠心，把她杀死了吗?"

辛地虎听了这话，汗如雨下，以手指天又指地，再指自己的胸部，说道：

"上有天，下有地，良心在当中，一个小女孩子，我怎么会去杀死她呢? 师妹含血喷人，岂非叫我太受委屈了吗?"

万雪姣哼了一声，说道：

"凭你这句话就露出马脚来了，你既没有瞧见过她的女儿，如何知道她是个小女孩子呢?"

辛地虎听了,暗想:师妹真也厉害的,于是只好把经过实情告诉一遍,说道:

"不料我把她踢出窗外之后,却再也找不到她的人了。这全是实话,没有一句说谎。"

芳容听了,方知六姨奶、九姨奶这两个淫妇还是小玉把她们杀死的,一时又肉疼,又悲痛,忍不住又哭泣起来。天天道人向辛地虎喝道:

"还不快向花大娘跪下叩头谢罪?呆着等死吗?"

辛地虎知道师父不忍加罪于自己,所以向芳容叩了个头之后,便一溜烟似的逃到外面去了。这里天天道人向芳容劝慰道:

"事到如此,大娘也不必过分伤心,照咱猜想,小玉定遇异人所救了,不然何以会失了踪迹呢?"

万雪姣听了,也甚觉有理,遂拉了芳容手,说道:

"干娘,师父的话很有道理,说不定你们母女还有重逢的日子哩!如今你也不必回去,就和干女儿做个伴,一切的事情,全由干女儿服侍你是了。"

芳容暗想:大爷既死,女儿又存亡不知,一个人回去,更觉孤独伤心,难得万小姐这么真情相待,何不就在这儿同她做伴住下?只要等待小侠到来,我就有向辛地虎报仇的机会了。想定主意,便也答应了雪姣。从此以后,两人像亲娘儿一般地爱护,芳容每天吃斋念佛,以修来生,倒也安静。

光阴匆匆这么地一过七年,万雪姣也由小女孩儿而变成亭亭玉立、妖媚可爱的姑娘了。

以上事迹且表过不提，再说当时小侠见了芳容，心中大奇，遂奔上去大叫道：

"你不是小玉的母亲吗？如何竟在这儿出家修行了呢？"

芳容见了小侠，因为小侠已长成一个俊美的少年了，所以再也认识不得，呆呆地问道：

"你……你……是什么人？如何就知道我是小玉的母亲呀？"

小侠听果然不错，遂向她扑地跪倒，说道：

"我乃周保官是也，岳母如何不相识耶？"

芳容听这少年就是保官，这就喜欢得淌下泪来，把他抱住了身子，叫道：

"你就是保官吗？唉，我的遭遇好苦呀！若非万小姐相救的话，只怕我的性命也早已没有的了。"说着，遂把过去的事情全都告诉了小侠。

小侠听到花得雨被杀，愤怒异常，听到小玉失踪，又心痛万分，遂把自己七年在山的话也向芳容告诉，并且又向雪姣叩谢相救芳容之恩，同时说道：

"照此说来，劫杨小红者必辛地虎也。刚才被咱砍伤腿部者，亦必是此贼无疑，我当手刃之，为岳父报仇也。"

芳容听了，急问杨小红为谁。小侠于是又把自己到花家庄之经过说了一遍。芳容叹道：

"我走后，连家都变卖了，殊令人痛心也！"

这时，万雪姣方知周保官者，实乃小玉之未婚夫，觉得这真是一件意想不到的事情，所以站在旁边，只管呆呆地出神，却听保官对自己说道：

"万姑娘，你把干娘先背下山去，我向辛地虎报仇是了！"

万雪姣点头称好，于是负了芳容先下山去。这里保官依雪姣所指点之方向，找到了丹房之内，只见天天道人和辛地虎都在里面，一个闭目炼丹，一个却在包扎伤处。小侠拔剑在手，便即破门而入，大喝道：

"好个作恶多端的辛地虎，今日乃汝之死期到矣！"

辛地虎抬头一见小侠，心中倒是吃了一惊，暗想：这小子掉落水牢，如何又出来了？于是慌忙在壁上取下宝剑迎敌。小侠把生平最得意的连环剑法施用出来，杀得辛地虎只有招架的能力，没有还手的余地。天天道人知小侠厉害，遂口吐剑光，直取小侠，小侠把头顶一振，只见也有一道白光射出，两光相触，火星直冒，窸窣有声，格斗不已。辛地虎且战且退，一面也吐剑光，帮助师父同战小侠。小侠毫无畏惧，只见他那道白光好像生龙活虎，十分厉害，天天道人和辛地虎却胜他不得。

正在难解难分之间，突然天空中又来一道紫光，疾驰而下，直向辛地虎头顶上绕来。辛地虎全副精神都在小侠那里，所以对于脑后这道剑光再也意想不到，只听他叫了一声哎哟，身子早已跌倒地上，鲜血飞溅，呜呼哀哉了。

就在这个当儿，半空中飞进来一个十四五岁的姑娘，容貌绝丽，手执宝剑，直取天天道人，口中犹娇斥道：

"恶道，死有余辜！姑娘今日为地方上除一大害耳！"

小侠起初还以为那姑娘便是雪姣，但仔细一望，却是另外一个的了，于是用足精神，把剑光向天天道人直逼杀过去。天天道人突然见徒儿被杀，心中已是吃了一惊，此刻又加入了一个劲敌，不免心慌意乱，气一馁，他的剑光竟被小侠削断。说时迟，那时快，这个姑娘就地一滚，手起剑落，竟把天天道人的腰肢劈成两段的了。小侠见那姑娘如此厉害，遂向她拱手笑问道：

"姑娘贵姓大名？承蒙相助，给咱报此大仇，咱真是感动心头矣！"

那姑娘听他这么地说，却是抿嘴儿嫣然地一笑，说道：

"保官哥，分明是你助我报了这件血海大仇，如何反而说我帮助你呢？"

小侠听她如此说，又听她呼出自己的名字，一时心中大奇，但眸珠一转，这才理会过来了，向她急问道：

"你……你……莫非是小玉妹妹吗？如何你认识我，我竟不认识你了？"

那姑娘笑道：

"可见我心中记挂你，你不记挂我呀！"

小侠见她这么逗着自己，方知这个姑娘乃是自己真正的爱妻，心中这一欢喜，不免乐极欲狂，遂丢了宝剑，猛可把小玉的身子抱住了，笑道：

"妹妹，妹妹！你这是什么话呀？我虽在山上，也无时不想念着你哩！"

小玉被他抱住，又喜又羞，却不忍拒绝，秋波逗了他一瞥，娇媚地道：

"你怎么又到山上去了？"

小侠于是把七年中情形告诉，并问小玉如何被辛地虎踢得不见了。小玉道：

"我被这贼踢出窗外，谁知却有一物把我身子腾上天空，有个老者，白发白髯，把我携归上山。叩问之下，方知此老者乃白云祖师，因为和我有师徒之缘，故而相救上山的。我在山一住七年，学了很多的武艺。今天白云祖师嘱我到此报仇，说我的夫婿也在这儿。我经祖师告诉之后，方知你就是我的保哥了。否则，保哥长得这么高大了，我还能认识吗？"

小侠听了，这才恍然，便笑道：

"妹妹也长得愈加美丽了，我想起七年前不是还只有这么高吗？"

小玉听了，红晕满颊，却报之以娇笑。两人相依相偎地亲热了一会儿，小侠忽又道：

"你母亲也在这儿，知道吗？"

小玉惊喜道：

"这个却没知晓，你快伴我去见吧！"

小侠道：

"她已被人先救下山去了，我们且烧它一棒火，一同下山吧！"

小玉点头说好，两人藏了宝剑，就在丹房内烧起火来。正欲出院下山，小侠忽然又想到了杨小红，于是和小玉告知，两人又到地道室里来找小红，不料推进房中，见有个老妈子尸身倒在地上，小红的人早已不知去向。小侠暗暗称奇，因火势已蔓延而来，所以只好和小玉出了浮碧道院，匆匆下山。谁知到了山下，只见一块大石上坐着三个人，一个是芳容，一个是雪姣，还有一个正是辛地虎欲强奸的姑娘。小侠遂上前说道：

"岳母，你瞧，小玉也来了！"

这时，小玉投入芳容怀中，呜咽而泣。芳容抱着小玉身子，连喊"我的儿，莫非我们是在梦中吗"？哭了一会儿，大家才重新见礼。芳容道：

"这位万姊姊实乃你母亲之大恩人也，小玉速速叩见。"

小玉听了，遂向雪姣叩拜。雪姣拉住她手，亲热十分。小侠又问那位姑娘可是杨小红。小红含羞点头，小侠又问雪姣如何把她救出，雪姣道：

"我负干娘路经地道室，忽听女子哭泣之声甚惨，遂进室中去瞧，见一老妈子正在拷打杨姑娘，于是我问她是否叫杨小红，她称是的，所以把她救下山来。因为我知周爷不是正为救杨小姐而上山的吗？"

小侠听了大喜，杨小红也明白自己全仗了小侠，遂又向他也叩谢救命之恩。这时，小玉告诉仇人已死，爸爸在天之灵当也安慰了。芳容听了，甚是悲伤，忍不住又落了一会儿眼泪。杨小红道：

"现在我们且到舍间去吧！"

小侠点头称是，因为芳容、小红小脚伶仃，如何走得？所以小玉和雪姣两人相负而走。不一会儿，早到家里。杨南子见小侠把女儿果然救回，不禁破涕为笑，当下连连道谢，并请问众人姓氏。小侠告诉之后，方才恍然大悟，于是殷勤招待。芳容、小玉因为自己的家已变成别人家了，自然甚为伤感。这时，杨南子向芳容道：

"花大娘，老朽有一事相求，因周小爷救了咱女儿性命，无

273

以为报，意欲把小女给周小爷作为偏房，不知大娘肯做主允许吗？"

芳容见杨小红亦是一个绝世美人，所以颇为欢喜，含笑点头，说道：

"我自有道理。"

说着，又向小侠、小玉道：

"你们听着，雪姣这孩子服侍我七年，也和我亲生女儿一般，况且孤苦伶仃，今后身世，甚为可怜，所以我欲报答于她，早就存了和小玉同嫁保官之心。如今杨老丈既愿意把爱女也配给保官，那么益发成全了保官这孩子，给他得了三位美妻吧！小玉，你听了怎么样？"

小玉抿嘴儿笑道：

"孩子可不是醋瓶儿，岂有不喜欢之理？"

芳容听了大喜，于是命小侠拜见杨南子，杨南子也把老妻喊出，和大家见礼。芳容又问小玉、雪姣、小红三人年龄，雪姣、小红和小侠同庚，唯小玉小两岁，于是叫他们四人相见行礼，以兄弟姊妹称呼。四人都含羞招呼，内心无不甜蜜万分。杨南子立刻吩咐重新设席，给大家接风，并且布置卧房，给众人住下。

光阴匆匆，小侠等在杨家庄住了数月，他便起了归思，遂和芳容告诉，请芳容、小玉、雪姣都住到广东去。芳容想：女儿早晚要和保官结婚，且女婿有半子之分，自己随着同去，原也应该，于是点头答应。这儿小侠和杨南子告别，并谓他日结婚之期前来相迎小红。杨南子苦留不住，只好赠了川资五百两，彼此匆匆分手作别。小红和小侠虽有依恋之情，但亦无可奈何，小侠竭力安慰一番，方才洒泪而分别矣！

且说小侠和芳容、小玉、雪姣一行四人，匆匆赶路，约莫走了十余里，芳容口渴脚酸，见附近有一静土庵，遂大家进内息息，和当家师太相见的时候，不料却是八姨奶也。芳容好不惊异，遂问过去事实。八姨奶含泪相告，并又道：

"二姨奶在去年奄然物化，自已已升做当家了。"

一面又问芳容经过，芳容一面告诉，一面点头赞美道：

"大爷娶妻妾八人，仅汝一人可取耳！"

遂又安慰一番，并叫她伴往大爷墓前一吊，于是大家来至花得雨的墓前。只见青草已长得很高，风吹树叶，窸窣作响，倍觉悲凉十分。小侠等一一拜祭，芳容、小玉早已放声大哭，哭了一场之后，八姨奶把她们劝住，并道：

"碧秋的墓也在相近。"

芳容泣道：

"碧秋忠心于我，犹若我女，理应吊祭。"

于是和众人又到碧秋墓前叩拜，芳容感其尽忠而死，好好也哭了一场。此时已日薄西山，暮云四布，乌鸦归巢，噪声不绝。八姨奶道：

"时已夜矣！想你们也不及赶路，倒不如到静土庵里去暂住一宵，明日一早赶路，岂非是好？"

芳容点头称是，于是一行五人，离了满目荒凉的墓地，在一抹斜阳笼映之下，踏上了归庵的道路。

附　　录

从鸳鸯蝴蝶派谈到冯玉奇小说

裴效维

　　《民国通俗小说典藏文库·冯玉奇卷》《民国武侠小说典藏文库·冯玉奇卷》将收录冯玉奇的百余种小说作品，此举极其不易。现在，我愿以这篇文章给出版者呐喊助威。尽管我人微言轻，但我毕竟是一个中国文学的研究者，为鸳鸯蝴蝶派说些公道话是我的责任。

　　冯玉奇是一位鸳鸯蝴蝶派作家，因此我们要想了解冯玉奇，必须首先厘清有关鸳鸯蝴蝶派的一些问题。

一、何谓鸳鸯蝴蝶派

　　鸳鸯蝴蝶派作家平襟亚在《关于鸳鸯蝴蝶派》（署名宁远）一文中对鸳鸯蝴蝶派的来历说得很清楚：

　　　　鸳鸯蝴蝶派的名称是由群众起出来的，因为那些作品中常写爱情故事，离不开"卅六鸳鸯同命鸟，一双蝴蝶可怜虫"的范围，因而公赠了这个佳名。

——载香港《大公报》1960 年 7 月 20 日

可见鸳鸯蝴蝶派并不是一个有组织有宗旨的小说流派，而是因为当时流行的言情小说多写一对对恋人或夫妻如同鸳鸯蝴蝶般相亲相爱，形影不离，因而民间用鸳鸯蝴蝶小说来比喻这种言情小说，那么这种言情小说的作家群当然也就是鸳鸯蝴蝶派了。这种说法应该是可信的，因为民间常用鸳鸯和蝴蝶来比喻恋人或夫妻，很多民间文学作品中不乏其例。这一比喻非常形象生动，但并无褒贬之意，因此不胫而走。

传到新文学家那里，便加以利用，并赋予贬义，作为贬低对手的武器。但新文学家对鸳鸯蝴蝶派的界定并不一致，大致有两种看法。

一种看法认同民间的比喻说法，即将鸳鸯蝴蝶派小说局限为通俗小说中的言情小说，将鸳鸯蝴蝶派局限为言情小说作家群。鲁迅是这种看法的代表，他在 1922 年所写的《所谓"国学"》一文中说："洋场上的文豪又作了几篇鸳鸯蝴蝶派体小说出版"，其内容无非是"'卿卿我我''蝴蝶鸳鸯'"（载《晨报副刊》1922 年 10 月 4 日）。又于 1931 年 8 月 12 日在社会科学研究会做了《上海文艺之一瞥》的长篇演讲，其中对鸳鸯蝴蝶派小说更做了形象而精辟的概括：

这时新的才子＋佳人小说便又流行起来，但佳人已是良家女子了，和才子相悦相恋，分拆不开，柳阴花下，像一对蝴蝶、一双鸳鸯一样。

——连载于《文艺新闻》第20、21期

此外，周作人、钱玄同也持这种看法。周作人于1918年4月19日在北京大学文科研究所小说研究会做《日本近三十年小说之发达》的演讲中，就说现代中国小说"还有《玉梨魂》派的鸳鸯蝴蝶体"（载《新青年》第5卷第1号）。次年2月，周作人又发表《中国小说里的男女问题》（署名仲密）一文，认为"近时流行的《玉梨魂》，虽文章很是肉麻，（却）为鸳鸯蝴蝶派小说的鼻祖"（载《每周评论》第5卷第7号）。与周作人差不多同时，钱玄同在1919年1月9日所写的《"黑幕"书》一文中也说："人人皆知'黑幕'书为一种不正当之书籍，其实与'黑幕'同类之书籍正复不少，如《艳情尺牍》《香闺韵语》及'鸳鸯蝴蝶派小说'等等皆是。"（载《新青年》第6卷第1号）这种看法后来被人称之为"狭义的鸳鸯蝴蝶派"看法。

另一种看法却将鸳鸯蝴蝶派无限扩大，认为民国年间新文学派之外的所有通俗小说作家都是鸳鸯蝴蝶派，他们的所有通俗小说都是鸳鸯蝴蝶派小说。这种看法的代表人物是瞿秋白和茅盾。瞿秋白从小说的内容方面来扩大鸳鸯蝴蝶派小说的范围，他在《财神还是反财神》一文中说，"什么武侠，什么神怪，什么侦探，什么言情，什么历史，什么家庭"小说，都是鸳鸯蝴蝶派小说（见人民文学出版社1953年10月版《瞿秋白文集》）。茅盾则从小说的形式方面来扩大鸳鸯蝴蝶派小说的范围，他在《自然主义与中国现代小说》一文中认定鸳鸯蝴蝶派小说包括"旧式章回体的长篇小说""不分章回的旧式小说""中西合璧的旧式小说""文言白话都有"的短篇小说（载1922年7月《小说月报》第13卷第7号）。这种看法后来被人称之为"广义的鸳鸯蝴蝶派"看法，而且逐渐成为主流看法，以致后来的文学研究者都接受了这种看法。

新文学家不仅在鸳鸯蝴蝶派的界定问题上分成了两派，而且在鸳鸯蝴蝶派的名称上也花样百出。如罗家伦因为徐枕亚等人好用四六句的文言写小说，便称其为"滥调四六派"（见署名志希的《今日中国之小说界》，载1919年《新潮》第1卷第1号），但无人响应。郑振铎因为《礼拜六》杂志为鸳鸯蝴蝶派的主要刊物之一，便称其为"礼拜六派"（见署名西谛的《新文学观的建设》一文，载1922年5月21日《文学旬刊》第38号）。这一说法得到了周作人、茅盾、瞿秋白、朱自清、阿英、冯至、楼适夷等人的响应，纷纷采用，以致使用频率越来越高，知名度越来越大，终于成为鸳鸯蝴蝶派的别称了。于是"鸳鸯蝴蝶派"和"礼拜六派"两个名称便被新文学家所滥用。如郑振铎在《新文学观的建设》一文中称"礼拜六派"，而在《〈文学论争集〉导言》一文中却称"鸳鸯蝴蝶派"（见上海良友图书公司1935年10月出版的《新文学大系·文学论争集》卷首）。还有人在同一篇文章里既称鸳鸯蝴蝶派，又称礼拜六派。如阿英在1932年所写的《上海事变与鸳鸯蝴蝶派文艺》一文中说：张恨水的所谓"国难小说",与"礼拜六派的作品一样,是鸳鸯蝴蝶派的一体","充分地说明了鸳鸯蝴蝶派的作家的本色而已"(见上海合众书店1933年6月出版的《现代中国文学论》)。

茅盾在20世纪70年代觉得统称鸳鸯蝴蝶派或礼拜六派都不合适,于是提出了一个折中的看法,他在《紧张而复杂的生活、学习与斗争(上)——回忆录(四)》中说:

> 我以为在"五四"以前,"鸳鸯蝴蝶派"这名称对这一派人是适用的。……但在"五四"以后,这一派中有不少人也来"赶潮流"了,他们不再老是某生某女,而居然写家庭冲突,甚至写劳动人民的悲惨生活了,因此,如果用他们那一派最老的刊物《礼拜六》来称呼他们,较为合式。

——载1979年8月《新文学史料》第4辑

事实是该派在"五四"前后没有根本变化,都是既写言情小说,又写其他小说,将其人为地腰斩为两段,既显得武断,又无法掩盖当时的混乱看法。

这些混乱的看法导致后来的文学研究者无所适从:或沿用"鸳鸯蝴蝶派"的说法(如北大本《中国文学史》和《中国小说史稿》、复旦本《中国文学史》和《中国近代文学史稿》等);或沿用"礼拜六派"的说法(如山东师院本《中国现代文学史》等);或干脆别出心裁地称之为"鸳鸯蝴蝶—礼拜六派"(见汤哲声《鸳鸯蝴蝶—礼拜六小说观念的价值取向及其评价》，载《苏州大学学报》1992 年第 2 期）。这可真算是中国小说史上的一出有趣的滑稽戏了。

二、如何评价鸳鸯蝴蝶派

鸳鸯蝴蝶派的开山作品是 1900 年陈蝶仙的言情小说《泪珠缘》，因此鸳鸯蝴蝶派应该是指言情小说派，这也就是后来的所谓"狭义的鸳鸯蝴蝶派"，但被新文学家扩大为"广义的鸳鸯蝴蝶派"，实际上也就是民国通俗小说派。

鸳鸯蝴蝶派与同时期的"南社"不同，既没有组织，也没有纲领，而是一个在思想倾向和艺术风格上大体相同或相近的小说流派，连"鸳鸯蝴蝶派"这一招牌也是别人强加给它的。然而客观地说，鸳鸯蝴蝶派确实是一个产生过巨大影响的小说流派。在"五四"以前的近二十年间，它几乎独占了中国文坛；在"五四"以后的三十年间，虽然产生了新文学，但新文学只是表面上风光，而鸳鸯蝴蝶派却一派兴旺发达景象。我对"广义的鸳鸯蝴蝶派"做过不完全的统计：该派作家达数百人，较著名者有一百余人，所办刊物、小报和大报副刊仅在上海就有三百四十种，所著中长篇小说两千多种，至于短篇小说、笔记等更难以计数。在此前的中国文学史上，还没有哪个文学流派有过如此宏大的规模，产生过如此巨大的影响。

鸳鸯蝴蝶派由于规模宏大，又处在历史的一个巨变时期，其成员的确鱼龙混杂，其作品也良莠不齐，但总体来说，它形象地记录了中国二十世纪前五十年的历史，为中国读者提供了丰富的精神食粮，对中国小说的传承起过积极作用，因此应该给予充分的肯定。

鸳鸯蝴蝶派小说已经不是中国传统通俗小说的复制，而是一种改良的通俗小说。在形式方面，它既采用章回体，也采用非章回体，甚至采用了西洋小说的日记体、书信体等，至于侦探小说则更是完全模仿自西洋小说。在艺术手法方面，受西洋小说的影响非常明显，如增加了人物形象和景物描写，结构与叙事方式也趋于多样化，单线和复线结构并用，第三人称和第一人称叙述法兼施，还采用了倒叙法和补叙法。在内容方面，鸳鸯蝴蝶派小说已经扩大了描写范围，反映了当时社会生活的各个方面，甚至已经紧跟时事，及时反映当前的社会现实，被称为"时事小说"。如李涵秋的《广陵潮》描写辛亥革命，而他的《战地莺花录》则描写五四运动，这种及时反映当时发生的重大政治事件的小说，与多写历史故事的古代小说完全不同，显然是一大进步。鸳鸯蝴蝶派的言情小说，也不同于古代的才子佳人小说，而是一种新才子佳人小说。古代的才子佳人小说因面对森严的封建礼教，只能写才子与佳人偶尔一见钟情，以眉目传情或诗书传情的方式进行交流，最后皆是有情人终成眷属的大团圆结局。而这种大团圆结局完全是人为的：或出于巧合，或由于才子金榜题名，皇帝御赐完婚，这就完全回避了封建包办婚姻的问题。而民国年间的封建礼教已经在一定程度上松绑，尤其像上海、北京等大城市得风气之先，恋爱自由和婚姻自主思想已经渐入人心。因此有些鸳鸯蝴蝶派的言情小说也突破了古代才子佳人小说的窠臼，才子佳人已经敢于"相悦相恋，分拆不开，柳阴花下，像一对蝴蝶、一双鸳鸯一样"。其结局也不再全是有情人终成眷属的大团圆，而是"有时因为严亲，或者因为薄命，也竟至于偶见悲剧的结局……这实在不能不说是一个大进步"（鲁迅《上海文艺之一瞥》，连载于1931年7月27日、8月3日《文艺新闻》第20、21期）。言情小说由大团圆结局到悲剧结局的确是一个大进步，因为前者是回避封建包办婚姻礼制，而后者是控诉封建包办婚姻礼制。而这一进步的开创者是曹雪芹和高鹗，他们在《红楼梦》里所写的婚姻差不多都是悲剧。因此胡适称赞《红楼梦》不仅把一个个人物"都写作悲剧的下场"，而且最后"作一个大悲剧的结束，打破了中国小说的团圆迷信"（《〈红楼梦〉考证》，见1923年亚东图书馆版《胡适文存》）。可见鸳鸯蝴蝶派的言情小说在一定程度上继承了《红楼梦》开创的爱情婚姻悲剧模式，因而具有相当的反封建意义。我们可以徐枕亚的《玉梨魂》为例加以说明，因为该小说被新文学家指为鸳鸯蝴蝶派的代表性作品。

《玉梨魂》的故事很简单——清末宣统年间，小学教员何梦霞与年轻寡妇白梨影相爱，但两人均认为他们的这种行为是不道德的。为了得到感情的解脱，白梨影想出个"移花接木"的办法，即撮合何梦霞与自己的小姑崔筠倩订了婚。然而何梦霞既不能移情于崔筠倩，白梨影也无法忘情于何梦霞，结果造成了一连串的悲剧——白梨影在爱情与道德的激烈冲突下郁郁而死；崔筠倩因得不到何梦霞之爱而离开了人世；白梨影的公公因感伤女儿、儿媳之死而一病身亡；白梨影的十岁儿子鹏郎成了孤儿。何梦霞为排遣苦闷，先赴日本留学，继又回国参加了辛亥武昌起义

（即辛亥革命），壮烈牺牲。

《玉梨魂》不仅描写了一个爱情婚姻悲剧，而且不同于一般的爱情婚姻悲剧。一般的爱情婚姻悲剧都是由封建势力造成的，即由包办婚姻造成的；而《玉梨魂》所写的爱情婚姻悲剧，其原因却是何梦霞和白梨影自身的封建道德。他们既渴望获得恋爱自由和婚姻自主的权利，又不能摆脱封建道德和封建礼教的束缚，两者激烈冲突，造成三死一孤的惨剧。从而揭露了封建道德和封建礼教的影响力是多么巨大，它已深入人们的骨髓，使其不能自拔。因此，它的反封建意义比一般的爱情婚姻悲剧更为深刻。

其实，新文学阵营也不是铁板一块，虽然大多数新文学家对鸳鸯蝴蝶派全盘否定，但也有少数新文学家态度比较客观，他们对鸳鸯蝴蝶派也给予一定的肯定。鲁迅是其中最突出的一位，他不仅认为某些鸳鸯蝴蝶派的悲剧言情小说是"一大进步"，而且不同意某些新文学家对鸳鸯蝴蝶派消极影响的夸大其词。他说：

> 至于说他流毒中国的青年，那似乎是过虑。倘有人能为这类小说所害，则即使没有这类东西也还是废物，无从挽救的。与社会，尤其不相干，气类相同的鼓词和唱本，国内非常多，品格也相像，所以这些作品也再不能"火上添油"，使中国人堕落得更厉害了。

——《关于〈小说世界〉》，载《晨报副刊》
1923 年 1 月 15 日

这种客观的观点与前述周作人无限夸大鸳鸯蝴蝶派作品能使国民生活陷入"完全动物的状态"乃至"非动物的状态"的观点形成了鲜明对比。当抗日战争爆发后，鲁迅更提倡文学界的抗日统一战线，主张团结鸳鸯蝴蝶派一起抗日。他说：

> 我以为文艺家在抗日问题上的联合是无条件的，只要他不是汉奸，愿意或赞成抗日，则不论叫哥哥妹妹，之乎者也，或鸳鸯蝴蝶都无妨。但在文学问题上我们仍可以互相批判。

> ——《答徐懋庸并关于抗日统一战线问题》，
> 载《作家》月刊第1卷第5期

鲁迅不仅提倡团结鸳鸯蝴蝶派一起抗日，而且主张新文学派与鸳鸯蝴蝶派在文学问题上"互相批判"，这种平等对待鸳鸯蝴蝶派的度量，也与那些视鸳鸯蝴蝶派如寇仇，必欲置诸死地而后快的新文学家形成了鲜明对比。

对鸳鸯蝴蝶派给予肯定的不只鲁迅，还有朱自清和茅盾。朱自清认为供人娱乐是中国传统小说的特点，因此不赞成将"消遣"作为罪状来批判鸳鸯蝴蝶派小说。他说：

> 在中国文学的传统里，小说……更是小道中的小道，就因为是消遣的，不严肃。不严肃也就是不正经，小说通

常称为"闲书"，不是正经书。……鸳鸯蝴蝶派的小说意在供人们茶余酒后的消遣，倒是中国小说的正宗。

——《论严肃》，载《中国作家》创刊号

茅盾也承认鸳鸯蝴蝶派小说也"写家庭冲突，甚至写劳动人民的悲惨生活"。他还从艺术性方面对鸳鸯蝴蝶派小说给予一定肯定。他认为鸳鸯蝴蝶派的有些长篇小说"采用西洋小说的布局法"，如倒叙法、补叙法，以及人物出场免去套语、故事叙述"戛然收住"等等，这一切是对"旧章回体小说布局法的革命"。还认为鸳鸯蝴蝶派的有些短篇小说学习了西洋短篇小说"截取一段人生来描写，而人生的全体因之以见"的方法："叙述一段人事，可以无头无尾；出场一个人物，可以不细叙家世；书中人物可以只有一人；书中情节可以简至只是一段回忆。……能够学到这一层的，比起一头死钻在旧章回体小说的圈子里的人，自然要高出几倍。"（《自然主义与中国现代小说》，载 1922 年 7 月 10 日《小说月报》第 13 卷第 7 号）

鲁迅、朱自清、茅盾毕竟属于新文学派，因此他们对鸳鸯蝴蝶派的肯定是有限的。我们应该摆脱成见与束缚，从中国文学史的角度，对鸳鸯蝴蝶派做出客观公正的评价。

三、如何看待冯玉奇的小说

我们澄清了以上有关鸳鸯蝴蝶派的三个问题，等于为介绍冯玉奇的小说提供了一个坐标，也等于为读者提供了一把参照标尺。读者用这把标尺，就可自行评判冯玉奇的小说了。

冯玉奇于 1918 年左右生于浙江慈溪，笔名左明生、海上先觉楼、先觉楼，曾署名慈水冯玉奇、四明冯玉奇、海上冯玉奇。据说他毕业于浙江大学（一说复旦大学）。1937 年九一八事变后寄居上海，感山河破碎，国事蜩螗，开始写作小说以抒怀。其处女作为《解语花》，由上海春明书店出版。出版后旋即由东方书场改编为同名话剧，演出后轰动一时。那时他才十九岁。由此一发而不可收，至 1949 年 7 月《花落谁家》出版，在短短十来年时间里，他创作的小说竟达一百九十多种，平均每年近二十种，总篇幅应该不少于三千万字，只能用"神速"来形容。这时他只有三十一岁。近现代文学史料专家魏绍昌先生（已去世）所编《鸳鸯蝴蝶派研究资料（史料部分）》（上海文艺出版社 1962 年 10 月出版）开列的《冯玉奇作品》目录只有一百七十二种，也有遗珠之憾。不过我们从这一目录中仍可确定冯玉奇是一位以写言情小说为主的通俗小说作家，因为在一百七十二种小说中，言情小说占有一百二十二种，其他小说只有五十种：社会小说三十四种、武侠小说十四种、侦探小说两种。

冯玉奇不仅是一位写作神速且极为多产的通俗小说作家，还是一位热心的剧作家和剧务工作者。早在他二十六岁（1944 年）时，就担任了越剧名伶袁雪芬的雪声剧团的剧务，并为之创作了《雁南归》《红粉金戈》《太平天国》《有情人》《孝女复仇》五大剧本，演出效果全都甚佳。在他二十七到二十八岁（1945～1946）时，又与他人合作，前后为全香剧团和天红剧团编导了《小妹妹》《遗产恨》《飘零泪》《义薄云天》《流亡曲》等二十多个剧本，演出效果同样甚佳。可见冯玉奇至少写过十几个剧本。

　　冯玉奇一生所写的小说和剧本总计不下两百五十种，总篇幅可能达到四千万字以上，是名副其实的"著作等身"，是当之无愧的中国最多产的作家，号称多产的同派小说家张恨水也难望其项背。当时的文学作品已是一种特殊商品，冯玉奇的小说如此畅销，其剧本演出又如此轰动，这足可以证明其受人欢迎，这就是读者和观众对冯玉奇的评价，它比专家的评价更为准确，也更为重要。遗憾的是，我们无法看到他的剧作和三十岁以后的作品，也不知其晚景如何，卒于何年。

　　从冯玉奇的生活年代和创作时段来看，他显然是鸳鸯蝴蝶派的后起之秀，所以尽管他作品如此之多，影响如此之大，而同派的老前辈却很少提到他，这也是"文人相轻"的表现之一。

　　按说要介绍冯玉奇的小说，应该将其全部小说阅读一遍，但我没有这么多时间，也没有这么大精力，因而只向中国文史出版社借阅了《舞宫春艳》《小红楼》《百合花开》三种，全都是言情小说。因此我只能以这三种言情小说为例加以介绍，这可能会犯以偏概全的错误，因此只能供读者参考。

　　《舞宫春艳》写了两个纠缠在一起的爱情婚姻悲剧故事：苏州富家子秦可玉自幼与邻居豆腐坊之女李慧娟相恋，由于门第悬殊，秦可玉被其父禁锢，二人难圆成婚之梦。不幸李慧娟生下了一个私生女鹃儿，只好遗弃，自己则郁郁而死。鹃儿被无赖李三子收养，长大后卖到上海做伴舞女郎，改名卷耳。中学生唐小棣先是爱上了姑夫秦可玉家的婢女叶小红，不料叶小红失踪，于是移情于卷耳，但无钱为卷耳赎身，两人感到婚姻无望，于是双双吞鸦片自尽。

《小红楼》的故事紧接《舞宫春艳》：曾经被唐小棣爱过的叶小红的失踪，原来也是被无赖李三子拐卖为伴舞女郎，小棣、卷耳自杀后，小红才被救了回来，并被秦可玉认为义女。经苏雨田介绍，与辛石秋相识相恋而订婚。同时石秋的姨表妹巢爱吾也爱石秋，但石秋既与小红订婚在先，便毅然与小红结婚。爱吾为了摆脱难堪的地位，离家出走，下落不明。石秋奉父命赴北平探望二哥雁秋，在火车站被人诬陷私带军火，被军人押到司令部。可巧爱吾此时已成为张司令的干女儿兼秘书，便设法救了石秋一命。但张司令强迫石秋与爱吾结婚，二人既不敢违命，又固守道德，便以假夫妻应付。后来石秋回到家里，终于与小红团聚。

《百合花开》写了两个紧密相关的爱情婚姻故事：二十岁的寡妇花如兰同时被四十二岁的教育家盖季常和十八岁的革命青年盖雨龙叔侄俩所爱，而盖季常的十六岁侄女盖云仙又同时被三十六岁的银行家杨如仁和十九岁的革命青年杨梦花父子俩所爱。经过许多曲折后，终于两位长辈让步，盖雨龙与花如兰、杨梦花与盖云仙同场结婚。

由以上简单介绍可知，冯玉奇的这三种小说共写了五个爱情婚姻故事，其中两个是悲剧结局，三个是有情人终成眷属。这正如鲁迅所说："有时因为严亲，或者因为薄命，也竟至于偶见悲剧的结局……这实在不能不说是一个大进步。"其次，这三种小说的五个爱情婚姻故事，倒有四个是三角爱情婚姻故事，但它们的情况并不雷同。唐小棣、叶小红、卷耳的三角恋是一男爱二女，辛石秋、叶小红、巢爱吾的三角恋是两女爱一男，而盖季常、盖雨龙、花如兰和杨如仁、杨梦花、盖云仙的三角恋更为异

292

想天开，竟然都是两辈嫡亲男人（叔侄、父子）同爱一个女子。可见冯玉奇极有编故事的才能，从而使作品更具吸引力和娱乐性。又次，这三种言情小说的描写极为干净，没有任何色情描写。除了秦可玉与李慧娟有私生女外，其他人都非礼勿言，非礼勿行。如辛石秋与叶小红因婚礼当天石秋之母去世，为了守孝，新婚夫妻在百日之内没有圆房。而辛石秋与姨表妹巢爱吾为了对得起叶小红，虽被张司令强迫成亲，却只做了几天假夫妻。

从表现形式和艺术手法来看，我觉得冯玉奇的小说与当时新文学的新小说都受了西洋小说的影响，基本相同。譬如：两者都突破了传统小说书名的套路，不拘一格，尤其采用了一字书名和二字书名，如冯玉奇有《罪》《孽》《恨》《血》和《歧途》《逃婚》《情奔》等；而巴金有《家》《春》《秋》，茅盾有《幻灭》《动摇》《追求》。两者的对话方式也突破了传统小说的套路，灵活自如：对话既可置于说话者之后，也可置于说话者之前，还可将说话者夹在两句或两段话之间。至于小说的结构法、叙述法与描写法，更是差不多的。譬如人物描写不再是"沉鱼落雁""闭月羞花""倾国倾城"之类的千人一面，景物描写也不再是"落红满地""绿柳成荫""玉兔东升"之类的千篇一律，而加以具体描绘。这里随便举一个例子：

> 小红坐在窗旁，手托香腮，望着窗外院子里放有一缸残荷，风吹枯叶，瑟瑟作响。墙角旁几株梧桐，巍然而立。下面花坞上满种着秋海棠，正在发花，绿叶红筋，临风生姿，可惜艳而无香，但点缀秋色，也颇令人爱而忘倦。

这是《小红楼》对莲花庵一角的景物描绘，虽然算不上十分精彩，但作者通过小红的眼睛描绘了院中的三样东西——风吹作响的"枯荷"、巍然挺立的"梧桐"、正在开花的"海棠"，从而衬托出莲花庵幽静的环境，曲折地表明了时在秋季。频繁使用巧合手法是冯玉奇小说的显著特点，可以说把所谓"无巧不成书"用到了极致。巧合手法有助于编织故事，缩短篇幅，增加作品的吸引力等，但使用过多则时有破绽，有损于作品的真实性。冯玉奇的某些小说也采用了章回体，但只是标题用"第×回"和对偶句，"却说""且听下回分解"之类的套语已不再经常出现，因此并非章回体的完全照搬。况且章回体并非劣等小说的标志，它在我国小说史上发挥过巨大作用，产生过杰出的四大古典小说。因此用章回体来贬低冯玉奇的小说，也是毫无道理的。

冯玉奇的小说也有明显的缺点。它们与其他鸳鸯蝴蝶派小说一样，主要注重小说的娱乐性，而忽视小说的社会性和艺术性，因此没有产生杰出的作品。他是南方人而小说采用北方话，加之写作速度太快，无暇深思熟虑，导致语言不够流畅，用词不够准确，还有许多错别字和语病。还有使用"巧合"法太多，有时破绽明显，这里不再举例。

总而言之，冯玉奇既不是"黄色"和"反动"小说家，也不是杰出小说家，而是一位勤奋多产、有益无害的通俗小说家，他应在中国小说史尤其是中国现代小说中占有一席之地。

2017 年 6 月 4 日于北京蜗居

图书在版编目(CIP)数据

小侠万人敌 / 冯玉奇著. — 北京：中国文史出版

社,2018.2

(民国武侠小说典藏文库·冯玉奇卷)

ISBN 978 - 7 - 5034 - 9645 - 5

Ⅰ. ①小… Ⅱ. ①冯… Ⅲ. ①侠义小说 - 中国 - 现代

Ⅳ. ①I246.5

中国版本图书馆 CIP 数据核字(2017)第 248084 号

点　　校：清寒树　旷　野
责任编辑：蔡晓欧

出版发行：**中国文史出版社**

网　　址：http://www.chinawenshi.net

社　　址：北京市西城区太平桥大街 23 号　邮编：100811

电　　话：010 - 66173572　66168268　66192736（发行部）

传　　真：010 - 66192703

印　　装：北京盛彩捷印刷有限公司

经　　销：全国新华书店

开　　本：720 × 1020　1/16

印　　张：19　　　　字数：206 千字

版　　次：2018 年 2 月第 1 版

印　　次：2018 年 2 月第 1 次印刷

定　　价：55.00 元